华章
传奇派

品味无限不循环的人生

捕心师 1
另一个世界
向林 著

重庆出版集团 重庆出版社

图书在版编目（CIP）数据

捕心师.1,另一个世界 / 向林著.—重庆: 重庆出版社, 2020.9
ISBN 978-7-229-15149-2

Ⅰ.①捕… Ⅱ.①向… Ⅲ.①长篇小说—中国—当代 Ⅳ.①I247.5

中国版本图书馆CIP数据核字（2020）第118987号

捕心师.1，另一个世界

向林 著

策　　划：	华章同人
出版监制：	徐宪江
责任编辑：	王昌凤
特约编辑：	张铁成
责任印制：	杨　宁
营销编辑：	史青苗　刘晓艳
封面设计：	typo_d

重庆出版集团
重庆出版社　出版

（重庆市南岸区南滨路162号1幢）

投稿邮箱：bjhztr@vip.163.com
北京温林源印刷有限公司　印刷
重庆出版集团图书发行有限公司　发行
邮购电话：010-85869375/76/77转810
重庆出版社天猫旗舰店
cqcbs.tmall.com
全国新华书店经销

开本：880mm×1230mm　1/32　印张：9.375　字数：233千
2020年10月第1版　2020年10月第1次印刷
定价：45.00元

如有印装质量问题，请致电023-61520678

版权所有，侵权必究

目录

第 一 章　不存在的"追杀" /1

第 二 章　急性短暂性精神病 /15

第 三 章　危机袭来之前 /35

第 四 章　完全不一样的世界 /47

第 五 章　法庭上的意外 /68

第 六 章　被推向前台 /82

第 七 章　走访一无所获 /95

第 八 章　录音带危机 /117

第 九 章　正义女记者加入 /128

第 十 章　高格非的风雨人生 /147

第十一章　为什么说谎 /156

第十二章　离真相不远了 /169

第十三章　见面被取消 /188

第十四章　只是一枚棋子 /204

第十五章　"两全"的判决结果 /225

第十六章　无法告人的绝症 /239

第十七章　双重人格患者 /257

第十八章　旧案重查 /273

第一章
不存在的"追杀"

眼前这个病人刚刚进诊室的时候并没有引起俞莫寒的特别注意。精神病人眼里的世界与正常人完全不同,他们所表现出来的各种稀奇古怪的症状都不会让专业医生感到诧异。

这个病人六十多岁的年纪,看上去有些矮瘦,神态萎靡,口角流着口水,双手像狗爪一样弯曲着,同时还在不住颤抖。陪他来的是一位三十来岁的黑瘦男子,模样和病人有些相像,自称是病人的儿子,一直小心翼翼地对着俞莫寒不住点头哈腰。病人不能开口说话,据病人的儿子讲,老人是在半年前开始犯病的,一犯病就跑到猪圈去睡觉,还和猪抢食。

这时,病人突然出现异样,嘴里发出"嚯嚯"的声音,双手朝俞莫寒挥舞着,整个身体也试图朝他扑去,但因为身体实在太过衰弱,一下子瘫软在那里。

"你看,他又开始发病了!"病人的儿子惊慌地说。

俞莫寒看了病人一眼,朝病人的儿子点了点头,随后将护士叫到一旁低声对她说道:"去将保安叫来。马上报警。"

护士狐疑地看着他,又不解地去看诊室里面的那两个人。俞莫寒脸色一变,沉声道:"快去!"

护士离开后,病人的儿子就变得有些慌乱起来,对俞莫寒说道:"医生,我想去上个厕所……"

很显然,护士刚才的举动让眼前这个人产生了怀疑。俞莫寒朝他笑了笑:"你等一下……"话未说完,只见病人的儿子转身朝外面跑去。俞莫寒早有准备,跨步过去一把就抓住了那人的手。

精神病医生是一个特殊的职业,他们面对的是一群没有刑事、民事责任能力的病人,所以必须具备自我保护的技能。那人正朝外面跑,忽然就感觉到右手的食指处传来一阵难以忍受的剧痛,一声惨叫,身体一下子就栽倒在了地上。

医院的保安很快就来了。护士告诉俞莫寒说已经报了警。俞莫寒冷冷地问病人的儿子:"说吧,究竟是怎么回事?"

病人的儿子早已吓瘫,急忙道:"我根本就不认识他啊。有个人给了我五百块钱,让我带这个老头到这里来看病。那个人还对我说,等医生开了住院手续后他就会去交住院费。"

俞莫寒即刻对保安说道:"带着他去找那个人。马上!"话音刚落,只见两个警察走了进来,俞莫寒叹息道:"完了,那个人肯定逃跑了。"

果然,警察和保安找遍了医院及附近所有的地方都没有发现那个人的踪影。俞莫寒趁这个时间对病人进行了初步的检查,发现病人左侧脑后有一道已经结痂的伤口,进一步检查后发现他的颅骨里面有一个小血肿。那个地方正是语言中枢的位置,考虑到病人双手的状态,俞莫寒分析病人的大脑还可能存在着更严重的损伤。

警察问了病人几个问题,却发现他嘴里"嚯嚯"着说不出个所以然来,而且他的双手连笔都拿不住,只好作罢。警察诧异地问俞莫寒:"你是怎么发现情况不对劲的?"

俞莫寒淡淡地道:"原因很简单,我发现病人在看向我的那一瞬,他的目光在向我表达着哀求和愤怒,随后就变成了无助般的颓丧。这绝不是一个精神病人可能出现的反应,而是正常人的情绪表达。"

原来是这样。警察忽然皱眉道:"俞医生,这个病人怎么办?"

俞莫寒苦笑着说道:"最好是你们联系一下民政部门或者是红十字会,让他能够尽快接受手术治疗。病人的头部受到如此的重创,已经算得上是一起严重的刑事犯罪案件了,想要了解事情的真相,就必须先让他的语言功能恢复正常。"

警察点了点头,拿起电话开始拨打。半个多小时后,一辆三甲医院的救护车来了。警察也带走了那个矮瘦的男子。

此事当然早已惊动了精神病医院的院长顾维舟,俞莫寒对他说了刚才发生的事情,院长笑了笑,看着这位年轻的医生说道:"你处理得非常不错。对了,警方有一起需要做精神病鉴定的案子,我希望你能够参与。"

俞莫寒是留德的精神病学博士,医院对他非常重视。而对于俞莫寒来讲,这也是一次难得的机会,他当然没有任何拒绝的理由。

这起案件的主角名叫高格非,是某高等专科学校的校长,现年三十八岁。前不久的一个周末,高格非驾驶着单位的那辆奥迪轿车去加油,结果刚刚从加油站出来就忽然踩下油门冲上了人行道,造成了三死两伤的重大交通事故,随后高格非弃车逃跑。

高格非很快被警方抓获。他供述说,当他开车从自家所在小区出来后就发现有好几辆车一直跟在他后面,中途还有一辆越野车试图加速拦截他所驾驶的车辆,于是他就将车开到了附近的加油站里面。从加油站出来后他发现对面的人行道上有好几个人正拿着武器朝他挥舞着,于是他不顾一切地踩下了油门朝那几个人冲了过去,随后就快速逃离了现场。

警方经过酒精测试证明他并非酒驾。据警方110中心证实，高格非在进入加油站之前曾经打电话报警，声称有人一直在跟踪、追杀他。

车祸的死伤者都是普通市民，与高格非没有任何的关系，出事前他们及周围其他人的手上也没有武器。他们都是普通的行人，想不到横祸转瞬即至。

事发后不久，高格非的父亲就向警方提出了司法鉴定申请。此外，高格非的父母告诉警方，八年前高格非有过一次精神分裂症发作，从高处跳下摔断了右腿。不过那件事情除了家人之外没有其他任何人知道。

关于此案，警方提供的材料非常齐全，其中包括当时试图超车的驾驶员、加油站的工作人员及其他目击者的证词，此外，医院X线摄片也证实了高格非右腿胫骨存在着陈旧性骨折。

从现有的材料来看，高格非当时精神病忽然发作的可能性极大，因为他在出现极端行为之前存在着被害妄想，而且此人还有过疑似精神病史。不过精神病鉴定有着一整套科学的程序，绝不可以随意得出任何的结论。

精神病鉴定也不是一个专家的事情，俞莫寒只不过是这起案件的犯罪嫌疑人精神病鉴定组的成员之一罢了，也许是考虑到他比较年轻，所以有关目击证人的调查工作就由他负责。目击证人对事发当时的情况描述对精神病鉴定有着重要意义，因为他们提供的情况往往更真实、更客观，精神病学专家可以借此判断被鉴定人的描述是否存在夸大或者隐瞒。

趋利避害是所有生物的本能。所以，从被鉴定人的描述中去寻找、发现其是否夸大或者隐瞒事实在精神病真伪的鉴定中尤为重要。

俞莫寒拜访的第一个人是高格非的妻子。俞莫寒需要了解被鉴定人当天从家里出发前的精神状况，甚至会延伸到数年之前。

高格非的妻子名叫席美娟，是省城某大学的教师，年龄比丈夫小近十岁。警方提供的资料显示，她是高格非的第二任妻子。高格非的第一任妻子在数年前死于一场意外。

因为正值暑假，席美娟在家。眼前的这个地方就是高格非的家，一百来平方米的样子，无论是装修还是里面的陈设都非常简单，不过反倒给人以简洁淡雅之感。席美娟看上去确实年轻，模样有些普通。她身上穿着睡衣睡裤，不过睡衣却是长袖的。俞莫寒向她说明了来意，然而回应他的却是一声淡淡的"哦"。

自从俞莫寒进到这个家之后，女主人都一直是这样淡然的态度与情绪，她连茶水都没有给客人倒一杯。俞莫寒忽然间感觉到此时自己正处于一个笼罩在浓浓阴云的空间之中，沉闷的气氛让人感到有些喘不过气来。陪同俞莫寒的社区民警也感受到了此时尴尬的气氛，说道："席老师，你丈夫申请了精神病司法鉴定，俞医生专门为了这件事情而来，希望你尽量配合他的工作。"

席美娟的神情依然淡淡的，轻声道："有什么问题你们就随便问吧。"

俞莫寒轻咳了一声，问道："你和高格非结婚多长时间了？"

席美娟想了想后才回答道："大概有六……五年多了吧。"

虽然俞莫寒已经打开了录音笔，不过还是在笔记本上面记录下了她刚才的那句话，而且还在上面标注了一个奇怪的符号，又问道："你们一直没有孩子？"

席美娟摇头。俞莫寒看着她："为什么？"

席美娟的脸上闪过一丝凄楚，回答道："因为我的身体不好。"

俞莫寒问道："在和高格非结婚之前，你知道他的精神有问题吗？"

席美娟摇头道："不知道。我也是最近才听说他以前发过病。如果我早知道是这样,当时肯定不会嫁给他。"

俞莫寒的目光闪了一下,问道:"你所说的'是这样'三个字指的是他曾经有过精神病的病史吗?"

席美娟怔了一下,回答道:"就算是吧。"

她的这个回答似乎显得有些勉强,或者说是含混。不过俞莫寒并没有继续在刚才那个问题上纠缠,问道:"你的意思是说,自从你和他结婚之后从来都没有发现他的精神有问题?"

席美娟再次犹豫了一下,回答道:"是的。"

俞莫寒紧接着又问道:"也就是说,在你看来,在你丈夫出事之前,也就是那天他从家里开车出去的时候,他的精神完全处于正常的状态?"

席美娟这一次回答得很快:"是的。"说着,伸手捋了一下头发,袖口因为手的抬起露出了胳膊的一部分。而就在这一瞬,俞莫寒突然发现她的胳膊上有好几道青紫,不过随着她的手从额头处放下又隐藏在了衣袖之中。她刚才的那个动作似乎很随意,时间极短,却已经让俞莫寒内心非常震惊。

俞莫寒指着她的胳膊:"你的手怎么了?"

席美娟的身体颤抖一下,急忙用另一只手抓住那只手上的衣袖,淡淡说道:"没事,不小心撞到了门上。"

她先前捋头发的那个动作是无意识的,而现在另一只手去抓衣袖却是瞬间潜意识的遮掩。俞莫寒看着她,目光和声音都充满着悲悯的情绪,问道:"你的丈夫,他经常家暴你,是吧?"

也许是受到了这种真切的关怀,也许是悲苦的情绪在内心压抑得太久,席美娟的眼泪一下子就滚落了下来,不过她马上转移了话题:"他的脾气不大好,都是因为我不能生孩子,所以我从来都不怪他。"

仅仅因为她不能生孩子?仅仅是丈夫脾气不大好?对此俞莫寒

表示怀疑。不过他此时最不能理解的是,眼前的这个女人可是高校教师而不是愚昧的社会底层妇女,为什么会一直忍耐着被家暴的痛苦却没有选择使用法律的武器?俞莫寒在心里唏嘘不已,脸上的同情更甚:"你为什么要选择忍耐?为什么?"

席美娟的泪流得更厉害了,她嘴唇颤抖着,但是最终并没有回答他这个问题。而此时,俞莫寒的心里似乎已经有了答案:或许恰恰是高校教师的身份让她选择了隐忍,仅仅为了所谓的脸面。结合高格非的身份以及当时他第二次婚姻的状况,俞莫寒此时几乎可以想象眼前这个女人曾经的生活环境。他轻轻叹息了一声,说道:"这是你的私事,我本不应该多说什么……"

看着依然在无声落泪的席美娟,他忽然觉得有些不忍:"好吧,那我们回到前面的问题上。席老师,请你告诉我,在出事的当天,你丈夫在出家门前有什么异常的表现吗?"

席美娟揩拭了一下眼泪,摇头道:"他出门从来都不会和我打招呼的。"

俞莫寒继续问道:"那天他家暴你了吗?"

席美娟摇头,随即缓缓站了起来,对他们说道:"对不起,我有些乏了,你们……"

俞莫寒当然明白对方的意思,只好将笔记本收起放到随身的挎包里面,然后去拿录音笔,这时候他忽然想起了什么,问道:"席老师,你母亲是不是非常要强?"

席美娟惊讶地看了他一眼,却没有回答他这个问题。不过俞莫寒此时已经知道了答案。他轻叹了一声,客气地向她道谢后和那位社区民警一起离开了。

社区民警姓姜,虽然他是第一次接触俞莫寒,但对这位年轻的精神病医生印象极好,从席美娟家里出来后他忍不住问俞莫寒道:"俞医生,你最后的那个问题……"

俞莫寒微微一笑，说道："那个问题和我要调查的事情无关。我只是想验证一下自己的某个猜测而已。"

对很多人来讲，精神病医生这个职业有些神秘，社区民警小姜更加好奇："究竟是什么样的猜测呢？可以告诉我吗？"

俞莫寒说道："这位席老师在家暴面前竟然选择了隐忍，开始的时候我觉得有些不可思议，她可是一个有知识、懂法律的女性啊，为何做出这样的选择？是因为放不下脸面，还是害怕高格非动用关系让她在高校里面难以立足？我觉得这两方面的因素都可能存在。可是不管怎么说，她最终放弃了反抗，选择了逆来顺受。那么，她做出这种选择的根源究竟是什么呢？很显然，这和她长期以来形成的世界观有关系，而一个人世界观的形成主要受社会环境和家庭环境影响。当今社会提倡女性独立、自尊，因此，我认为她的这种世界观受到家庭环境影响的可能性极大，而且能够让一个本来应该自尊自立的知识女性在家暴面前选择逆来顺受的力量肯定是非常强大的，于是我猜测这位席老师应该有一位非常强势的母亲，她很可能是在自己母亲的强制下才做出了这样的选择。"

小姜问道："为什么不可能是她的父亲？"

俞莫寒微微一笑，说道："女儿都是父亲的小棉袄啊，做父亲的如果知道这事怎么可能让女儿受到如此的伤害？除非母亲的强势同时压制着父亲……"说到这里，他忽然想起一件事情来，"虽然说清官难断家务事，但家暴已经涉嫌犯罪，你们警方是不是应该出面管一下这件事情？"

小姜苦笑着说道："人家没有报案，我们也不好出面的。这样吧，我向妇联反映一下此事，请他们出面的话可能更合适一些。对了，俞医生，刚才的这个问题和她男人的精神病鉴定有关系吗？"

俞莫寒含糊其词道："也许有关系吧。"

高格非的父母所住的地方距离这里不远,是一套两室一厅的房子。这套房子是高格非三年前买下的,装修好之后就将他们接了过来。

俞莫寒和小姜一进屋,高格非的父亲就热情地招呼着他们,一边吩咐老伴泡茶,一边给他们俩递烟。他手上的是一盒软中华,刚才就放在茶几上面。俞莫寒和小姜都不抽烟,客气地拒绝后,俞莫寒就开始打量眼前的这个地方。装修得比高格非的家要奢华许多,家具和电器都比较高档。俞莫寒寒暄着问道:"你们住在这里还习惯吧?"

高格非的父亲说道:"开始的时候有些不大习惯,后来慢慢就好了。不过我还是觉得农村好,吃的猪肉是自己养的,蔬菜也是自己种的,不会有添加剂和农药。"

俞莫寒笑着问道:"农村的人是不是把加了添加剂的猪肉和撒了农药的蔬菜都卖到城里来了?"

高格非的父亲也笑,说道:"很多人都是那样做的,说起来都是钱这东西害人啊。"

俞莫寒从他刚才的话中感觉到,眼前的这个老人不但诚实,而且似乎还有些文化,也许高格非的成长与这样的家庭有着很大的关系。俞莫寒看了看客厅里面的陈设,笑着说道:"这房子是您儿子给你们买的吧?看来他挣的钱也不少。"

老人显得有些尴尬:"这都是他孝敬我们的,他挣钱的事情我是不管的。"

俞莫寒不想将话题说得太偏,说道:"您儿子的情况我们已经基本上了解了,不过有几个问题我们还想进一步搞清楚。"

老人点燃了一支烟,深吸了一口后说道:"你问吧,我保证向你说实话。"

俞莫寒打开录音笔和笔记本,说道:"我也希望是这样。第一个问题：据您提供的材料上显示，当时高格非是在乡下从楼上跳下去摔断了腿。当时你们在乡下的房子一共有几层楼？他究竟是从哪一层楼跳下去的？"

"我们在乡下的房子有三层楼，他是从三楼的窗户跳下去的。"

"那是什么样的房子呢？"

"就是农村里面常见的那种楼房啊。是这样的，以前我在沿海打工挣了些钱，除了供格非上学的花费之外就修了那栋房子。在农村修房子花不了多少钱的。"

"那房子现在还在吗？"

"在啊，每年我还要回去住一段时间呢。"

"高格非当时为什么要跳楼？"

"那时候他还在医科大学上班，当时临近过年，他每年的那个时候都要回家的。那天他早上起来不久就跳楼了，我问他为什么要那样做，他却什么都不告诉我。当天我就把他送到县医院去了，一个多月后腿才长好。他向学校请了假，说是自己不小心摔了一跤。后来他回去上班后给我打来电话，特别叮嘱我千万不要把他跳楼的事情告诉别人。我当然不会随便对别人讲啊，跳楼又不是什么光彩的事情。"

"那您为什么认为他当时是精神病发作？在那之前他还有过其他异常的情况吗？"

"无凭无故就跳楼，肯定不正常啊。不过当时我并没有从那个方面去想，只是以为他是一时间想不通。这次的事情发生后我才忽然想起那件事情来……他可是大学的校长，怎么可能无缘无故开车去撞人呢？"

是啊，这是一个非常关键的问题。俞莫寒想了想，又问道："您对您儿子工作和家庭生活的情况了解多少？"

老人叹息了一声，回答道："他的事业倒是不错，年纪轻轻就当上了大学的校长，在我们那一带可是从来没有过的事情。不过他的命也不大好，第一个女人刚刚怀上孩子不久就出意外死了，现在的这个女人又不能生育。"

俞莫寒问道："他的第一个女人究竟是怎么死的？"

老人叹息了一声，回答道："听说是在家里擦窗户玻璃的时候不小心从楼上掉下去了，一尸两命啊。"

俞莫寒继续问道："她怀着孩子，怎么还去擦玻璃？"

老人回答道："具体的情况我也不清楚，格非后来告诉我说，当时他也不在家里。"

俞莫寒觉得，那件事情警方已经有了明确的结论，想来确实和高格非没有什么关系。随后俞莫寒又问了一些其他的问题，这才告辞离开。

接下来俞莫寒去拜访了当时准备超车的那位驾驶员。驾驶员提供的情况比较简单，他告诉俞莫寒说："他的速度太慢，我当然要超车了，想不到他忽然就加大了油门，吓了我一跳，我就马上减速了。"

俞莫寒问道："你在准备超车的过程中肯定看到了那辆车里面的驾驶员吧？你发现当时的他有什么异常吗？"

驾驶员回答道："当时没有特别注意那个人，只是以为他开车的时候不专心。现在有些人就是这样，一边开车一边打电话，还有的人因为压力大容易发生路怒症，这样的事情我见得多了，当时虽然有些生气，不过很快就过去了。为了那样的事情生气没一点意思，你说是不是？"

俞莫寒即刻问道："当时你看到他在打电话？"

驾驶员摇头道："我真的没有注意到。他加速后我就减速了，也就是在车里面骂了他一句。"

俞莫寒问道:"你骂的是什么?声音大不大?估计对方能不能听见?"

驾驶员道:"我当时在一气之下就骂了他一句:想找死是吧?!不过我不知道他是否能够听见。"

俞莫寒继续问道:"当时你的车窗是开着还是关着的?那辆车的车窗呢?"

驾驶员想了想,回答道:"我的车窗是开着的,他的车窗……我记不得了。当时我真的没有特别去注意。"

俞莫寒点了点头,又问道:"你是干什么工作的?"

驾驶员道:"我是搞建筑的,承包一些小工程。"

俞莫寒若有所思地道:"现在的工程项目不大好做吧?"

驾驶员叹息了一声,道:"是啊,项目一层一层承包下来,到了我的手上利润已经非常薄了,最怕的就是出现安全事故……"

俞莫寒拍了拍他的肩膀:"谁的压力不大呢?很多人都活得不容易……"他发现自己无法继续说下去了。此时他禁不住想,如果当时这位驾驶员再愤怒一些的话又是一种什么样的结局呢?

只不过这个世界上从来没有什么如果。

加油站工作人员提供的情况要详尽许多,也许和她们是女性有关。女性往往比较感性,对事情发生的过程较为敏感。据加油站工作人员讲,当时高格非是快速将车开进加油站的,却没有在第一时间将车停靠在加油口,一位姓李的工作人员过去询问:"先生,您要加油吗?"这时候他才点头说道:"那就加两百块吧。"

俞莫寒问道:"当时他是一种什么样的状况?"

李姓工作人员回答道:"他马上从车上下来了,给了我两百块钱,同时还慌慌张张地朝四处张望。对了,他最开始的时候没有熄火,是我提醒了他之后他才上车去熄了火,然后就又快速下了车,还是在朝四处张望。当时我就觉得这个人有些奇怪，不过我没有问他，只是一直盯着他看，我害怕他做出什么不好的事情来。"

俞莫寒点头："后来呢？"

李姓工作人员道："我很快就给他的车加完了油，朝他大声说了一句：加好了！他快速上了车，油门加得很大，几乎是冲出加油站的。这时候加油站的其他工作人员和顾客都注意到了这件事情，正惊讶着就听到外面不远处传来了'砰'的一声，然后就听到有人在大喊：'撞人了，撞死人了！'我朝外面跑去，看到就是刚才加油的那辆车撞到了马路对面的人行道上，那个人正朝远处跑去。"

这个过程俞莫寒已经从监控录像中看到过，不过此时他需要搞清楚的是另外的细节，于是问道："他在加油前后是否向你提出过需要开发票什么的？"

李姓工作人员摇头道："没有。"

俞莫寒看着她："你也没有主动问他？"

她有些尴尬："如果顾客不需要的话，我们一般不会主动去问。"

很多加油站都是私人挂靠在国有公司下面的，开发票是要上税的。俞莫寒在心里苦笑了一下。不过刚才的那个问题非常重要。

从加油站出来后，俞莫寒又去拜访了警方提供的几位目击证人。当他从最后拜访的目击证人家里走出来的时候才发现天色已暗，这时间过得还真是快啊。而也就在这个时候他才感觉到T恤早已湿透，身上极不舒服。他拿起电话准备给姐姐俞鱼打过去，可是又想起手上的工作还没完成，便又苦笑着将手机放回到裤兜里面。

在附近随便吃了点东西，然后打车回到精神病院的宿舍，痛痛快快洗了个澡，空调带来的凉爽感让他感到神清气爽。打开录音笔和笔记本，他将一整天的走访记录变成书面文字，看了看时间，已经临近午夜。推开窗户,眼前是这座城市璀璨的夜景。

精神病院位于城市西北面的山上,附近有一个小镇,俞莫寒所在的宿舍就建在这座山的边缘地带。此时,他将目光投向下午曾经去过的那家加油站所在的方向,脑海里面禁不住响起高格非报警时仓皇、恐惧的声音——

"110,110吗?有人正在追杀我,有好几辆车,他们好多人,拿着刀,还有枪。求求你们救救我……"

第二章
急性短暂性精神病

"你吃了吗？"这是一个患有严重强迫症的病人，他总是问身边的人同一个问题。此时他正在问俞莫寒。

"吃了。"虽然明明知道这个病人并不在乎自己的答案，但俞莫寒还是温和地回答了他。

"俞医生，我爱你。"这时候一个年轻的女病人过来一把推开了强迫症病人，脸上的鄙夷很快转换成无尽的痴情，她深情款款地对俞莫寒说。

这是一个青春型精神分裂症患者，一年前因为感情挫折而诱发患病，有精神分裂症家族史，入院后一直服用药物但效果不佳，对长相英俊的俞莫寒痴迷非常。俞莫寒知道，她对自己的这种情感完全来源于幻觉中的想象，虚幻到了她自认为真实的程度。他朝这个病人微笑着问道："想你爸爸妈妈没有？"

病人仰头想了想，摇头，神态和目光不再像刚才那般痴迷，嘴里喃喃地说道："今天的甜蜜，我要传给下一代，也就是喜欢熊猫的人。巧克力就是猪吃，蜜橘就是炎黄子孙，末代皇帝走的时候，把我当成熊猫抬到日本……"

虽然成功地让她转移了注意力，俞莫寒的内心却充满着悲悯的叹息。这个病人散乱的语言真实地代表着她的那个世界。那是一个正常人永远也无法知晓、懂得的世界。在那个世界里，没有阳光，没有方向，更没有逻辑，唯一存在着的是永远的混乱。

处理完了手上的病人，俞莫寒来到院长办公室。院长顾维舟接过他递过来的书面报告，仔细看完后感叹道："年轻就是好啊，有朝气，有冲劲。你的这份调查材料完成得不错，对我们接下来的鉴定很有帮助。"

俞莫寒正色说明道："这份材料里面的情况都是真实的。"

顾维舟朝他和蔼地笑着，点头道："当然，这也是我们一贯的原则。"说着，他将一份卷宗朝俞莫寒递了过去："你看看，这是高格非的人格测试结果。"

卷宗里面是一整套人格测试问答题目，高格非按照要求完整地勾选了里面所有问题的选项。资料的最后一页是人格测试的初步结论：分裂型人格。结论的下方有院长和其他三个人的签字。顾维舟对他说道："如果你没有不同意见的话也签上名字吧。"

这是一份全世界精神病和心理学界通用的、经过无数病例证实了的经典人格测试套题，普通人不可能左右最后的结果，因为在这套题里面，许多关键问题会出现似是而非的反复提问，从而使得一个人的真实人格得以展现。

不过俞莫寒并没有马上签字，他问道："这次的鉴定小组为什么这么多人？"

一般情况下，精神病鉴定小组只要不少于两个人就可以了，正因为如此俞莫寒才有了这样的疑问。

顾维舟明白他为什么有这种疑问，回答道："这起案件看似简单,但由于犯罪嫌疑人的身份比较特殊,一旦我们给出他确实患有急性短暂性精神病的结论,必将引起社会舆论的强烈反应。所以司法部门要求这起案件的精神病鉴定专家的人数尽量多一些,而且最好是单数。"

俞莫寒明白了,这才在上面签下了自己的名字,随后问道:"接下来准备在什么时间面对面询问犯罪嫌疑人?"

顾维舟回答道:"既然你的调查工作已经完成,那就今天下午吧。这起案子的影响极大,司法部门的意思是让我们尽快拿出鉴定意见,不然的话社会舆论就更容易发酵,到时候处于被动就麻烦了。"

俞莫寒道:"我们只能按照程序如实地得出结论……"

顾维舟打断了他的话:"那是当然。这件事情估计不会像你想象的那么简单,无论最终的鉴定结果是什么,你我都要做好承受巨大社会舆论压力的心理准备。"

俞莫寒不以为然地道:"只要符合鉴定程序,用事实、用科学说话,即使承受巨大的压力也无所谓。"

顾维舟点了点头,不再多说什么。待俞莫寒出去后顾维舟想了想,拿起电话:"从目前的情况来看,高格非急性短暂性精神病的结论应该没有什么问题。"

"谢谢啦,老同学。"电话里面的声音说道。

"按照我们医院年轻的俞博士的话说,只要符合鉴定程序,用事实、用科学说话,即使承受巨大的压力也无所谓。而且我们确实也是这样做的,根本不需要弄虚作假。"顾维舟轻松地说道,"希望你能够想办法带话给他,一定要实话实说,不要夸大和隐藏任何事情。"

"我来想办法。"电话里面的那个声音说道。

当天下午三点,鉴定小组的五位专家都到齐了,除了俞莫寒之外，其他的几位专家都在四十岁以上，他们来自不同的医院，其中有一位是医科大学附属医院精神科的教授。他们对俞莫寒早已熟悉，知道他是某位大名鼎鼎的精神病学专家的弟子，也就都没有任何的质疑，反而都对他比较客气。

顾维舟和那三位专家做了简短的商量，然后对俞莫寒说道："一会儿主要由你提问，有问题的话我们再作补充。"

俞莫寒感到有些惶恐："我？"

顾维舟点头道："只能是你，因为你对这起案件的整个过程最了解。"

俞莫寒想了想，觉得好像确实也是如此，说道："那我得马上去拟一个提纲。"

顾维舟朝他笑了笑，说道："你的提纲不是早就在你脑子里面了吗？"

俞莫寒有些不好意思地笑了。顾维舟说得对，虽然事先并不知道主要提问的人是他，但是在头天的调查过程中他就已经想到了最核心的几个问题，他本来是想借此机会检验一下自己的水平的，却万万没有想到事到临头这副重担真的落到了自己身上。

高格非目前已经被警方刑事拘留，此案也移交到了检察院和法院准备开庭审理，下午三点半的时候警车带着他来到了精神病院。鉴定专家与高格非见面的地方选在精神病院的会议室里面，此时高格非身上的手铐和脚镣都已经被解除，侦办此案的刑警队有关人员也参与了旁听。

鉴定小组和刑警队的有关人员坐在一排，其中俞莫寒坐在正中间，他的正对面是高格非和一位警察。高格非戴着眼镜，皮肤白净，一看就属于学者型的人。司法方面的人首先宣读了高格非的父亲请求司法机关对犯罪嫌疑人进行精神病鉴定的申请书。在申请书里，高格非的父亲提出的申请理由是：高格非作为高等专科学校的校长，教书育人多年，一贯遵纪守法，却在突然间犯下故意杀人罪，让熟悉他的人都为之震惊。他之所以做出这种事情，唯有用精神病忽然发作可以解释，而且在八年前他就发生过病发跳楼的事情，所以特向有关部门提出对其进行司法鉴定的申请。

接下来又宣读司法部门同意对犯罪嫌疑人进行司法鉴定的批复，然后，这次的司法鉴定才正式开始。

俞莫寒是第一次参与司法鉴定，心里难免有些紧张，不过他暗暗深呼吸几次后很快就镇定下来："高格非，请你将事发当天的情况如实描述一遍。"

高格非道："当时我从家里出来后就直接到车库里去开车，当我将车从车库开出去的时候就感觉到后面有几辆车跟了出来，我忽然觉得有些不大对劲，就加大了油门开出了小区。到了外面的马路上我减慢了速度，从后视镜里看到好几辆车一直跟着我，我好像看到那些车里面的人都在朝我的方向指指点点，我有些害怕，就快速朝前面开去。大约过了十来分钟之后，我又减慢了速度去看后面，发现那几辆车还在紧跟着我，车里面的人好像拿着东西。这时候他们其中的一辆车试图超过我，很显然，他是想在超过我之后堵在我的前面，我急忙加速，这时候就听到那辆车里面的人朝我大叫：'你去死吧！'我吓坏了，急忙打电话报警。刚刚打完报警电话，我就看到前面不远处有一处加油站，于是我就将车开进了加油站里面。到了那里面后我朝四处看了看，并没有发现那几辆车跟过来，这才放心了许多。这时候加油站里面的工作人员问我需不需加油，我觉得那个地方还比较安全，于是就借此机会给车加了油，同时继续警惕地观察着周围的情况。后来工作人员告诉我说油已经加好了，于是我就将车快速地朝加油站外面开去。可是当我刚刚将车开出加油站的时候，就发现对面的马路上有几个人拿着刀正虎视眈眈地在那里看着我，当时我想也没想就加大油门朝那几个人冲了过去。当车刚刚停下我就下车朝前面跑去,因为我不知道自己究竟撞到了那几个人没有,当时我心里唯一的想法就是要尽快逃离那个危险的地方。我一直在跑,一直在跑,后来听到有警笛声在我身后响起,这才停下了脚步,当我被警察带到警车里面之后才不再感到害怕,也就是在那个时候,我眼前一黑,然后就什么都不知道了。醒来后警察告诉我说,我撞死了好几个人,还有人受了重伤,而且那些人都是无辜的行人。怎么可能呢?当时我可是看得清清楚楚,就是那些人一直在跟踪我,试图杀害我,我明明看见他们的手上拿着刀,一个个都虎视眈眈地看着我。一直到现在我都不相信警察的说法,因为我完全相信自己的眼睛……"

他的这番描述与当初警察所录的口供几乎完全一样,但在俞莫寒和另外几位精神病学专家看来,病态的情况很可能就在他刚才的讲述之中。

接下来俞莫寒开始发问:"像这种突然感觉到自己被人跟踪甚至有被人谋害的恐惧以前有过没有?"

这个问题本来应该是在中途或者最后才询问的,却被俞莫寒放在了最前面,顾维舟和几位专家愣了一下,顿时就明白了他的意图,禁不住暗暗赞赏。是的,这个问题尤其关键,是区别精神分裂长期存在与突发性的关键。

高格非摇头:"以前从来没有过。"

俞莫寒看着他:"你确定?"

高格非点头:"确定。"

俞莫寒接下来问第二个问题:"事发当天,在你从家里出来之前是否有正在被人监视的感觉?"

高格非摇头:"没有。"

俞莫寒:"当时你和家里的人争吵过吗?"

高格非:"没有。"

俞莫寒："那天，你准备出门去做什么？"

高格非："我忽然觉得心烦，于是就想开车出去四处转转。"

俞莫寒："心烦的原因是什么？"

高格非："不知道。就是莫名地感到心烦。"

俞莫寒："你刚才讲，当你开车从车库出去的时候就感觉到后面有好几辆车跟了上来，那么，当时你的感觉究竟是怎么样的？"

高格非："就是那种感觉，就像电影画面一样，好像我的车刚刚出了车库，就忽然出现好几辆车跟在我的后面。"

俞莫寒："在你的感觉中，那些车都是什么牌子、什么颜色的？"

高格非想了想："好像白色、红色、黑色的都有。什么牌子的车没印象。"

俞莫寒："刚才你说到那种感觉就像是电影画面一样，请你详细描述一下当时的那个画面。"

高格非："我开着车在前面，后面有几辆车一个接一个地跟上来……就好像我自己并没有在车里面，画面的镜头就好像是从空中拍摄下来的一样。"

俞莫寒："到了小区外面之后，你减慢了速度，然后从后视镜里面就看到了那几辆车。这时候你所看到的和前面的画面是一致的吗？"

高格非又想了想："当时我没有刻意去想这个问题，只是觉得后视镜里面的那几辆车就是画面中的那几辆。"

俞莫寒："你看清楚准备超车的那辆车是一辆什么样的车了吗？"

高格非："那是一辆越野车，很威猛的那种。"

俞莫寒："你看清楚那辆车的驾驶员了吗？"

高格非："看清楚了。那是一个长得非常壮的男人，身上好像有纹身。他还朝着我笑了一下，他的牙齿是黑的。"

俞莫寒拿出越野车驾驶员的照片："是这个人吗？"

高格非仔细看了看，摇头道："不是这个人。那个人看上去非常的凶恶、可怕。"

俞莫寒："那辆车上面还有其他人吗？"

高格非："有好几个人。和后面那几辆车一样，车上的那些人手上都拿着东西。"

俞莫寒："那些人的手上都拿着什么样的东西？"

高格非："当时我脑海中出现的画面是，那些人的手上有的拿着刀，有的拿着枪。"

俞莫寒："画面？"

高格非："是的。而且那种画面非常清晰，就好像是电影一样。"

俞莫寒："当你从车库里面出来的时候，那辆越野车就跟在你的后面吗？"

高格非想了想："记不得了。当时给我的感觉就是，那辆越野车就一直跟踪我而且准备谋害我。"

俞莫寒："你确定自己当时真切地听见了驾驶越野车的那个人在朝你大叫'你去死吧'？"

高格非："我听得清清楚楚。我被吓坏了，因为那个人的大叫声证实了他们确实就是想要谋害我。"

俞莫寒："于是你就打电话报了警？"

高格非："是的。我很害怕，非常害怕。"

俞莫寒："你为什么觉得加油站里面比较安全？"

高格非："因为那里有工作人员，一旦我出现危险说不定他们可以帮我。还有，当时我就想了，如果那些人追进来我就点燃加油站和他们同归于尽。"

这一刻，现场的所有人突然感到不寒而栗。这个细节在警方的材料中并没有出现过，也就是说，警方在讯问他的时候并没有问到俞莫寒刚才的那个问题，而现在的事实是，如果当时真的出现了那样的情况，说不定高格非就会在加油站里面纵火。此时，俞莫寒和几位专家已经基本上可以确定此人当时确实出现了幻觉及被害妄想，所以他们内心的震惊比其他人更甚。

俞莫寒继续问道："平时你都开单位的车吗？"

高格非："是的，我喜欢开车，除了工作时间之外我都是自己开车。"

俞莫寒："可单位是给你配了驾驶员的，为什么不让他开？"

高格非："驾驶员跟着总不是那么方便，而且驾驶员也乐意我自己开车，他也正好可以休息不是？"

俞莫寒："你别反问我。你刚才说到驾驶员跟着不是那么方便，这句话是什么意思？"

高格非："我们每个人总是有些私事要办的，他跟着确实不方便。"

俞莫寒："你说的私事包括你的隐私吗？"

高格非犹豫了一下，点头道："是的。"

俞莫寒："比如？"这时候他听到顾维舟轻轻咳嗽了一声，这才意识到自己已经偏离了主要的问题："好吧，这个问题你可以不回答。刚才你说到，在工作之余都是你自己驾车……"

高格非纠正道："不都是，是大多数的时间。"

这其实是俞莫寒设置的一个陷阱，就是为了检验对方是否夸大或者隐藏某些事实。俞莫寒道："好吧，在工作之余的大多数时候是你自己驾车，那么，大多数时候都是你自己去加油吗？"

高格非回答道："不，一般情况下都是驾驶员提前将车加满了油，只是有时候是我自己去加油。"

俞莫寒："比如？"

高格非："比如在放假期间，连续数天甚至一个月都是我自己驾车的情况下。"

俞莫寒："你自己加油后会让加油站的工作人员开发票吗？"

高格非："当然，这部分的费用是需要报账的。"

俞莫寒："可是在事发那天，你加油后并没有让工作人员给你发票。这是为什么？"

高格非："当时我非常害怕，完全忘记了这件事情。"

俞莫寒："当你将车开出了加油站之后突然就看见马路对面有几个人正拿着刀，虎视眈眈地看着你。你认识那几个人吗？"

高格非："认识，他们就是跟踪我的车上的那些人。"

俞莫寒："那些人？意思是有很多人？"

高格非："不，是那些人中的其中几个。"

俞莫寒："包括开越野车的那个人吗？"

高格非："是的。他就站在最前面。"

俞莫寒："你前面不是说他们当中有的人手上还拿着枪吗？"

高格非："那时候我没有看到他们手上有枪，都拿着刀。"

俞莫寒："你觉得刀比枪更可怕？"

高格非："我当时没有那样的想法，就是看见他们手上都拿着刀，明晃晃的，非常吓人，我感到非常害怕。"

俞莫寒："于是你就驾车朝他们撞了过去……那么，你究竟是想撞死他们还是想和他们同归于尽？"

高格非："我想撞死他们，然后逃跑。当时我害怕极了，那是我能够想到的唯一的办法。"

俞莫寒："前面你说过，一直到现在你依然认为自己当时所经历的那一切都是真实的。是这样的吗？"

高格非点头道："是的。那是我亲眼所见，是我最真实的感受，包括当时的恐惧、惊慌。"

俞莫寒接下来问道："据你父亲讲，多年前你曾经有过跳楼的事情？"

高格非:"是的。"

俞莫寒:"具体的时间是哪一年？当时你是从什么地方跳下去的？"

高格非:"八年前的寒假，我回父母家过春节。当时是从家里的三楼跳下去的。"

俞莫寒:"为什么要跳楼？"

高格非:"当时我对自己的前途、生活状况极度失望，一时糊涂就从楼上跳下去了。"

俞莫寒:"当时你的工作和生活状况是一种什么样的状态？"

高格非:"我二十三岁医学本科毕业，留校后从事行政工作，七年后还是一名普通职员，而和我同一批参加工作的人大多都已经是正科级甚至副处级了。此外，学校的老师都不喜欢我，排斥我。"

俞莫寒:"也就是说，当时你对前途和生活的失望完全是真实的？"

高格非:"是的。"

俞莫寒:"关于这件事情，事后你为什么要让你父亲保密？"

高格非:"因为我回到学校后不久就得到了提拔，我不想让单位的人知道此事。"

俞莫寒沉吟了片刻，侧头对顾维舟和其他几位专家说道:"我的问题问完了，请你们补充提问吧。"

几位专家低声商量了一会儿，顾维舟说道:"我们认为刚才俞博士的提问已经非常全面了，没有别的问题需要继续询问。接下来我们将对犯罪嫌疑人的情况进行认真分析、评估，然后出具正式的鉴定报告。"

"俞医生，还是你先说说自己的看法吧。"当刑警队的人和高格非都退出去，只剩下鉴定小组成员之后，顾维舟对俞莫寒说道。

怎么又是我？俞莫寒觉得诧异，却分明看到了院长鼓励的眼神，只好整理了一下思路说道："首先，犯罪嫌疑人的人格测试就已经说明了问题；其次，就这起交通肇事案件而言，很可能就是犯罪嫌疑人急性短暂性精神分裂发作的结果，因为他有着非常明显的幻觉和被害妄想症状。不过我认为犯罪嫌疑人八年前试图跳楼自杀的事件并不是精神病发作的结果，而是真的对前途和生活失去了信心。当然，任何人试图自杀的行为都是不正常的，所以我认为那起事件很可能是短暂性抑郁造成的。"

接下来鉴定小组的每一位专家都发了言，他们都赞同俞莫寒的看法，医科大学附属医院精神科的那位教授说道："我认为犯罪嫌疑人急性短暂性精神病发作的结论是没有问题的，否则的话就根本无法解释犯罪嫌疑人当时的行为。我同时也同意俞博士认为的患者八年前的事情并不属于精神病发作，所以，这应该是一起偶发性的急性短暂性精神病。"

待所有的人都发言后，顾维舟说道："既然大家的意见是一致的，那么现在就出具鉴定报告吧。"

鉴定报告出来后每个人都在上面签了字。这件事情就算有了个了结。其实鉴定小组的每个人，其中当然也包括俞莫寒，他们的心里都十分清楚，是他们决定了高格非的命运。不过在俞莫寒看来，这样的事情就如同自己每天所进行的工作一样平凡，因为他坚信自己的判断就是事实。

那位头部有伤的老人如今住在省人民医院，俞莫寒专程去看了他一趟。目前医院方面正在给老人做全身检查，然后根据情况择期手术。

俞莫寒从警方那里得到了一些情况：那天陪同老人到医院的矮瘦男子确实只是拿钱帮人办事，而当时委托他的那个人却再也没有出现。由于老人目前不能开口说话,交流困难,警方又担心询问过多引起老人情绪激动而使得病情加重,只好耐心等待他做完手术再说。也就是说,到目前为止,警方手上关于老人的资料信息基本上是一片空白,也就只能暂时将此事的调查工作放在一边。

老人认得俞莫寒,抓住他的手一直不放开。俞莫寒安慰他道:"您放心,医院会尽快给您做手术的,钱的问题您也不用多考虑,民政局在负责这件事情。"

老人的手还是不放开。俞莫寒明白了,温言对他说道:"我会经常来看您,手术那天我也一定会来的。"

老人的手紧了紧,这才松开了。俞莫寒的心里有些发酸,他无法理解老人的亲属为什么要那样对待他,而且他感觉得到,在这位老人的背后一定隐藏着某些不为人知的事情。

这是南方最炎热的季节。医院外面的马路上出租车排成长队,尾气排出的地方空气颤抖着,让人心烦的知了的聒噪声从不远处的一棵黄桷树上传来,俞莫寒循着那个声音发现树下有一个替人算命的人。

"算得准吗?"正处于无聊中的俞莫寒问树下的算命人。

"算不准不要钱。"看上去五十来岁满脸沧桑的算命人高深莫测地回答。

"那你给我看看。"俞莫寒蹲了下去。

"我要你的生辰八字。"算命人说。

俞莫寒告诉了他自己的出生年月日及时刻,还特别说明是阴历。算命人右手的大拇指指尖在其他几个手指上开始掐算,一会儿后说道:"你不是来看病人的,因为你家里没有病人。你是医生。"

俞莫寒的心跳了跳。他当然不会相信所谓的算命:"哦?那你说说我是什么科室的医生?"

算命人说道:"内科医生,外科医生不像你这样闲。"

俞莫寒差点失笑:"有道理。不过你说得不准确。"

算命人看着他:"传染科也属于内科是吧?"

俞莫寒摇头:"我不是传染科的医生。"

算命人道:"反正你不是外科医生,外科医生不像你这样阴柔。"

俞莫寒有些动怒,指了指自己:"你说我阴柔?"

算命人乜了他一眼:"你最近要出事。医疗事故。我是好心在提醒你,所以你最好要相信。"

俞莫寒愣了一下,咧嘴笑问道:"那怎么办?"

算命人又开始掐算,然后说道:"我可以替你消除这场灾难,不过这样的事情对我的寿元有亏,所以……"

俞莫寒禁不住笑了,问道:"一千块够不够?"

越是有文化的人越迷信,包括这医院里面的医生。算命人虽然更加坚信了自己的判断,不过还是觉得有些惊讶,毕竟像眼前这种主动说出价格的人极少。算命人想了想,道:"你是医生,平日里救死扶伤,我帮你也算是积阴德,那就一千块吧。"

这时候俞莫寒的手机响了,姐姐俞鱼在电话里面问道:"你现在方便到我这里来一趟吗?"

"我马上过来。"俞莫寒挂断了电话,从钱包里面掏出十块钱朝算命人递了过去:"我的命没那么贱,一千块肯定是改变不了的。对了,告诉你,我是精神病医院的医生。"

说完他随手招了一辆出租车。刚才给出的那十块钱他觉得应该,像医院这样的地方需要这样的人,因为他们可以替代心理科医生起一部分作用。

俞鱼是俞莫寒的亲姐姐。他们的母亲是少数民族,在实行计划生育政策的时代,俞莫寒的出生完全是在父亲计划之内的,于是这个世界上也就因此多了一位留德的精神病学博士。俞鱼今年三十二岁，比弟弟大了整整五岁，姐弟俩从小活泼可爱，让周围不少的独生子女家庭羡慕、嫉妒不已。他们的父亲是法院的干部，在科级这个位置上待了二十多年一直得不到提升，去年退休后在家里养花种草。父亲经常这样说："儿女双全，我这辈子满足了。如果什么好事情都让我一个人占了，那别人还活不活？"

俞鱼从父亲的事情上看透了许多，从某政法大学毕业后就开办了自己的律师事务所，如今在当地的律师界早已小有名气。俞莫寒从小到大一直接受着姐姐母亲般的关爱，即使是在国外留学期间对姐姐的思恋也从未减少过，虽然最近一段时间姐姐老是为他一直单身的事情着急张罗，让他感到有些心烦，但刚才接到那个电话的时候，他却依然条件反射般地决定马上过去继续听她的唠叨。

俞鱼的律师事务所开在市政府旁边不远。这是当时正在国外攻读硕士的俞莫寒的建议。当时俞莫寒对姐姐说，到市政府上访的较多，政府信访办的人对这样的事情早已焦头烂额，律师事务所开在那样的地方也就不会缺少客户。后来的事实证明他的这个建议是完全正确的，那个地段的租金虽然昂贵但确实物有所值，几场官司下来就帮信访办解决了不少问题，俞鱼的律师事务所也因此很快立住了脚。

俞鱼的律师事务所已经重新装修过，风格简单大气，窗明几净，清新爽目。里面的空调开得很足，俞莫寒一进去就碰到了正从里面出来的倪静。倪静是俞鱼的学妹，是这家律师事务所的合伙人，她只比俞鱼小两岁，长得不是特别漂亮，但端庄知性，白衬衣配黑色小裤管西裤，让她的双腿显得尤其修长，身材也因此而愈加婀娜。这是律师事务所的常规服饰，此时在俞莫寒的眼里却充满着制服诱惑。他的心里不由得战栗了一下，一种无尽美好的感受瞬间侵入他的心田。

俞莫寒第一次见到她的时候就有了这样的感觉，从此他便开始相信这个世界上真的有"心弦"这种东西，而拨动了他心弦的那个人就是眼前的这个她。

"你姐在办公室等你。"倪静朝俞莫寒笑了笑，算是打了个招呼。

"嗯。"俞莫寒朝她点了点头，两个人交错的那一瞬，俞莫寒闻到了她身上特有的香水气味。俞莫寒深呼吸了一下。她身上的气味真好闻。

"姐，"俞莫寒进到办公室的时候叫了一声，又说道，"进来的时候我看到倪静了。"

俞鱼正在看一份案卷，没有抬头："信访办那边有点事情需要她去处理一下……"她抬起头来看了弟弟一眼，"你应该叫她姐，怎么直呼她的名字呢？"

俞莫寒笑道："现在她不是不在吗……姐，你找我什么事？"

俞鱼这才意识到弟弟来得这么快，问道："你今天没上班？"

俞莫寒自己去倒了杯水，回答道："我去省人民医院看了个病人。你打电话的时候我刚刚从那里出来。"

俞鱼将桌上的一份案卷朝弟弟递了过去："被告驾车撞死了好几个人，他的亲属说他曾经患过精神病。这个案子我拿不准，你看看。"

俞莫寒惊讶了一下，拿起案卷看了一眼后即刻说道："这个案子你不能接！"

俞鱼漂亮的脸上全是惊愕："为什么？"

俞莫寒道："原因很简单，因为我是这起案件犯罪嫌疑人精神病鉴定小组的成员，你是我姐姐，所以你必须回避。"

俞鱼顿时明白了，问道："那么，你们对这个犯罪嫌疑人最终的鉴定结果是什么？"

俞莫寒觉得这个问题根本就不需要保密,因为鉴定结果已经递交给了司法机关,而且案件一旦进入庭审程序就会被众人所知。他回答道:"急性短暂性精神分裂症。这个诊断比较明确。"

俞鱼笑了,说道:"如此说来,这个案子我就必须要接了。莫寒,别这样看着我,你先听我把话说完。"她瞪了俞莫寒一眼,不过脸上依然充满着笑意,"首先,我的律师事务所需要有这样一起案子,为什么呢?因为这起案子的争论很大,而争论越大的案子就越容易产生新闻效应,所以,这是我们一战成名的绝佳机会;其次,你虽然是这个案子精神病鉴定小组的成员之一,但你们的工作是做在我们前面的。也就是说,在你们对犯罪嫌疑人做出鉴定结果之前我还并没有签署代理这起案件的合约,因此,我根本就不需要去考虑什么回避的问题。况且,真正意义上的回避指的是你、我和犯罪嫌疑人之间的关系,所以你根本就不需要在这件事情上面有任何的顾虑。"

俞莫寒苦笑着说道:"我说不过你这个当律师的。好吧,既然你觉得这是一次很好的机会,那我就不再说什么了。"

俞鱼显得有些兴奋:"这一次,我们一定能打一个大胜仗!一举成名天下知呀,到时候我就把律师事务所搬到市中心最好的写字楼里面去!"

她太要强了,从小到大都是这样。俞莫寒太了解自己的这位姐姐了。他笑嘻嘻地看着俞鱼:"姐,中午吃什么?"

俞鱼一如既往地豪爽,说道:"你说地方,菜随便点。对了,今天下午你要上班吗?"

俞莫寒摇头道:"不去了。正好明天周末,我想去图书馆查一些资料。姐,倪静为什么到现在还单身啊?"

"她以前在感情上受过很大的伤害……"姐姐回答道,忽然警惕了起来,"你干吗问这个?"

俞莫寒伸了个懒腰:"她不是你的合伙人吗,我好奇而已。"

俞鱼心里的警惕依然没有放松:"莫寒,你对她不会有什么别的想法吧?那可不行,她可比你大好几岁呢。"

俞莫寒知道,姐姐是真心在关心自己,而且在潜意识中一直都充当着母亲的角色。俞莫寒道:"怎么会呢?我就是随便问问。"

这时候俞鱼忽然想起一件事情来,说道:"小朱其实很不错,人长得也漂亮,而且她比你小两岁,你认识她的,是吧?"说着,也不等弟弟回答就拿起电话拨了个号码。

小朱很快就进来了。俞鱼想让她给弟弟做女朋友的事情她还不知道,所以也就没有表现出任何的拘谨与尴尬。她一看到俞莫寒就问:"帅哥,你今天没去上班?"见对方只是笑了笑,这才将目光转向自己的老板:"鱼姐,你找我?"

俞鱼的下属都这样称呼她,她时常很自恋地开玩笑说自己就是一条美人鱼。俞鱼笑着对她说道:"我弟来了,大家一起去吃午饭。小朱,你想吃什么?"

小朱高兴地道:"好啊好啊,我们去吃火锅吧。"

俞莫寒即刻反对:"怎么能去吃火锅呢?"

小朱十分惊讶于他的反应,问道:"为什么不可以?虽然天气热,但火锅店里面有空调啊。吃火锅可以排汗,排毒养颜呢。"她指了指自己的额头:"你看,我都长痘痘了。"

俞鱼饶有兴趣地看着弟弟,却发现他根本就没去看小朱的额头,而是摇头说道:"我的意思是说,如果你们下午还要上班的话就最好不要吃火锅。"

小朱这才明白了:"你的意思是说,吃完火锅后身上的味道太大了?"

俞莫寒点头道:"是的。佛教戒荤,所谓'荤',指的是所有味道比较重的食物。为什么呢?因为它们是一个群体,不能因为个人饮食上的喜好影响到其他的人。我们也一样，所以应该注意这个问题。"

虽然明明知道俞莫寒说得很有道理，小朱还是觉得有些尴尬，刚才的高兴劲儿一下子就没有了："鱼姐，我忽然想起还有别的事情，那你们自己去吃吧。"

"你是故意的吧？我就不明白了，小朱各方面的条件其实都很不错的，你为什么就看不上人家呢？"小朱出去后俞鱼也眼看着弟弟问道。

俞莫寒道："我是精神病医生，今后需要一个安静的家，小朱太活泼了些。姐，我们不说这个了。像我这样的帅哥是不会单身一辈子的，你说是不是？"

看着弟弟跷着二郎腿懒洋洋的坐姿，姐姐笑了："这倒也是。"

姐弟俩坐在酒店顶层巨大的落地玻璃窗旁，窗外是这座美丽城市的一部分，每一次的俯视都会让人感到震撼，震撼于人类的建筑竟然可以如此美轮美奂。这家酒店的自助餐非常有名，当然价格也不便宜。

俞鱼一边吃着三文鱼一边问弟弟："你有多长时间没有回家了？"

俞莫寒苦笑着说："最近实在是太忙了。"

俞鱼朝他翻了个白眼，说道："明明是你不喜欢爸妈的唠叨。莫寒，你要想不被他们唠叨的话，最好的办法就是尽快找到女朋友。"

俞莫寒忽然感到有些心烦，说道："真不知道你们是怎么想的，我今年才二十七岁，你们怎么就那么着急？是，我好多的同学都已经当父亲了，可是也有和我一样没有结婚的啊。算了，不说这个事情了。姐，你和姐夫的关系怎么样了？"

俞鱼的丈夫汤致远是一名公务员，两人已经结婚多年。刚刚结婚的时候俞鱼为了事业暂时放弃了要孩子,后来当她想要孩子的时候却发现身体出了问题。其中的原因并不复杂,就是人流后造成的习惯性流产。这是一个非常麻烦的问题,至少现有的医学技术难以解决这样的难题。夫妻之间的情感往往会随着时间的流逝慢慢变得淡漠,而孩子往往在其中起到维系感情的润滑作用。因此,俞鱼和丈夫之间也就毫不例外地出现了一些问题,两个人白天几乎从不见面,即使下班回家后也只是相互间客气地问候,开始的时候还仅仅是同床异梦,很快就开始分居。

听弟弟问及这件事情,心烦的人就变成了俞鱼:"你别问这事,反正和以前差不多。"

俞莫寒看着姐姐:"但是,你们之间的问题总得解决才是。"

俞鱼一下子就变得激动起来:"你的意思是让我们离婚?"

俞莫寒的想法当然不是这个,他问道:"那么,你们为什么一直没有离婚?"

俞鱼愣了一下,叹气道:"其实,我们之间还是有真感情的,所以我们都舍不得对方。"

俞莫寒不再说话,唯有在心里叹息。

午餐后俞鱼回到了律师事务所,离开前叮嘱弟弟一定要回家一趟。站在被酷热空气笼罩着的大街上,俞莫寒茫然四顾,他发现自己好像除了回家之外就再也没有别的地方可去。可是一旦回家就必定会面对父母的唠叨……嗯,这个问题是该解决了。

其实俞莫寒的心里面早已有了一个人,只不过他一直在犹豫。他担心父母和姐姐不同意,然而他更担心的是,自己心里面的那个她也可能不答应。

第三章
危机袭来之前

虽然天气异常炎热，俞莫寒却在马路边站了好一会儿，最终才决定朝着姐姐律师事务所旁边的那家咖啡厅走去。就在刚才，他在心里询问了自己好几个问题：你对她的感觉如何？嗯，不错，非常不错。她适合做你的妻子吗？我觉得非常适合。为什么？也许她和姐姐是同一类人，我喜欢被人呵护的感觉。那么，你了解她吗？这个问题似乎并不重要，因为我还有很多的时间。既然如此，那你还犹豫什么呢？是的，不能再犹豫了。

坐在咖啡厅里，待感觉到稍微凉快之后，俞莫寒就直接给倪静打去了电话："我在你们单位旁边的咖啡厅里，我想和你说点事情。别告诉我姐。"

说完他就直接挂断了电话，也许是紧张，也许是为了表达自己不再犹豫的态度。其实他自己都有些说不清楚。

在接下来的等待过程中，俞莫寒进一步明白了一个问题：婚姻是这个世界上大多数人的本能需求，一直单身的自己在接触了许多女性之后最终才发现最合适的那个人其实就是她。这也是一种潜意识中的比较和选择的过程。

倪静来得很快,不过俞莫寒发现她已经将身上的那条小裤管西裤换成了牛仔裤。俞莫寒感觉自己好像从来没有看到过她穿裙子的样子,所以,他露出了惊讶的神色。倪静心有灵犀般地注意到了他的这种神色,解释道:"我刚才在想,你不大可能和我谈工作方面的事情。"

注意自己的穿着,也是对对方的一种尊重,发达国家的人尤其注意这一点。俞莫寒发现自己对她的感觉更加好了,说道:"谢谢。你想喝点什么?"

倪静也要了杯咖啡,看向俞莫寒的眼神带着笑意,问道:"你看上去很严肃的样子……说吧,什么事情?"

俞莫寒一直用小勺搅动着杯子里面的咖啡,他知道自己有些紧张。他的手离开了小勺,让自己的目光勇敢地朝向对方,说道:"倪静,我觉得我们俩挺合适的。你觉得呢?"

当俞莫寒直接称呼她名字的时候,倪静的手颤抖了一下,紧接着反而变得平静了,她问道:"你姐是什么想法?"

她的冷静让俞莫寒感到有些惊讶与不适应,不过他敏锐地意识到对方并没有反对的意思,这让他更加有信心,说道:"这是我自己的事情。"

倪静摇头道:"不,她不仅仅是你姐,而且是我的合伙人,所以,她的想法很重要。"

俞莫寒忽然有些激动:"你的意思是说,你并不反对这件事情?你放心,姐那里我去给她讲。"

倪静沉默了片刻,也开始用小勺在杯中沿着顺时针方向轻轻搅动着。这是一种无意识的动作。她在思考。两个人之间的气氛瞬间静谧了下来,不过并没有尴尬。俞莫寒耐心地等待着,等待着对方最后的回应。

是的,是最后的回应。无论是对于一个三十岁的女人还是二十七岁的男人,他们早已经过了在情感上冲动的年龄,一旦确定了感情的归属也就意味着婚姻即将开始,然后就是漫长的家庭生活。像他们这样年龄的人已经在这样的事情上失败不起,所以,一旦决定了就很难再改变。

在经过漫长的数分钟之后,倪静终于说话了:"我想问你几个问题。"

俞莫寒坐直了身体:"好。"

倪静的脸上宁静如水,问道:"你为什么选择我?"

俞莫寒回答道:"因为我觉得你最合适。"

倪静的脸上没有任何的反应:"你为什么一直单身?"

俞莫寒回答道:"原因很简单,因为我一直没有找到最合适的。"

倪静浅浅地笑了笑:"你确定我就是最适合你的那个人?"

俞莫寒点头道:"是的。"

倪静看着他:"你有问题要问我吗?"

俞莫寒想了想,道:"就只有一个问题:如果我们俩在一起之后,你会忘记曾经的那段感情吗?"

倪静怔了一下,说道:"如果我说早已忘记了,你相不相信?"

俞莫寒摇头:"你不可能忘记,毕竟那段感情对你来讲太过刻骨铭心了。"

倪静点了点头,说道:"是的。但是,我早已经放下了。你相信吗?"

俞莫寒看着她,发现她的目光正对着自己,清澈而坦然。他点头道:"我相信。"

倪静朝他笑了笑,轻声说道:"那,我们就开始吧。"

俞莫寒感到有些惊讶:"你就这样决定了?"

倪静淡淡一笑："其实，我也觉得你是最适合我的那个人。这就足够了。"

我们就这样开始了？真的就这样开始了？当事情真的发生在眼前时，俞莫寒反倒有些不敢相信了：这也太顺利了吧？顺利得近乎平淡。不过，这不正是自己所希望的吗？他也笑了笑："好，那我们开始吧。"

倪静朝他嫣然一笑，问道："那，接下来我们应该做些什么？晚上一起吃饭、看电影？"

俞莫寒看着她："不，你跟我回家，我要向父母宣布我们俩的事情。"

倪静的身体战栗了一下，摇头道："这样不好。我们先去和你姐谈谈吧。"

俞莫寒摇头道："你不完全了解我姐这个人，她最痛恨别人逼她。但是只要我父母同意了，她就没办法了。对了，你以前去过我家里没有？"

倪静回答道："当然去过。不过……"

俞莫寒理解她此时的心境，笑着说道："没有什么不过，有些事情总是要去面对的嘛。我看这样，现在我们就回家，如果我姐先回去了就麻烦了。嗯，今天她肯定会去我爸妈那里的，因为她特地吩咐我要回家。"

倪静忽然感觉脸上有些发烫："那，我先回去换一身衣服。"

俞莫寒站起来去拉她的手："我觉得你这样就挺好的。走吧，别犹豫了。"

她的手有些凉，微微战栗着。

父亲这辈子最骄傲的事情就是儿女双全。一直以来，老两口对传宗接代这样的事情看得极重。姐姐结婚多年却一直没孩子，父母本想退休后含饴弄孙的愿望顿时就落了空，于是就将注意力转向了儿子。

在此之前俞莫寒每次回家时心里总会犹豫许久，他实在无法面对父母的每一次唠叨。而这一次，当他带着倪静来到家门口的时候腰杆都禁不住直了许多，心里也不再有惶恐与烦躁。然而此时的倪静却感到非常紧张。她来过这里多次，都是以俞鱼同事的身份，可是这一次……这一切来得实在是太突然、太匆忙了。

俞莫寒轻轻拉住她的手，然后敲门。他身上是有家里的钥匙的，但是他选择了敲门。

门打开了，母亲看着儿子："你可是好几个星期没有回来了啊……"这时候她忽然注意到了儿子旁边的倪静及两个人正牵着的手，埋怨的表情瞬间变成了惊讶，"你们这是……"

俞莫寒朝着母亲露出阳光般的笑容："妈，我把您的儿媳妇带回家来了。"

母亲依然沉浸在惊愕之中，看着倪静喃喃地问道："怎么会是你？"

"怎么不能是她？"俞莫寒不高兴了，然后就朝着里面叫嚷，"爸，我带着您的儿媳妇回家来了，您也不出来迎接一下？"说着，就在母亲惊愕的表情中带着倪静进了屋。倪静的脸绯红，不过在进屋的时候却不失礼貌地朝着俞莫寒的母亲叫了一声"阿姨"。

父亲兴冲冲地从里面的房间走了出来，当他发现儿子身边站着的竟然是倪静的时候，一下子就怔在了那里。俞莫寒伸手揽住了倪静的腰，非常严肃地对父母说道："从现在起她就是我的女朋友了，不管你们同不同意这都已经是事实。"

父亲以前毕竟是法院的干部，同时也更了解儿子的性格，急忙道："同意，我们当然同意了。"一边说着一边朝老伴不住递眼色。

母亲也连忙说道："你都带回家来了，我们怎么会不同意呢？"

终于过了父母这一关，俞莫寒在心里暗暗松了一口气。而此时的倪静又何尝不是如此？她悄悄地将汗津津的手心在身上揩拭了一下。这时候父亲却说道："莫寒，你来一下。"说着转身去了里面的房间。

俞莫寒朝倪静笑了笑。"你先坐会儿。"他又看向母亲，"妈，您陪着倪静说会儿话。"

父亲已经点上了烟，见儿子进来直接问道："你们俩，什么时候的事情？"

俞莫寒回答道："就今天，就刚才。爸，我是认真的，她也同意了这件事情。"

父亲深吸了一口烟："为什么是她？你应该清楚她可是比你大好几岁。"

俞莫寒反问道："年龄重要吗？更何况她也就比我大三岁而已。准确地讲，还不到三岁。爸，像我和她这样年龄的人，对待这样的事情是不可能冲动行事的，您就放心好了。"

父亲问道："你姐知道这件事情吗？"

俞莫寒摇头："她暂时还不知道。我说了，我都这么大的人了，对自己的感情问题心里有数，不需要其他人替我做主。"

父亲看着他："儿子，你说的虽然很在理，但我们做父母的关心你、爱护你的心是最真挚的，你姐姐对你最好，她的意见你还是应该听一听才好。"

俞莫寒苦笑着说道："我感觉得到，我姐是反对这件事情的。不过我已经想好了，无论她如何反对，这件事情就这样决定了，因为这是我自己的事情。所以，爸，我希望您和妈能够支持我，支持我们。"

父亲叹息了一声，说道："其实小倪还是很不错的，就是年龄……好吧，你姐那里我去给她讲。"

俞莫寒大喜："太好了，有您这句话我就放心了。爸，今天晚上我陪您多喝几杯。"

父亲哭笑不得："看来媳妇比我这个老子更重要啊，想不到我养了个白眼狼。"

俞莫寒诌着脸说道："爸，如果我没有媳妇您哪来的孙子？所以啊，这件事情最终还是为了您好不是？"

父亲哈哈大笑。

父亲的态度明确了，母亲那里当然也就不会再有任何的问题，就连倪静都感觉到了这个家里氛围的改变。不过此时无论是俞莫寒还是倪静的心里都十分清楚，这件事情依然存在着很大的变数，因为这个家里还有一个非常强势的人，而这个人就是一直对俞莫寒呵护有加的姐姐俞鱼。

俞莫寒和倪静都了解俞鱼，他们都知道，俞鱼的强势其实就是执着。

正如俞莫寒所预料的那样，俞鱼下班后来到了父母的家里。当她第一眼看到倪静的时候并没有特别惊讶，只是随口问了一句："你什么时候来的？"

倪静的神色有些尴尬，俞莫寒过去将她的胳膊和身体一起抱住，对俞鱼说道："姐，现在她已经是我的女朋友了。"

俞鱼瞪大眼睛看着他们两个人，好几秒之后才反应过来，过去一把抓住了弟弟的衣袖："你，跟我来一下！"

一般情况下，俞莫寒在姐姐面前是没有任何脾气的，此时忽然见到姐姐这个样子，竟然一下子就生出了一种愧疚感，于是就乖乖地跟着进去了。

"嘭"的一声关上了门，俞鱼看着他："说，怎么回事？！"

俞莫寒有些心虚，诌笑着说道："没怎么回事，就是我和她在一起了。"

俞鱼气不打一处来:"别对着我嬉皮笑脸的!你们什么时候的事?"

俞莫寒道:"就今天下午,你离开后不久。"

俞鱼根本就不相信:"我是问你,她是从什么时候开始勾引你的?"

俞莫寒惊愕了一下:"勾引?姐,你这是什么意思?我一直对她有好感,今天才终于向她表白了,她也答应了。事情就这么简单。"

俞鱼有些歇斯底里:"简单?这怎么可能?!俞莫寒我告诉你,我不同意你们俩在一起。我坚决不同意!"

俞莫寒也开始有些愤怒了:"姐,我问你,你和姐夫谈恋爱的时候征求过我同意没有?说到底这都是我们自己的事情,你应该清楚这一点才是。"

俞鱼紧紧盯着他,低吼道:"你知不知道她的过去?你了解她究竟是一个什么样的人?"

俞莫寒不以为意地道:"我们每个人都有自己的过去,她不曾问过我,我为什么要在乎她的那些事情?现在我们在一起了,从此心里就只有对方,这就足够了啊。你说是不是?"看着此时因为生气已是满脸通红的姐姐,俞莫寒心里禁不住一软,温言说道,"姐,我知道你是为了我好,但我觉得她就是自己一直在寻找的那个人啊。姐,我相信自己的内心,所以,这件事情你就不要再管了好不好?"

"不行!"俞鱼朝他吼道。而此时,俞莫寒却已经打开房门出去了。

俞鱼看着空空的门口,突然间感觉有些眩晕……莫寒,姐可是为了你好,你怎么就一点都不理解、不听劝告呢?不行,绝不能让他们继续发展下去!她在心里如此坚决地告诉自己。

倪静正和两位老人说着话,只见俞莫寒从里面走了出来,脸色不大好，顿时就明白了俞鱼的态度。父亲也看到了儿子的脸色，轻叹一声站了起来准备去劝说女儿。就在这个时候俞鱼快速地从里面出来，走到倪静面前，一字一句地对她说道："倪静，虽然我们是合伙人，而且你还是我的闺蜜，但是有一句话我必须要明确告诉你：我不同意你和莫寒的事情。"

此时的倪静反而变得异常冷静，她看着俞鱼："为什么？"

俞鱼的目光与她对视，淡淡说道："因为你配不上他。虽然这句话很难听，但我说的是实话。"

俞莫寒没有想到姐姐会说出这样的话来，父亲也对女儿的刻薄、冷酷始料未及，父子俩同时发出了声音："鱼儿，你在说什么呢？！""姐，你怎么能这样说呢？！"

让人没想到的是，倪静并没有因为俞鱼刚才的话气愤、羞愧而马上离开，她依然看着对方，淡淡地说："鱼姐，那是你认为的。现在的事实是，莫寒觉得我适合他，我也认为他适合我，这就足够了。难道不是吗？"说到这里，她的眼神变得十分真诚，"鱼姐，一直以来我都觉得你对我挺好的，我们俩的合作也非常不错，我自认为身上并无任何恶习，生活也非常检点。鱼姐，你为什么就认为我配不上你这个弟弟呢？"

俞鱼竟然哑口无言，她指了指弟弟，又指了指倪静："反正就是不行，我坚决不同意！你们自己看着办好了！"说完转身出了家门，防盗门被她摔出了巨大的声响。屋子里面的几个人面面相觑，父亲过了好一会儿才叹息着抱歉地对倪静说道："她就是这个脾气，小倪，你别放在心上。"

刚才发生的一切让俞莫寒完全没有了在家里吃饭的心情，他歉意地对父母说道："爸，妈，我想和倪静出去走走。今天晚上我要回来住，不过可能要晚一点。"

父亲和母亲都理解儿子此时的心情，并没有多说什么，不过父亲还是吩咐了一句:"莫寒,你抽空去找你姐聊聊,她也是为了你好。"

俞莫寒当然听得懂父亲话语后面的那层意思,点头道:"爸,我知道了。"

两个人出门后就叫了一辆出租车,司机问去哪儿,俞莫寒想了想,说道:"去江边吧,我记得那里有一家西餐厅。"他看了身旁的倪静一眼,是在征求她的意见。倪静看懂了,轻声说道:"好。"

年龄大一些有什么不好?如此善解人意的女朋友哪里去找?真是搞不明白姐为什么偏偏不同意。俞莫寒心里一直疑惑着。

在车上的时候两个人都没有说话。城市慢慢被黑暗所笼罩,而路灯和建筑的灯光却慢慢亮起来,当他们在江边这家西餐厅的窗户旁落座的时候,对岸已如繁星点点,无比璀璨。

还是俞莫寒首先说话:"倪静,你知道我每一次看到这城市灯光的时候心里想的是什么吗?"

倪静的脸上本来平静如水,此时微微有了笑容:"你说吧,我听着呢。"

俞莫寒笑了笑,说道:"在我看来,每座城市里面的每一盏灯都非常重要,是每家每户、每一栋建筑的灯光造就了这个城市夜晚的美景。也许只有少数人会像我这样去细想这种事情,因为大多数人在这个时候正享受着家庭的温馨。而我,非常渴望这样的温馨。虽然今天的事情有些不大愉快,但我们还是应该继续下去。"

倪静抿嘴笑了:"现在的你像个诗人……我同意你这个想法,可是你姐那里……"

俞莫寒继续说道:"刚才在出租车上我终于想明白了一个问题:姐姐为什么会觉得你配不上我。"

倪静对这个问题当然非常关心,而且她心里对这件事情也充满了疑惑，急忙问道："那究竟是为什么？"

俞莫寒苦笑了一下，说道："我是精神科医生，对心理学当然也有所研究。你想想，为什么当你质问她的时候她竟然哑口无言？原因很简单，因为她反对我们的理由实在是说不出口。"

倪静想了想，摇头道："我还是不明白，你说清楚一些。"

俞莫寒道："她一直把你当成是最好的朋友，从来不曾想过有一天你会成为我的女朋友，所以，当事实突然摆在她面前的时候她一时间接受不了。此外，尽管你们是朋友，但还是远远不如我们姐弟之间的感情深厚，在她心里，我这个弟弟各方面都是非常优秀的，于是也就理所当然在潜意识里将你贬低了许多。还有，她是我姐姐，从小到大对我呵护有加，在潜意识中一直充当着母亲的角色，也许她曾经有过对我未来女朋友的无数种想象，这一切的一切累加起来就形成了巨大的心理落差。这就是她不同意我们俩在一起的一个很重要的原因。"

倪静点头道："你说的好像很有道理。那，接下来我们怎么办？"

俞莫寒笑了："不去理会她，她慢慢就会接受这个事实的。"

倪静皱眉道："可是，我每天都要和她碰面的啊。"

俞莫寒豪气地道："没事，你做好自己该做的事情就好。"

然而俞莫寒错了。

两天后，也就是周一，俞鱼将倪静叫到了办公室，用一种毫无商量余地的口气对她说道："我决定解除我们俩合伙人的关系，我正在让财务结算你的股份。这件事情是我主动违约，我会按照我们之间当初的协议对你进行赔偿，过几天钱就可以到你的账上。现在你就收拾东西走人吧。"

倪静顿时大惊失色，问道："你为什么要这样做？我究竟做错了什么？"

俞鱼冷冷地道:"原因很简单,你不应该去勾引我弟弟。"

倪静大声道:"我没有勾引他!我们两个人都是自愿的!"

俞鱼朝她摆手,道:"你什么都不要说了,这件事情我已经决定了,除非是你……"

倪静轻咬了一下嘴唇,决然说道:"鱼姐,如果你好好和我说这件事的话,也许我还会考虑一下,但是你这样的做法我实在是难以接受,因为你是在羞辱我,羞辱你的弟弟。好吧,既然你已经决定了,那我马上就离开。鱼姐,你太不了解我也太不了解你弟弟了,现在我就可以告诉你,你别想拆散我们!"

俞鱼忽然笑了:"那我们就试试。我还就不相信他敢不听我的,除非他不要我这个姐姐了!"

她笑起来的样子有些可怕,让倪静的心里感到一阵寒冷,眼前一阵发黑……

"姐,你究竟想要干什么?!"俞莫寒在电话里气急败坏地道。

"你想搞清楚我为什么要这样做,就到我办公室来当面问我,电话里面说不清楚。好了,就这样吧,我正在准备高格非的案子,忙得很。"俞鱼的态度反倒变得温和了许多,"对了,你要来的话就马上来,下午我要去看守所见我的委托人。"

俞莫寒的倔劲也上来了:"随便你闹吧,我看你究竟要闹到什么时候?!"

挂断电话后俞莫寒的心情依然久久难以平静。然而他并不知道的是,另一个巨大的危机正在慢慢向他袭来——

法院还没有开庭,可是各大媒体在一夜之间就将高格非的案子彻底暴露在了众人面前。

第四章
完全不一样的世界

当天下午,俞鱼以律师的身份与她的委托人高格非见了面。作为这起案件的辩护人,这是庭审前的必需程序。要知道,此时的高格非除了她这个律师外,是不可以和其他任何人见面的,这也是法律规定的犯罪嫌疑人的权利。

俞鱼首先作了自我介绍,随后说道:"案卷我已经仔细看完了,司法鉴定的情况我也大致了解了一些,这起案子胜诉的可能性极大。不过这起案子社会影响太大,造成的后果十分严重,再加上你的身份地位比较特殊,一旦胜诉的判决下来,必定会引发强烈的社会舆论,现在我最担心的是被告对判决不服提起上诉之后,接下来的判决很可能会受到舆论的影响,因此,我们从现在开始就应该有足够的思想准备。"

高格非的精神状态看上去有些糟糕,他叹息了一声,说道:"虽然我当时确实处于神志恍惚的状态,但毕竟对他人造成了那么大的伤害,我相信司法鉴定和法律的公平公正,但在这件事情上我实在是罪孽深重，应该受到相应的惩罚。但是我不想死，我害怕死亡，只要法院不判我死刑我就心满意足了，我还想多活几年。父母就我这个儿子，以后我要给他们送终……"

这正是俞鱼最担心的事情。眼前这个人年纪轻轻就坐到了专科院校校长的位子，却因为这一起事件即将失去所有，心理上的消沉与悲哀是可想而知的，他试图通过坐牢达到赎罪的目的也是可以理解的。俞鱼看着他，摇头说道："你错了。作为高等专科学校的校长，你应该比普通人更加懂得法律的尊严，应该更加明白维护法律公平公正的重要性。在法律面前，你个人的荣辱得失并不是最重要的，每一起案件的最终判决都代表着法律意志，如果因为要达到你个人赎罪的目的而严重影响到了法律的尊严、公平和公正，那你就是这整个社会的罪人。这个道理你应该明白的，难道不是吗，高校长？"

高格非肃然动容，问道："那，你的意思是？"

俞鱼严肃地道："我的意思很简单，那就是，我们都必须严格按照法律办事，无论今后我们承受的压力有多大，都要勇敢地面对。这是法律赋予我的职责，也是法律赋予你的权利。"

高格非想了想，神情黯然地道："可是那些受害者……"

俞鱼也轻叹了一声，说道："是啊，他们都是无辜的，对他们来讲，这是一起飞来的横祸。但法律就是法律，我们都不能因为各种各样的理由去触犯它、亵渎它。"

这时候高格非忽然想起了什么，说道："我有些房产，此外，我家里还有一点存款，我想给受害者一些必要的补偿。到时候我的父母可以搬回乡下去住……"说到这里，他叹息了一声，"我实在是对不起那些受害者，也对不起我的父母和妻子。但是没有办法，也许只有这样才能让我稍微心安一些。"

俞鱼沉吟道："如果司法鉴定的结果证明你当时确实是短暂的精神病发作，那也就意味着你当时的行为已经失去了刑事和民事责任能力，所以从法律上讲，你就不应该承担相应的刑事责任。此外，如果你真的要那样做的话，必定会引起社会舆论关于你财产来源的质疑，如此一来，就会让这起案件更加复杂化。因此，我建议你慎重考虑。"

高格非皱眉道："可是……"

俞鱼继续说道："前面我讲过，这起案件的社会影响十分巨大，再加上你的身份和地位，社会上必将对司法鉴定的结果产生许多莫名的猜测，在这样的情况下，如果你主动提出用自己的财产对受害人进行补偿，必定会将媒体的注意力转移到你的财产是否属于合法来源这个问题上。高校长，请你告诉我，你的财产来源都是合法的吗？如果你的财产来源并不完全合法，那么你的上级部门在调查之后就会将其充归国有，这样一来，你也就根本没有了那些财产的处置权。所以，我的意见是等最终的判决下来之后，你再将自己合法财产的部分拿出来去补偿那些受害者，这才是最明智正确的做法。"

高格非有些不明白："事情到了现在这样的地步，我可以实话对你讲，至少我大部分的财产来源是合法的。年轻的时候我因为得不到单位的重用，于是抽时间去做了些生意，在股票上也有所收获，赚了不少钱，所以我并不担心自己财产的处置权。"

俞鱼摇头道："只要你的财产中存在着不法来源部分，在事情还没有调查清楚之前就会被全部冻结。正因如此，我才希望你在判决最终下达之前千万不要将问题复杂化。"

高格非道："受害者是无辜的，结果他们却什么都得不到。这样一来，社会舆论就会变得更加激烈。"

是啊，这起案件的特殊性正在于此。受害者面对这样的情况就如同被天外飞来的陨石砸中，真是无妄之灾啊。然而法律就是法律，个人的得失与维护整个社会秩序还是不能相提并论的。俞鱼再一次轻叹，说道："对于这样的情况，国家一定会采取其他的方式对受害者进行必要的补偿，目的还是只有一个，那就是维护法律的尊严与公平公正。"

高格非想了很久，说道："好吧，我听你的。"

而就在这个时候，几个媒体人正聚在一起秘密策划曝光高格非交通肇事一案的最后细节问题。在这几个人当中，牵头的是晚报的资深记者林达。

这件事情他们已经策划了很长一段时间。交通肇事案发生后，林达是第一个赶到现场的记者，但是他的新闻稿被报社压下了。报社给出的理由很简单：这件事情比较复杂，等法院判决下来后再说。

新闻讲究的就是时效性。林达对报社这样的解释当然无法理解，而且也因此开始心存怀疑，后来他从某个渠道得知，这起案件的犯罪嫌疑人已经申请了精神病司法鉴定。从那一刻开始，林达愤怒了，于是暗地里召集了几个志同道合的同行准备将此案曝光，让这起事件的真相大白于天下。

不过最开始的时候其他几个人的意见有些不大一致。晨报的记者苏咏文就说："如果我们曝光太早的话，会不会影响到法院判决的公正公平？"

林达厉声道："明明知道有人在挑战法律的尊严却不站出来说话，那就是我们的失职！"

最终林达说服了所有的人。林达的想法是，既然报社不让刊登关于这起事件的稿件，那就去联系微博上的大V们，让他们出来说话，当舆论氛围有了足够的影响之后，报社也就难以抵挡舆论的压力了，到时候各大媒体一起发布有关此案的详情，此役必定可以一战而胜。

这一次林达又将大家召集到一起，详细询问了每个人联系微博大V的情况，同时还敲定了将此案曝光的具体时间。林达最后下达指令:"明天凌晨五点钟开始,所有的大V和水军同时在微博上曝光高格非案。"

林达选择的这个时间点是经过精心考虑的。试想,在那样一个时间点突然涌出某件事情的大量新闻及跟帖,如果有人试图掩盖此事,根本就来不及反应,只能眼睁睁地看着舆情在骤然之间发酵、扩散。

俞鱼是在第二天上午上班后才知道高格非案在网络上被曝光的消息的,虽然她非常惊讶,但并没有感到特别紧张。这一切都在她的预料之中,只不过事情来得太早了些。当地的宣传管理部门及司法机关却因此变得紧张起来,舆情的突然发酵让他们措手不及,也感受到了巨大的压力。

于是,上级部门开始询问究竟是怎么回事,下面的人如实汇报了情况,表示一切都是根据法律在办理此案,绝无任何的私情。上级部门这才放了心,同时下达了指示:面对汹汹而来的舆情一定要沉着、冷静,同时也要尽快开通媒体渠道,让老百姓拥有最大的知情权。

就在当天上午,司法机关召开了一次记者招待会,将此案的情况向新闻媒体作了通报,随后就是回答记者提问的时间。林达问道:"犯罪嫌疑人申请精神病司法鉴定究竟是怎么回事?"

司法机关的发言人回答道:"是犯罪嫌疑人的亲属向司法机关提出精神病司法鉴定的,主要的申请理由有以下两点:第一,犯罪嫌疑人在八年前曾经有过一次自杀未遂的情况;第二,犯罪嫌疑人在此次的事件中行为极其反常。司法机关依法办案,认为该申请符合有关法律条规,于是就组织相关专业的专家对犯罪嫌疑人进行了司法鉴定。"

林达又问道:"那么,鉴定的结果呢?"

发言人回答道:"司法鉴定的结果将在法庭审理此案的过程中呈现给公诉机关和法官。"

林达质问道:"是不是目前已经有了鉴定结果?犯罪嫌疑人已经被鉴定为精神分裂症?如果所有故意杀人案的罪犯最终都被鉴定为精神病,那么这个国家的法律尊严何在?"

发言人淡然回答道:"这位记者先生,请你注意提问的用词。"

林达也发现自己的情绪有些过于激动了,歉意地道:"对不起,我收回刚才所说的'所有'这个词。鉴于这起案件的犯罪嫌疑人特殊的身份和地位,公众有权知道在这起司法鉴定的过程中是否存在着虚假或者以权谋私的情况。请问,有关方面可以将整个司法鉴定过程公之于众吗?"

发言人回答道:"司法鉴定有着严格的审批程序及严密的科学程序,我们一直遵循依法办事的原则,在精神病的司法鉴定过程中,我们必须遵从有关专家的意见,充分信任他们的鉴定结果,无论是司法机关还是民众都不可以干涉有关专家的鉴定过程,这其中的原因很简单,因为我们并不是这方面的专业人士。"

苏咏文问道:"那么,可以将司法鉴定的专家名单向民众公布吗?"

发言人回答道:"专家依法对犯罪嫌疑人进行司法鉴定,根据相关规定,司法鉴定小组应该由两人以上的专家组成。参与这起案件司法鉴定的专家有五名,他们每个人都将非常慎重地提出自己的意见并最终得出科学的鉴定结果。今天的天气很好,阳光普照大地,这个世界上没有那么多的阴谋。我们应该相信法律的公正,相信科学的严谨,相信专家们的职业道德和专业技能。"

发言人的回答滴水不漏,让记者们一时间找不到任何的空子可钻,于是发言人就趁机结束了这次见面会。

苏咏文问林达:"接下来怎么办?难道这次的事情就这样结

束了？"

林达微微一笑："这才刚刚开始呢，接下来等开庭后再说吧。"

网络上汹涌而来的舆情暂时减弱了许多，就好像正在翻滚的开水一下子失去了火源，一切重新归于平静。俞鱼似乎忘记了弟弟和倪静的事情，将全部的精力投入高格非的案件中。关于网络上的议论，俞莫寒是知道的，只不过他并没有特别在意。他和倪静刚刚坠入爱河，两个人巴不得时时刻刻都在一起。

俞莫寒问倪静："今后你准备怎么办？"

倪静回答道："很简单，要么加入别的律师事务所，要么自己开一家。无所谓啊，找份工作还不容易？"

俞莫寒笑道："倒也是。你不想上班也行，过两年我出来自己开一家精神病疗养院，养家糊口应该是没问题的。"

倪静笑了笑："女人还是应该有自己的事业，太闲了不好。对了莫寒，你是真的喜欢自己的专业吗？"

俞莫寒点头道："当然。精神病人的世界很多人不了解，不懂得，我却一直充满着好奇，于是我就想去知道他们，了解他们，可是至今我还不能完全懂得他们。你别误会，我所说的懂得不是人们常规意义上的那个意思。"

倪静歪着头看着他，看上去很是可爱，问道："那，究竟是什么意思呢？"

其实她是一个有趣的人，一点都不矫揉造作，和她在一起的时候总是有表达的欲望与冲动。俞莫寒在心里幸福着，回答道："人类的大脑是一个非常奇妙的东西，据研究，它的功能其实只被利用了百分之十左右，即使是这个世界上最聪明的人，比如爱因斯坦，他大脑的功能也仅仅是被开发利用了不到百分之二十，于是我们不禁就会思考这样一个问题：如果人类的大脑被开发利用了百分之二十以上会是一种什么样的结果？"

倪静一下子就被他的话吸引住了，问道："会是什么样的结果呢？"

俞莫寒笑了笑，回答道："精神分裂。"

倪静很是惊讶："这又是为什么？"

俞莫寒微微一笑，说道："这正是我要说的第二个问题。为什么会出现这样的情况？答案是：不知道。不过有的科学家认为，人类这个物种其实并不起源于我们现在所生活的这个地球，而是宇宙中的某个外星球。在那个外星球上充满浓郁的能量，在那样的能量情况下大脑的开发与利用可以达到极致，于是就产生了高度的文明。后来由于那个星球的资源被过度开采，或者是星球接近死亡，于是人类才来到了地球。地球虽然适合人类的生存，却不能供给更多用于大脑开发利用的能量，所以才造成了这样的结果。"

倪静笑道："这真是一种很有意思的解释。"

俞莫寒点头道："是的，不过人类大脑的开发利用非常有限这确实是事实。我们经常会听到这样一句话：天才与疯子只是一线之隔。凡·高就是一位天才，但他最终精神分裂了，而他最杰出的作品就是在他精神分裂之后创作出来的。那是他的世界，是精神分裂的世界。所以，我们想读懂他、理解他其实是一件非常困难的事情。"

倪静情不自禁地挽住他的胳膊："我懂了。"

是的，她懂了。她懂了俞莫寒刚才的那番话，同时也懂得了他。

父亲给俞鱼打了好几次电话才终于打通了，还没来得及说话女儿的声音却已经传过来了："爸，您不用劝我，弟弟的事情我会处理好。倪静真的不适合他，她有些情况你们根本就不知道。"

父亲知道女儿的性格，不过还是准备争取一下："我觉得小倪其实是很不错的，而且关键你弟弟喜欢她。他马上就要满二十八岁了，好不容易找到一个称心如意的女朋友，你这样横插一足有些不应该啊。既然你觉得小倪不适合，可是又不告诉我们具体的原因，这怎么能够让你弟弟接受得了呢？"

俞鱼解释道："爸，我最近实在是太忙了，等我有空了再去和弟弟谈这件事情。倪静的事情涉及人家的隐私，我不能随便对其他人讲。"

父亲顿时急了："现在他们两个人天天腻在一起，你再不抓紧时间去给你弟弟讲，生米就要煮成熟饭了。"

俞鱼一下子就笑了，说道："生米煮成熟饭没关系，只要他们没结婚就行。爸，现在都什么时代了，您还担心这个？"

父亲竟然无言以对，心里痒痒的，很想知道具体的原因，女儿却已经提前把话给堵死了，只好叹息着说道："那就随便你吧，只要不搞出事情来就行。对了，致远最近在忙些什么？他已经很久没到家里来了，你和他现在的关系还处得好吧？"

一说到这件事情俞鱼就感到一阵烦躁："爸，我现在正忙着呢，您想要见他的话就直接给他打电话吧。"

父亲的心里有些萧索，搞了一辈子法律工作，结果却连儿女的婚姻大事都搞不好。

而此时，俞莫寒和倪静在探讨完了前面那个问题后，就极其自然地谈到了姐姐对他们两个人感情的态度问题，俞莫寒问道："你以前是不是在什么地方惹恼过我姐？"

倪静摇头道："没有啊，我也一直在想这件事呢。我不就是比你年龄大一点吗，她在这件事情上的反应怎么会如此强烈？我还真是想不明白。那天你所说的固然有些道理，可是我总觉得这里面好像

55

还有别的什么具体原因。"

俞莫寒也觉得应该是如此："你好好想想，究竟是什么原因。"

倪静苦笑着说道："我已经想了很久了，就是想不起来究竟是因为什么她才如此讨厌我。"

俞莫寒纠正道："不，她并不讨厌你，只是非常强烈地反对我们俩的事情。"

"我真的不知道……"她话没说完，俞莫寒的手机忽然就响起来。

电话竟然是汤致远打来的，他的声音听起来有些疲惫："莫寒，你现在忙吗？"

他肯定有什么重要的事情要对俞莫寒讲。俞莫寒急忙道："不忙。哥，你有什么事情吗？"

汤致远道："我在爸妈家附近的那家小酒馆里，你不忙的话就过来陪我喝两杯。"

俞莫寒看了倪静一眼，倪静已经听到了他手机里那个声音，低声道："你去吧，我去商场逛逛。"

这家小酒馆位于俞莫寒父母家不远处的一个小巷子里，非常简单的一个地方，但从来都不缺少顾客。从早上七点到晚上十二点，里面总是有几个人在喝酒聊天。俞莫寒去过一次那里，他记不得是几年前的事情了，好像当时还在国外读书，假期回来的时候父亲带他去的。当时还有几位邻居一起，俞莫寒觉得父亲带他去那个地方有些显摆的意思——你们看看，我儿子多优秀。

父亲估计也带姐夫去过那个地方，不然的话他怎么知道那个小酒馆的？在路上的时候俞莫寒这样想着。

俞莫寒在小巷外面下了车，然后朝里面走去。这一片都属于城市的老区，即使是在轰轰烈烈的房地产开发时代也被完整地保留了下来，因为这一片的建筑大多是极具地方特色的民居。脚下的青石板凸凹不平，残留着无数代人留下的足迹，狭窄的街沿爬满了青苔，眼前狭长的小巷并无多少商业气息，只有安静。

小酒馆在小巷靠近中间的位置，门外有一面淡黄色的小幡，上面写着一个红色的"酒"字。俞莫寒一进去就看到了坐在小酒馆角落处的汤致远。此时离晚餐时间还早，小酒馆里的顾客不多，很安静，坐在那里的汤致远看上有些孤寂。

"哥。"俞莫寒朝他招呼一声，坐在了他的对面。

桌上有几样下酒的凉菜，一钵豌豆汤，汤致远面前有一碗白酒。这地方都是用碗盛酒，而且只卖高度的高粱酒。汤致远朝俞莫寒笑了笑，问道："你也来一碗？"

他的笑容很淡，给人以苦涩之感。"来一碗酒。"俞莫寒转身朝柜台处的老板叫了一声，随后问姐夫，"哥，看上去你的心情不大好，出什么事情了？"

汤致远叹息了一声，说道："我不想和你姐离婚，但是又不想失去现在这份工作。"

俞莫寒很是诧异："你和我姐的事情与你的工作有什么关系？"

汤致远道："你是知道的，我和你姐之间最关键的问题是没有孩子，可是你姐的身体又没办法怀上孩子，唯一的办法就是找人代孕……"

这下俞莫寒明白了。姐夫是国家公务员，而代孕毕竟是不合法的，那样做很可能会让他丢了前途。这确实是一个两难选择，俞莫寒一时间也无法给他提供个好办法，问道："在这件事情上，姐是什么态度？"

汤致远摇头道："这只是我个人的想法，我还没有和她具体商量，不过我想她应该会同意的，因为她也非常想要一个孩子。"

俞莫寒这才搞明白问题的关键所在，说道："既然是这样，那现在就有两个问题需要你事先想清楚：第一，你觉得孩子和你现在的工作究竟哪一样更重要？第二，如果你选择辞职，那么以后去做什么呢？"

俞莫寒提到的这两个问题正是汤致远最近纠结难定的事情，对于第一个问题，他倒是觉得很好选择——为了家庭，为了孩子，他可以放弃自己现有的职务及公务员的身份。可是，一旦辞职，今后去做什么呢？在夫妻关系中，做丈夫的是不可以在事业上比妻子差太多的，否则，无论是周围的议论还是心理自卑，都会再一次让婚姻陷入不稳定中。

汤致远喝了一大口酒，摇头叹息道："这正是让我左右为难的事情啊。莫寒，对此你有什么好的建议吗？"

俞莫寒想了想，说道："哥，我记得你好像是中文系毕业的，而且还在报纸杂志上发表过不少文章，你是不是可以从这个方面去考虑未来的职业？"

汤致远急忙摆手道："写文章是养不活自己的，更不要说其他的了。"

俞莫寒道："据我所知，如今在网络上写作的人可不少，他们当中一部分人收入也是非常可观的。如果你今后从事这样一份工作的话，不但可以拥有自己的事业，还可以照顾家庭和孩子。"

汤致远依然摇头："想要在自己并不熟悉的领域快速成长并有所成就，这谈何容易啊……"

俞莫寒笑了笑，说道："你这是在心理上产生了畏难情绪。你想过没有，即使是你继续现在的工作，今后就真的能够有所成就？你现在劳心劳力不说，还有那么多要操心的事，相对来讲写作可就单纯多了。你也曾经有过文学梦吧？既然如此，为什么不借现在的机会去尝试、去实现它呢？"

汤致远疑惑地看着他："真的可以？"

俞莫寒道："我觉得你应该去尝试一下，如果发现自己可以走那条路的话再考虑辞职的事情。哥，我相信你一定能够成功的。"

汤致远不解地问道："你为什么对我如此有信心？"

俞莫寒回答道："因为你本身就是中文系毕业的，有写作的基础。哥，我曾经听过这样一句话：在我们国家，只要一个人在某项事业上一直努力并坚持五年以上，取得成功的概率将是非常大的，除非是这个人的人品有问题。为什么呢？因为我们国家有着太大的人口基数，只需要有一小部分人喜欢你的作品，那就是一件了不得的事情。所以我认为，只要你认真去分析那些畅销书的畅销元素，坚持自己的梦想，对于你来讲想在那方面取得成功或许并不难。"

汤致远的眼神开始发亮："那我就试试？"

俞莫寒看着他："一定要试试！"

倪静最近一直闲着。她对俞莫寒说，正好趁现在这个机会好好休息休息。其实俞莫寒心里也清楚，姐姐在这件事情上做得实在是太过分，倪静心里非常委屈、难受是肯定的，但是现在也毫无办法，只能歉意地对她说道："对不起。"

倪静微微摇了摇头："没事，我是了解鱼姐的，虽然她这个人有时候说话难听些，不过内心非常善良。最近我仔细想了想，很可能是我以前有什么事情让她误会极深，不然她不会那样做的。现在她正在忙高格非的案子，等她忙完后我们可以当面去和她说清楚。"

俞莫寒感到很欣慰，遗憾地道："要是我最近有假期就好了，正好趁这段时间陪你出去走走。"

倪静拉住他的手："没事，今后我们的时间多的是。莫寒，我对你们医院挺好奇的，你什么时候带我去看看？"

俞莫寒笑道："这还不简单？我们现在就去。"

倪静想了想，对俞莫寒说道："打车太不方便了，要不我们开车去？"

俞莫寒感到有些意外。"你有车？什么时候买的？"他忽然之间反应过来，讪讪地说道，"你是不是觉得我有些傻？"

倪静抿嘴一笑："那我们现在就去吧。"

两个人打车去了倪静住的小区，然后直接去了车库。俞莫寒早就知道这个小区的房价不菲，没想到倪静竟然就住在这里。当倪静走到一辆白色轿跑型宝马面前并打开车门时，俞莫寒禁不住有些自惭形秽起来："想不到你这么有钱。"

倪静看着他，目光很柔和："我没别的什么意思，只是想让你更多地了解我一些。还有，我挣的钱都是干净的，这一点我必须要向你说明。莫寒，你不会是个大男子主义者吧？觉得女人比男人挣钱多就会感到心里不舒服。"

俞莫寒顿时为自己刚才的那种感觉感到羞愧，苦笑着说道："其实我这个人对金钱这种东西并不是特别在意，不过刚才我还是觉得有些……"

倪静"扑哧"一声笑了："我就知道，像你这样的人最在乎的应该是精神方面的感受。其实我也不算是有钱的人，房子还贷着款呢。上车吧……你刚才傻傻的样子很可爱。"

倪静驾车的样子很优雅，一路上俞莫寒时不时去看她。倪静早就注意到了他的眼神，笑着问道："你在国外时除了读书还喜欢做些什么？"

俞莫寒回答道："有时候和朋友去喝酒，周末的时候去露营，不过主要还是去野外写生。"

倪静有些惊讶："你还会画画？除此之外你还会些什么？"

俞莫寒谦逊地道："自学的，水平不高。其他的……还会弹吉他。"

倪静禁不住笑了，道："水平不高？也就是说，水平还是有的是不是？你还会弹吉他啊？我最喜欢会弹吉他的男孩子了，很帅。"

曾经让你受伤极重的那个人应该也会弹吉他吧？俞莫寒不由想道，同时心里莫名地感到有些不舒服，不过他并没有问出来。其实无论是俞莫寒还是倪静都十分注意这个问题，自从两个人确立关系之后一直在十分小心地避开对方过去感情的问题。俞莫寒反问她道："你呢，你有什么爱好？"

倪静不好意思地道："我……我小时候什么都没学过，大学毕业后就学会如何挣钱了。"

俞莫寒笑道："学会挣钱可是一种了不起的本事啊。对了，你究竟是如何挣钱的？"

倪静笑了笑，说道："炒房啊，最简单同时又是最赚钱的方式。可惜我最开始的时候本钱太少了，错过了不少机会。"

俞莫寒道："炒房也是需要智慧和勇气的……你的意思是说，你现在手上有很多套房产？"

倪静点头："是啊，十来套呢，不过都是贷款买的。那些房子都租出去了，租金用来付房贷，然后等价格涨后再卖出去。"

俞莫寒担心地道："万一哪天房价跌了呢？"

倪静笑道："看情况吧，等房价基本稳定后我就全部出售。"

说话之间两人不知不觉就到了俞莫寒所工作的精神病医院大门外，俞莫寒朝门卫打了个招呼，门卫即刻就打开了铁栅门。倪静低声对俞莫寒道："这里怎么像监狱一样？"

俞莫寒道："这也是为了病人的安全，如果一不小心让他们跑出去了，他们也很容易受到伤害。"

倪静有些紧张："他们会不会伤害到别人？"

俞莫寒道："躁狂型的病人有可能，不过大多数病人的状况都比较好，他们很安静，也很可爱。"

倪静不解："可爱？"

俞莫寒点头道："是的。他们有着与我们完全不一样的世界，而且他们都坚信自己的那个世界是真实的，在他们眼里，我们才是不正常的人。如果不是站在同情、厌恶的角度去看待他们，而是理解、尊重他们的世界，那么你就会觉得他们非常可爱。"

倪静想了想："我还是不懂。"

俞莫寒笑了笑说道："是的，除了我们这样的专业人士，一般人很难产生那样的感受。"

"你吃了吗？"那个患有严重强迫症的病人第一次见到倪静，注意力就放到了她身上。倪静被对方的眼神吓得直往俞莫寒身后躲，俞莫寒轻轻将她拉到前面，低声对她说："他对你没有恶意，你应该客气地回答他：我吃了。"

倪静这才鼓起勇气去面对眼前这个病人，不过声音还是有些颤抖："我、我吃了。"

病人显出很满意的样子，转身走了。

"他、他为什么要问我这样一个问题？"倪静低声问道。

"他把孩子关在家里出去赌博，想不到那一次他的手气特别好，结果就忘了孩子的事情，在外面赌了三天三夜才回家，孩子就饿死了。"俞莫寒低声说道，轻叹了一声，"然后他的精神就出现了错乱，见到关着的门就非得要去打开，而且总是问别人吃了没有。"

倪静的内心一瞬间被震动了，问道："他妻子呢？"

"因为丈夫赌性难改，一气之下就离家出走了。"俞莫寒回答道，说着，他指了指那个一直在看着墙角的病人，"她是个精神分裂症患者，遗传性的，主要的表现是幻视。"

俞莫寒走到那个病人身旁，温和地问道："你在看什么？"

那个病人很年轻，二十来岁年纪，面目清秀，她指了指前面墙角的地方："那个小弟弟带来的狗狗好漂亮。"

倪静早已注意到那个墙角一片空旷，什么东西都没有，此时听见病人如此说，禁不住后背一阵阵发凉。俞莫寒却点头说道："嗯，狗狗确实很漂亮。"

"可是那个小弟弟不让我去和他的狗狗玩。"病人委屈地道。

俞莫寒温和地对她道："他是怕你抢走了他的狗狗。没关系，我让护士送给你一只更漂亮的狗狗就是。"

"真的？"病人抬起头来看着俞莫寒。俞莫寒点头："我向你保证。"

病人又将目光看向墙角处，惊讶地问道："咦？小弟弟呢？狗狗呢？"

"她真的看到那个地方有一个小孩和一只小狗？"从里面出来后，倪静依然心有余悸地问道。

俞莫寒回答道："是的，只不过那是她的幻觉。"

倪静看着他："为什么不可能是真的呢？也许是因为我们看不见罢了。"

俞莫寒看着她笑："你好像有些迷信。"

倪静道："有些事情是说不清楚的，虽然你是精神病医生，但不能就这样主观地认为这个病人是幻觉吧？"

俞莫寒点头道："你说得很有道理。如果这个世界上真的有鬼魂存在，那就应该存在着能量的波动。对此，曾经有精神病学家和物理学家一起做过实验，当病人出现幻视和幻听的时候对他们指定的区域进行检测，却没有发现任何能量的存在。由此我们完全可以认定，病人出现的情况就是幻觉。"

倪静长长松了一口气："刚才吓死我了，听你这样一讲我就不那么害怕了。对了，你真的准备送给她一只小狗？"

俞莫寒点头："当然，不过肯定不是真的小狗，布偶玩具而已。"

倪静"哦"了一声，忽然说道："我想去你住的地方看看，可以吗？"

俞莫寒不好意思地道："那地方有些乱，只要你不在意就行。"

倪静抿嘴一笑："我就是想看看你那里究竟有多乱……而且，我可以帮你收拾啊。"

在去往俞莫寒住处的时候，倪静的脑子里已经开始想象他的住处是如何的糟糕。上大学的时候她去过男生宿舍，可是见识过。想不到眼前俞莫寒的房间根本就不是她以为的那么回事：里面确实是有些杂乱，床头、书桌上到处都是书籍，有专业类的，有小说，有传记和诗词，墙上、地上都是画，而且大多数是凡·高的作品，比如《向日葵》《星空》，还有画架、画笔和颜料，不过床上的被子却是整整齐齐的，床单看上去也非常干净。

俞莫寒打开了房间的空调，有些尴尬："地方太小了，你随便坐吧。对了，我这里有茶叶和咖啡，还有啤酒，你喝什么？"

其实倪静的心里非常满意，这时候她已经注意到了墙角的小冰柜，笑着问道："啤酒不会是德国进口的吧？"

俞莫寒道："你还别说，真是呢。"

"算了，还是喝咖啡吧，一会儿我还得开车呢。"倪静笑道，又指了指那些画，"都是你画的？挺不错的。"

俞莫寒摇头，苦笑着说道："只有其形而没有原作的神韵，我发现自己根本就画不出原作者的那种感觉，这是没办法的事情。"

倪静已经不止一次听他说过，精神病人有着另外一个完全不一样的世界，问道："连你也无法完全理解他们那个世界？"

俞莫寒摇头："光凭想象是无法真正了解和知晓他们那个世界的，这就如同让一个先天性的盲人来描述我们这个世界一样。因为他从来没有看过鲜花开放时的灿烂，雷电炸响那一瞬间的惊艳，雨过天晴后彩虹的艳丽，以及鸟儿在天空中自由飞翔时的优雅……

所以，即使他掌握着无比丰富的词语，却依然无法准确地描绘出这个世界的真实。"

倪静看着他："你说得真好。可是，我怎么觉得你这些画其实很不错呢？"

俞莫寒笑了笑，解释道："在一部分精神病人的世界里并没有阳光的概念，但他们仿佛生活在光的海洋之中，处处明亮非常，因此，凡·高的向日葵是明艳的，而且充满着生命的律动。由于凡·高的内心充满躁动不安的情感和疯狂，以及幻觉，所以他画笔下的星空异常活跃，它在旋转、躁动、卷曲，处处充满汹涌和动荡，那是一种完全脱离了现实的景象。凡·高是用灵魂在作画，其他任何模仿者都无法真正进入他那个世界。"

倪静依然看着他："可是你还是在试图进入他的世界，难道你就不担心自己的精神也出现问题？"

俞莫寒叹息着说道："我进入不了的，如果真正能进去就好了。"

倪静瞪大了眼睛："你有些疯狂，疯狂得让人担心。"

俞莫寒将刚刚烧好的开水倒入咖啡杯里，笑着问她："你看我现在的样子，像一个疯狂的人吗？"

"倒也是。"倪静释然一笑，她的目光又一次投到那些画作上，轻声说道，"真好。"

忽然，俞莫寒对她喊了一声："你别动！"

倪静吃了一惊："怎么了？"

"别动……"俞莫寒急忙道，他随即闭上眼睛，一小会儿后才长长地舒了一口气，"可以了，我记住你刚才那一瞬的样子了。"

这时候倪静终于明白了，惊喜地问道："你准备给我画一张画像？"

俞莫寒的眼眸明亮，满着热烈，点头道："刚才你看着那个方向轻声说'真好'那一瞬特别美，我要把你那一瞬的美通过画的方式记录下来……"

这天,倪静很晚才开车离去。她原以为俞莫寒很快就可以将画像画好,想不到几个小时后才仅仅画出了一个大概的轮廓。俞莫寒告诉她:"要画好这幅画至少得半个月的时间,我还要上班呢。"倪静也就释然了,不过心里依然充满着期待。

让俞莫寒没想到的是,第二天上午俞鱼竟然来了精神病院,只不过她是来找院长了解高格非案司法鉴定情况的。从院长办公室出来后俞鱼才去找弟弟:"带我去你住的地方,我帮你把被子和衣服洗洗。"

俞莫寒不想让姐姐去那里,推辞道:"我自己可以洗,而且都还是干净的。"

俞鱼却根本不相信,而且在她看来,帮弟弟洗衣服也是一种责任和幸福,所以她坚持要去。俞莫寒没办法,只好依着她。

进屋后俞鱼第一眼就看到了画架上那幅才刚刚开始画的像,虽然没有画中人的具体模样,但从轮廓上已经猜到了那是谁,她的脸色一下子就变了,冷冷地问道:"她来过这里?"

俞莫寒不知道该如何回答:"姐……"

俞鱼竭力地克制着自己的情绪,轻叹了一声后问:"你真的喜欢她?"

俞莫寒点头:"是。"

俞鱼紧接着又问了一句:"无论她有过什么样的过去,无论她存在什么样的缺陷,你都可以不在乎?"

虽然俞莫寒早就意识到,姐姐在对待他和倪静感情这件事上极其不正常的态度必定事出有因,但此时听到这两个问题后,还是有些措手不及,也有些恐慌,急忙问道:"姐,倪静究竟存在着什么问题?你现在就告诉我啊。"

俞鱼叹息一声："本来这是人家的隐私，我不该在他人面前随便讲的，我从来没对别人说过，可你是我亲弟弟啊，我总不能眼睁睁地看着你……"

俞鱼终于将倪静的事情都说了出来，俞莫寒听后脸色一片灰暗。这一刻，他终于明白姐姐为什么要坚决反对并阻止他们两个人在一起了。

第五章
法庭上的意外

这天晚上,俞莫寒失眠了。

姐姐告诉他,倪静在上大学的时候曾经深爱过一个男人,她为那个男人做过数次人流,可惜的是,后来却被那人无情地抛弃了,为此付出了身体和情感的巨大代价。

姐姐讲完后曾问他:"你可以不在乎她过去的一切,但你能够真正面对她今后很可能不能生育的现实吗?"

俞莫寒的内心非常震惊。姐姐继续质问:"我和你姐夫的事情你是知道的,你应该明白孩子对一个家庭来讲究竟有多重要。当然,你也可以不在乎这个,但是你想过爸妈的感受没有?爸爸这辈子最骄傲的事情就是拥有我们姐弟俩,现在我不能生育,如果你的家庭今后也和我们一样,爸妈的内心如何承受得了?赶快醒醒吧,莫寒,你应该知道,人在很多时候不能仅为自己,还必须考虑一下家人的感受。"

是啊,我可以不在乎倪静过去的一切,也可以为了和她在一起不要孩子，可是父母的感受呢？还有，姐姐的婚姻已经是一个很好的先例，如果我坚持要和倪静在一起的话，像这样的婚姻究竟又能维持多久呢？

半夜的时候，一直处于失眠状态的俞莫寒从床上爬起来，他看着那幅还没有完成的画像，一下子犹豫了。人这一辈子能找到一个让自己心动的女人可是一件非常幸运的事，那也是上天的眷顾，难道就真的这样放弃了不成？

打开窗户，外面的热气一下子涌了进来，俞莫寒背上的毛孔瞬间扩张然后又收缩了回去，他禁不住打了个寒战。窗外的城市正在酣然沉睡中，展示着一种寂静的美。他再也不能入睡，转身看着画架，短暂的迟疑之后，他拿起了画笔。

倪静那一刻的宁静及淡淡的微笑早已凝固、铭刻在了他的脑海里。

无论如何我都要完成它，即使是为了怀念。俞莫寒在心里如此对自己说。

第二天早上，俞莫寒去病房给病人开完了医嘱后就向科室请了假，一夜的失眠与兴奋让他的体力和精神消耗太大，他必须尽快将自己的身体和精神状态调整过来。

俞莫寒进入梦乡不久，审理高格非交通肇事案的法官轻轻敲下了法槌，同时宣布开庭。很显然，关心此案的民众不少，整个法庭的旁听席早已坐得满满的，林达、苏咏文及不少关心此案的记者也在其中。对于大多数旁听者而言，他们等待的是心中公平与正义的结果，而某些人却在期待着此案极有可能出现的变数。

案件审理慢慢进行到了法庭调查阶段。公诉方及原告律师开始各种质证，而俞鱼作为被告方的律师一直保持沉默，在旁听者们看来，这起案件的最终结果已经几乎没有任何的悬念。

"我有情况要向法庭提供。"当公诉方及原告律师提供证据、质证完毕之后,被告律师俞鱼突然请求道。

"同意。"法官说道。

俞鱼道:"高格非交通肇事案的过程非常清楚,监控录像和目击证人都证明了当时所有的情况属实,作为被告律师,我没有任何不同的看法。不过我认为,无论是公诉方还是原告律师都忽略了一个非常重要的问题,那就是:这起交通肇事案发生的根源是什么?或者说,被告那样做的动机究竟是什么?大家都知道,人类是有情感、有理智的动物,任何一起伤害罪的背后都应该是有原因和动机的。对此,无论是公诉人还是原告律师似乎都选择性地忽视了这样一个最为关键性的问题。"

原告律师大声道:"反对!"

法官思索了片刻,说道:"反对无效。被告律师,请继续你的陈述。"

俞鱼朝法官道了一声"谢谢",继续前面的陈述:"请大家注意,我的委托人今年才三十八岁,他的身份是某专科院校的校长,试问:一个风华正茂、事业正处于上升期的人,为什么会做出如此让人不可思议的事情?难道他不知道那样做的后果就是他前半生所有的努力都会化为乌有?难道他不明白那样做的后果就是将自己的下半生送进监狱甚至是面对死刑?不,只要是正常人都应该知道;除非,他是一个不正常的人。是的,他并不是一个正常的人。准确地讲,事发当时那个短暂的时间里,他并不是一个正常的人。关于这一点我并不是毫无根据地猜测,因为我的委托人已经在事发后不久申请了司法鉴定,而且现在已经有了司法鉴定结果。"说着,她拿出一份文件来,"这是司法鉴定结论的复印件,请法庭过目。"

原告律师再次大声道:"反对!复印件并不能作为有效证据。"

法官道:"反对有效。被告律师,司法鉴定结果必须是原件才具有法律效力。"

俞鱼道:"现在,我请求侦办此案的警方负责人出具我委托人的司法鉴定结论原件。"

法官道:"同意。"

不一会儿,警方负责人进入法庭向法官提交了高格非的司法鉴定结论。俞鱼道:"根据司法鉴定的结论,我的委托人在事发当时正处于急性短暂性精神分裂发作状态,出现了非常强烈的幻觉和被害妄想,正因为如此才最终酿成了这起骇人听闻的惨案。此外,司法鉴定结论中还明确认为:被告在急性短暂性精神分裂症发作的过程中失去了刑事及民事责任能力。由此我请求法庭判决我的委托人高格非无罪并当庭释放。"

原告律师质问:"何谓急性短暂性精神分裂症?"

俞鱼道:"这个问题你应该去问医学专家,当然,你也可以去百度,不过我认为从这个医学词语的字面上可以理解到一部分。"

原告律师道:"我们需要法庭对这个问题做出最专业的解释。"

法官看向俞鱼。

俞鱼道:"我请求法庭让精神病医院院长顾维舟现在到庭解释这个问题。"

顾维舟到办公室后就拨打了一个电话:"我是顾维舟,让俞莫寒接电话。"

这个电话是打给俞莫寒所在科室的,对方恭敬地回答道:"顾院长,俞医生他身体不舒服,请假回去休息了。"

顾维舟吩咐道:"马上叫醒他,告诉他马上到我办公室来一趟。"

于是俞莫寒刚刚进入梦乡就被电话叫醒了,急忙起床梳洗,穿上衣服就去了院长办公室:"顾院长,您找我?"

顾维舟道:"今天上午高格非的案子第一次审理,本来我答应出庭的,不过刚才我突然接到了一个电话,有一件非常紧急的事情要马上处理。这样,你替我出庭吧。"

俞莫寒很是为难:"这个……我可是什么准备都没作啊。"

顾维舟朝他笑笑,道:"不需要准备什么,实话实说就可以了。"随即就吩咐驾驶员抓紧时间,尽快赶到法庭。

怎么又是我?虽然俞莫寒万分不情愿却又无法拒绝,刚才院长的话似乎并不是和他商量,而是命令。

当俞莫寒出现在法庭上时俞鱼大吃一惊:怎么来的人是他?忽然之间,她隐隐感到这件事有些不大对劲,不过事已至此,也就只能镇静应对了。

原告律师也感到有些惊讶,问道:"请问,你就是精神病医院的院长顾维舟?"

这一刻,俞莫寒也开始隐隐觉得有些不大对劲,不过此时自己已经站在了法庭上,也就只能按照院长的吩咐如实回答问题了。他摇头道:"我不是顾维舟,我们顾院长临时有急事来不了,让我替他出庭。我叫俞莫寒,是精神病医院的一名医生。"

原告律师又一次提出反对:"法庭是一个庄严、严肃的地方,刚才我们请求回答的问题需要非常严谨的答案,被告方怎么可以随随便便换人?"

法官道:"反对有效。"

俞鱼道:"我说服顾维舟院长到庭解释、说明司法鉴定中的一些问题,那是他作为公民的义务,既然他临时有急事来不了,我们也应该理解才是。现在他委派了另外的专业人员到法庭回答相关问题,这又为何不可呢?"

原告律师道:"刚才我已经说过了,我们请求回答的问题需要非常严谨的答案,请问这位医生,你能够保证自己的回答具备真正的专业水平吗?"

俞莫寒一下子想起院长的话来,点头道:"我当然可以保证。本人曾经留学德国,有精神病学博士学位,而且是这起案子犯罪嫌疑人的司法鉴定小组成员之一。"

法官看着原告律师,问道:"原告方还有什么异议吗?"

原告律师悻悻地道:"没有了。那么请问俞医生,何谓急性短暂性精神分裂症?"

俞莫寒回答道:"急性短暂性精神分裂症是急性短暂性精神障碍中的一种,指的是个体突然出现短时间精神异常,随后又在短时间恢复到正常的精神状况。其发病原因与个体的社会因素、心理因素、身体因素、道德因素等密切相关。"

原告律师问道:"那么,如何判定这起案件的被告就属于这样的情况?"

俞莫寒回答道:"这个问题涉及非常专业的医学诊断方面的知识。一般来讲,在诊断此类疾病的过程中,我们会对病人进行人格测试,同时仔细询问病人发病过程中的每一个细节,此外,还要从目击证人那里了解病人发作期间的具体情况,以此判断病人在口述的过程中是否存在夸大或者隐藏事实的情况。总之,关于此类疾病的诊断与鉴定,必须采用全世界通用的程序,不但科学而且严谨。"

原告律师对他刚才的回答并不满意:"俞医生,请你直接回答我前面那个问题。"

俞莫寒也有些不满,说道:"刚才我回答的就是你提出的问题。"他不再理会原告律师,将目光看向法官,"法官先生,我回答完毕。"

原告律师再次请求法官:"我还有问题需要俞医生解答。"

法官道:"同意。"

原告律师问俞莫寒道:"在精神病学术界,全世界有没有统一的诊断标准?如果有的话,这个标准究竟是什么?"

俞莫寒想了想,回答道:"只有常规的标准,就是我前面所讲到的那些方式和步骤。这就如同医学上对其他疾病的诊断一样，比如神经官能症，只要符合……"

原告律师打断了他的话："如果要诊断某个病人是否患有肺癌或者肝癌呢？"

俞莫寒并没有发现自己已不知不觉中掉入对方的陷阱，回答道："肺癌和肝癌的诊断除了临床症状之外，还需要通过病理检查发现病人的器官中是否存在着癌细胞……"说到这里，他才忽然意识到了什么，"可是精神性疾病不一样，因为……"

原告律师微微一笑，再次打断了他的话："俞医生，你的回答非常准确。谢谢！"

这时候俞鱼也发现了原告律师的伎俩，大声道："反对！原告律师不可以打断俞医生的回答，我请求法庭让俞医生将刚才的问题回答完全。"

法官道："同意。俞医生，请你将刚才的问题回答完全。"

俞莫寒继续说道："精神性疾病与其他类型的疾病有所不同，到目前为止它的发病机理还没有完全搞清楚，大多数病人并不存在实质性的器官损伤，这一点与肺癌和肝癌完全不一样，所以临床诊断的标准也完全不同。"

原告律师问道："也就是说，精神性疾病的诊断主要是靠医生的经验？"

俞莫寒回答道："医生的经验只是一个方面，主要是根据病人发病时期的具体情况进行全面分析。对此我要特别说明两点：第一，普通人基本上不可能在人格测试的过程中作假；第二，正常人很难在陈述病情的过程中真正做到实话实说，以至于总是会夸大或者隐瞒部分事实。因此，精神性疾病的诊断和鉴定是非常科学和严密的。"

原告律师道："我刚才注意到俞医生说到了两个非常关键的词

语，'基本上不可能'和'很难'，那么是不是也就意味着'有可能'或者'可以'？"

俞莫寒想了想，回答道："我说到的这两个词只是比较客观的表达。"

原告律师进一步紧逼："请俞医生回答我刚才那个问题：是不是存在极个别的人有可能或者可以在司法鉴定的过程中作假？"

俞鱼大声道："反对！"

法官道："反对无效。请俞医生回答原告律师刚才的问题。"

俞莫寒道："我只能这样讲，极个别精神病方面的专家或许可以做到。但此案的被告高格非并不属于这一类人。"

原告律师道："这个问题还需要进一步调查，万一此案的被告曾经自学过这方面的知识呢？或者，如果有人在背后教导过他如何答题及面对专业人士的提问呢？"

俞莫寒摇头道："几乎不可能，比如说我自己就很难做到。要知道，我可是精神病学博士，可以算是非常专业的那一类人了。"

原告律师道："万一此案的被告拥有这方面的天赋呢？"

俞莫寒发现原告律师有些无理取闹了，于是闭口不言。

俞鱼道："问题是，他拥有这方面的天赋吗？"

原告律师反问道："如果他真拥有这方面的天赋呢？"

俞鱼向法官申诉："我反对！被告律师完全是无理取闹。我们应该相信科学，相信司法鉴定专家的科学结论，而不是无端猜测与臆想。俞医生刚才已经讲得非常清楚了，所谓的'基本上不可能'和'很难'只不过是一种客观表达。由于精神性疾病的特殊性，这样的表达反而说明了俞医生的严谨，原告律师不应该在这个方面大做文章。"

法官道："反对有效。"

原告律师不再提及刚才那个问题，接下来他忽然问了俞莫寒这样一个问题:"俞医生,请问你的姓氏究竟是哪个'俞'字?"

俞鱼大吃一惊,急忙道:"我反对!俞医生只是代表精神病医院出庭向法庭解释与医学有关的问题,而并不是此案被调查的对象。"

原告律师未等法官说话就紧接着问了下面一个问题:"俞医生,请问你和被告律师俞鱼女士是什么关系?"

俞鱼再次大声道:"我反对!"

原告律师厉声道:"你不能反对!如果俞医生和你之间存在着某种特殊的关系,那么他就不应该出现在这个地方!或者是你不应该出现在这个地方!"

法官看着俞莫寒:"俞医生,请你如实回答原告律师这个问题。"

这一切来得太突然,俞莫寒的脸色一下子苍白起来,脑子里猛然"嗡"了一声,之后就变成了一片空白。"俞医生,请你如实回答原告律师这个问题。"一直到法官的声音再次响起,俞莫寒才机械地回答道:"她是我姐。"

法庭上顿时一阵哗然,议论声纷起。法官敲下法槌:"肃静,肃静!"

待法庭安静下来后,法官再次对俞莫寒道:"俞医生,请你重新回答刚才那个问题。"

这时候俞莫寒已经比刚才冷静了许多,回答道:"被告律师虽然是我的姐姐,但今天我是临时被院长叫到这里来的。我以自己的人格向法庭保证,本人在法庭上所说的每一句话都是事实。"

原告律师冷笑了一声,说道:"你所说的话是否是事实应该由法庭裁决,而不是凭借你如此苍白的自辩。"

刚才的情况让俞鱼也有些措手不及,一愣神间已经过去了好几分钟,现在事态正朝着她最担心的方向发展,此时听到原告律师讥讽的话,她再次大声抗议道:"我反对!今天法庭审理的是高格非交通肇事一案,即使是原告律师认为俞医生和我的关系会影响到案件的正常审理，那也应该经过认真调查后再提出客观意见。原告律师并没有经过调查了解就怀疑俞医生的行为动机，这是极其不妥当的。所以，我认为原告方律师应该向俞医生道歉。"

法官想了想，道："反对有效。鉴于此案出现了新情况，本法庭决定暂时休庭。下一次审理此案的时间另行通知。"说完敲下了法槌。

旁听席上的人纷纷站起准备离开，突然，原告的一位家属脱下鞋子用力朝俞鱼砸去，破口大骂道："你这个没良心的女人，竟然为了钱替杀人凶手说话！你不会有好下场的！"

俞鱼正在收拾桌上的东西，猝不及防之下鞋子已经砸到了头上，虽然并没有伤到，却已经非常狼狈，不禁发出了一声惊呼。俞莫寒也没料到会出现这样的情况，急忙朝姐姐跑了过去。这时候数名原告亲属一拥而上，一边大骂一边挥动拳头朝姐弟俩砸下。

俞莫寒死死抱住姐姐，拳头大部分都落在了他身上。法警快速冲了过来，好不容易才将原告的亲属拉开。俞鱼忙打量弟弟，发现他脸上多了好几道伤口，有的鲜血淋漓，看上去十分可怖。

俞鱼强忍住眼泪和愤怒，看着原告的亲属缓缓说道："我是一名律师，在我眼里只有法律，虽然我能够理解你们的愤怒，但依然不能原谅你们刚才的行为，所以，我将保留控告你们故意伤人犯罪的权利。"

原告的一些亲属不敢与俞鱼冰冷的目光对视，不过依然有人在那里骂骂咧咧。俞鱼扶着弟弟走出了法庭，柔声问道："莫寒，你没事吧？"

俞莫寒摇头："姐，我没事，就是点皮外伤。"

俞鱼轻叹了一声，责怪道："你怎么这么傻呢？今天你本不应该来的呀。"

此时，俞莫寒也感觉到这次的事情有些不大对劲，苦笑着说道："我哪里会想那么多？院长叫我来，我就只好来了。"

俞鱼恨恨地道："老狐狸！"

俞莫寒当然知道姐姐说的是谁，却一时不明白院长为什么要这样做。

俞鱼开车带弟弟去了医院。俞莫寒上车后就打开了手机，很快就响起了一串提示音。他看了看，将手机揣进裤兜里。俞鱼问道："是她？"

俞莫寒没有回答。俞鱼幽幽说道："有些事情迟早要解决的，你自己看着办吧。"

俞莫寒的脑海里浮现出倪静那美好的一瞬，心里一阵不忍。

俞鱼侧头看了弟弟一眼，略带怒意："怎么，舍不得？男子汉大丈夫，不要婆婆妈妈的！"

俞莫寒忽然感到有些烦躁，道："姐，我们现在不要说这件事了好不好？现在法庭上的事情还没解决呢，接下来到底会出现什么情况都还未知呢。"

俞鱼撇嘴道："所有的事都是能说清楚的，你担心什么？！"

俞莫寒看着她，问道："姐，难道你就真的不害怕社会舆论对你的攻击？"

俞鱼沉默了片刻，回答道："怕，我当然怕了。不过有些事情总得有人去做不是？你想过没有，如果被告律师不是我而是其他人，他们也一定会像我这样做的。"

俞莫寒问道："为什么？"

俞鱼沉默了片刻，回答道："因为每一个职业都有自己的坚守。"

俞莫寒的内心被震动了，犹豫了好一会儿才问道："姐，有个问题我一直想问你，你听了可不要生气啊。"

俞鱼的嘴角泛起淡淡的笑意，说道："我知道你想问我什么。你是想问我究竟是在坚守自己的职业底线还是为了一举成名，是吧？"

"姐姐果然是一个非常聪明的人，而且也是这个世界上最了解我的人。"俞莫寒这样想着，点了点头。

俞鱼笑了笑，说道："我又不是圣人，当然会有功利之心，不过坚守自己的职业底线永远是我最大的原则。我这样讲你应该明白了吧？"

俞莫寒明白了。不过他并不知道的是，此时苏咏文也正在问林达同样的问题。

苏咏文没有想到法庭里会出这样的状况。当原告律师向俞莫寒提出那个问题时她也禁不住有些惊讶，同时也很兴奋——这可是最有价值的新闻热点啊。然而接下来的情况却让她目瞪口呆，刚才那种兴奋瞬间全无，特别是当她无意中发现林达正与原告律师暗暗点头的时候。

从法庭出来，苏咏文怔怔地看着俞鱼扶俞莫寒上了车，这时候林达走了过来，他看看远处的姐弟俩，缓缓说道："我们可以开始了。和上次一样，让那些大V同时发布消息。"

苏咏文转身看着他，冷冷问道："刚才法庭里发生的一切都是你安排的？其中也包括挑动原告的家属去攻击被告律师？"

林达没有回答她这个问题："我是一名记者，我的职责是为普通的民众代言，为他们争取最基本的权利。"

苏咏文微微摇头道："不，你更多的是为了自己，因为你太想一鸣惊人了。"

看着这位漂亮、让他一直心仪的女同行，林达温言道："一直以来我都以为你是最理解我的那个人，想不到你会这样看我。"

苏咏文看着他："难道我说得不对吗？"

林达摇头道："当然不对。我确实是想一鸣惊人，但前提是要替民众说话，替他们争取到更多的权利和利益。"

这话讲得有些虚假，苏咏文不想和他在这个问题上纠缠，质问道："即使不惜一切手段？"

林达点头道："是的。在我看来，手段并不重要，因为我追求的是最终的结果。"

苏咏文明白了，快步朝前面走去，数步之后忽然转过身对他道："对不起，我不赞同你的方式。我也希望你别玩得太大，免得到时候收不了场。"

看着那个远去的美丽背影，林达的心里怅然若失，漫过一阵阵苦涩。

俞莫寒的伤并不严重，脸上几处破皮的地方很快就停止了出血，不过背上的瘀青却有好几处，让俞鱼感到触目惊心同时也心疼不已。不过事情已经发生了，她也能够理解原告亲属的愤怒，并没有去控告他们故意伤害的想法。她叹息了一声对弟弟说道："你去向医院请个假吧，等伤养好了再去上班。这件案子你就不要再参与了，免得事情越搞越复杂。"

俞莫寒点头。虽然他暗暗怀疑院长的意图，却更愿意相信这次的事情只是一种意外和偶然。

俞鱼离开前又叮嘱了他另外一些事情，琐碎得与她平时的性格判若两人。俞莫寒不住地点头应答，并不觉得厌烦。他知道，此时的姐姐真正进入了母亲的角色，是发自内心对他真切的关怀，或许，其中还有内疚。

待俞鱼的车远去后俞莫寒才拿出手机，看着上面倪静打过来的未接电话提示，犹豫了好一会儿才终于拨了过去。

"怎么关机了？"倪静问道，语气中充满担心。

俞莫寒回答道："上午替院长去出了次庭，高格非的那个案子。"

倪静笑道："我就说呢,你是医生,平时习惯二十四小时开机的嘛。那你现在没事了吧?我的画像画得怎么样了?晚上我们一起吃饭然后去看电影?"

两个人在一起的时间虽然不长,感情却发展得非常快,从倪静刚才的话中俞莫寒能感觉得到,而且他自己也有着同样的感受。可是……俞莫寒虽然犹豫,却又不忍拒绝:"我这边今天出了点状况,刚刚从医院出来,我们改天再约吧。"

倪静的声音一下子就紧张起来:"你怎么了?"

这是发自内心的关心,俞莫寒的心里很温暖,回答道:"没事,就是受了点轻伤。"

倪静即刻道:"你现在在什么地方?我马上就过来。"

这一刻,姐姐的话又一次在俞莫寒的脑海里浮现出来:"我……倪静,我们……"

倪静是女性,而且曾经在感情方面受过很大的伤害,所以她比其他人更加敏感。此时,她已经从俞莫寒结结巴巴的话语中感觉到了什么,幽幽问道:"你后悔了,是吧?"

俞莫寒忽然感到有些难受,却不知道该如何回答,所以他只能沉默着。

倪静继续轻声问道:"为什么?"

俞莫寒更不知道该如何回答,这一刻,他心里充满内疚,这样算什么呢?当初可是自己主动去追求的她啊。他轻叹了一声,说:"对不起,能不能给我点时间,有些事情我想考虑清楚。"

电话那头沉默一阵,接着传来倪静的声音,语气十分冰冷:"好,我明白了。"

对方挂断了电话。俞莫寒突然有一种想将手上电话扔出去的冲动。

第六章
被推向前台

很多人都没想到，高格非的案子竟然会再一次掀起巨大的舆情，其来势有如决堤的洪水般凶猛，大有铺天盖地之势。首先是这起案子的主角高格非的身份被人肉了出来。在各种各样的猜测下，高格非就变成了一个不学无术、依靠岳父权势，长期以来横行霸道、无恶不作的纨绔子弟，最终酿成此祸，然而其背后的势力竟然试图通过权钱交易让他逃脱法网。于是，网络与各种媒体一片声讨权贵和司法之声。

而俞鱼和俞莫寒姐弟也同样没有逃脱被人肉、诽谤的命运。父亲以前的身份被曝光，而且职务被放大了许多，这样一来被告律师俞鱼勾结法官也就成了事实俱在、板上钉钉的事情。俞莫寒更是在其中起着非常重要的作用——通过在司法鉴定过程中弄虚作假，协助姐姐在法庭上击败原告律师，从而试图让这起骇人听闻的故意伤人案最终不了了之。于是，充满着幕后阴谋的逻辑关系及人际关系图就清晰地展现在了众人的面前。

其实俞鱼对这样的情况是有充分心理准备的，毕竟高格非的案子是一起非常特殊的偶发事件，而且这个人的身份也实在具有让人想象的空间。不过也正是这个，反而激发了她孤注一掷的勇气与决心——对于一个律师来讲，这可是一辈子都很难遇到的机会啊。

原告律师估计也是这样认为的，所以他才如此不择手段。是的，利用媒体和民众的力量去影响甚至左右法律的最终判决，这确实是一种非常高明的方式，否则对方根本就没有获胜的可能。对此，俞鱼的内心十分清楚。

俞鱼现在最担心的是自己的弟弟。这场突如其来的群体事件极有可能进一步波及他，甚至让他身败名裂。她有些后悔了。

然而她知道，越是在这样的情况下自己就越不能退缩，而且这场官司她必须要赢，否则网络上那些传言就会变成事实。她心里十分清楚群体意识的可怕，会可怕到人们根本不在意事情的真相，而偏执和暴力才是让陷于群体意识的人们欢呼雀跃的东西。

作为精神病医生，俞莫寒更加懂得这一点。群体意识在某些别有用心的人左右下所产生的暴力究竟有多么可怕，几年前才刚刚出现过——在反日情绪的影响下，打砸抢反而成了爱国的"高尚"表现，于是人们开始无视法律和他人财产，甚至践踏他人的尊严和生命。

俞莫寒给姐姐打了个电话："姐，你一定要挺住，而且不能有丝毫退缩。"

俞鱼关心地问道："你没事吧？"

俞莫寒道："院长刚刚给我打来了电话，让我去他办公室一趟。我预感可能不是什么好事。不过我无所谓，因为我并没有做错任何事。"

俞鱼叹息了一声："也许当初我就不该接下这个案子。"

"姐，这个世界上没有也许……"俞莫寒苦笑着说了一句，话音未落，就听见电话那头传来一个奇异的响声，急忙问道，"姐，你那边出什么事了？"

俞鱼办公室的玻璃被人从远处扔过来的砖头砸坏了。俞鱼吓了一跳，内心刹那间升起一种愤怒，但她不想让弟弟担心："没事。"

然而俞莫寒已经在电话里听得清清楚楚，玻璃破碎的声音是那么清晰："姐，报警吧。"

俞鱼开始用座机拨打报警电话，同时叮嘱弟弟："你也要小心一些才是。莫寒，姐对不起你。"

电话挂断了。在俞莫寒的记忆中，这好像是姐姐第一次向他道歉。

自己被临时派去法庭的事，听姐姐的意思好像院长有故意的成分，俞莫寒后来也仔细分析过，总觉得院长似乎没有专门针对自己的必要，所以也就打消了去询问究竟的想法。然而他没想到院长会主动打电话来，而且电话里那个声音似乎没有了以前一贯的和蔼。俞莫寒不得不联想起法庭里发生的事情，心里有些不安。

俞莫寒的预感是正确的。顾维舟在东拉西扯了一大堆闲话后最终告诉他："高格非的案子在全国影响非常大，我作为司法鉴定小组的负责人也感到压力不小。接下来很可能有不少媒体来采访你，为了不让你继续犯错误，我看你还是暂时停止一段时间的工作，出去躲一躲吧。"

俞莫寒惊讶地看着他："继续犯错？顾院长，我不明白您刚才的话究竟是什么意思。"

顾维舟道："作为司法鉴定小组的成员，我们只对司法机关负责，同时尽职尽责地按照程序拿出鉴定结论。可是你呢？你在法庭上竟然自暴身份，你说媒体不关注你又去关注谁？这下好了，惹出大麻烦来了吧？！"

俞莫寒不能接受他的批评，辩解道："不是您让我实话实说的吗？"

顾维舟一笑道："当时在法庭上，法官或者是原、被告律师是否问了你有关司法鉴定小组身份这个问题？"

俞莫寒顿时哑口无言。他这才想起来，当时自己为了说明问题进一步阐明了一下，却想不到因此引火烧身。他唯有苦笑，问道："那么，我需要离开多长时间？"

顾维舟道："看情况吧，等这件事情平息下来再说。"

俞莫寒瞪大了眼睛，问道："您的意思是说，如果这件事一时间平息不了的话，我就一直不可以回来上班？还有，我停职期间的工资怎么发放？"

顾维舟道："工资奖金照发，你就安心去休假吧。"

俞莫寒不由在心里暗暗苦笑：前段时间自己还想和倪静一起出去旅行，可惜没有长假。而现在呢，莫名其妙有了休假的机会，可是……为什么我就不能像别人那样拥有一个没有遗憾的完美人生呢？

俞莫寒正嗟叹着，办公桌上的座机响了，顾维舟拿起听筒……他朝俞莫寒挥了挥手，俞莫寒只好起身告辞。

"老同学，没想到高格非的事会变成现在这样，引起这么强烈的社会反应啊。上面的人找你谈过没有？"电话里那个声音问道。

"谈过了，"顾维舟咳嗽了一声，回答道，"不过虽然压力很大，但我们并没有在这件事上弄虚作假，即便请更高一级的专家来复查，我们也不用担心什么，因为我们有充分的依据可以证明鉴定结果的真实与准确。"

"那就好。"电话里那个声音满意地道。

顾维舟叹了口气，说道："俞莫寒这个小伙子很不错，专业方面非常扎实，更难得的是他特别喜欢这个专业，如今像这样的年轻人可是越来越少了，但愿这次不要牺牲了他。"

"还是暂时让他离开岗位一段时间为好，这样可以避开媒体的追踪，等案子判决下来，事情也就慢慢淡下来了。"电话里那个声音也在叹息。

顾维舟忍不住问道："老同学啊，我实在不明白你为什么要冒这么大的风险去帮这个高格非呢？你对我说的究竟是不是实话？"

电话里那个声音再次叹息："我也就是在可能的情况下尽量帮帮他，毕竟他救过我的命。现在这样不是更好么，没有任何风险。"

顾维舟笑了笑："倒也是。好吧，就这样，那件事情希望老同学今后能说话算数，你要知道，我可是第一次做这种见不得人的事情啊。"

电话那头的人哈哈大笑："你就把心放到肚子里吧，绝对没问题的。"

"那天让俞莫寒去究竟对不对呢？我是不是太紧张、太心虚了？"挂断电话后，顾维舟不禁在心里问自己。

俞莫寒看着面前这幅还没有完成的画像一阵发呆。那一瞬间的美好仿佛已深深印在脑海里让他挥之不去，眼前的画像竟然幻化成了真实的她：知性、静谧、眼眸中充满温柔的专注。

在未来的婚姻生活中，孩子真的就那么重要吗？要知道，当今的医学技术与其他学科一样正呈现跨越式发展的趋势，这个问题说不定很快就可以解决。更何况姐夫那个方法也不是不可以考虑。那么现在的问题就是：俞莫寒，在你心中，倪静究竟是不是你唯一的人选呢？

是的。他在心里即刻答道。

这是来自内心最真实、最明确的回答。俞莫寒感觉一下子就明朗了。这一刻，他再也克制不住自己，拿起画笔开始描绘……她的美开始慢慢地、一点点呈现在了画布上。

当画笔最后一次离开画布时，俞莫寒感到一种莫名的兴奋。此时，夜色已在他浑然不觉中降临，他又一次推开窗户，朝着倪静所在小区的方向轻声道："我马上就来找你……"

俞莫寒自知愧对倪静：她在感情上曾受到过极大的伤害，也许早已对爱情失望，而自己的出现终于唤醒了她内心深处的希望，自己却无耻地中途动摇了。所以这时候想获得对方的原谅，绝不是一件容易的事。因此，俞莫寒没有给倪静打电话，而是选择直接上门请罪。

他打电话叫了一辆车，带着倪静的画像下了山。

可是，倪静所住的小区保安不让他进去。保安神情倨傲地对他说："这可是高档小区，不是什么人都可以进去的。"

俞莫寒将画像放在保安面前，解释道："我是来给她送画的。你应该认识她吧？"

保安依然不肯通融："这么晚了，你给她打个电话，让她自己下来取。"

俞莫寒打躬作揖，手段用尽，到最后甚至从钱包里取出所有大钞，数也没数就直接放进了保安衣兜，央求道："我是她男朋友，我们正闹别扭呢。我们都是男人，你懂得是不是？兄弟，行个方便吧，我请你吃喜糖行不行。"

保安把钱递给他，眼神变得有些同情，叹息道："真不容易啊。那你进去吧，不过千万别惹出事情来啊。"

俞莫寒并没有马上进去，他对保安道："麻烦你帮我查一下她的具体住处……"发现保安的神情变得警惕起来，又急忙苦笑着解释道，"我只来过这里一次，当时她和我一起去的车库，随后就开车离开了。我们还没有同居呢，不知道她的具体住处也很正常不是？对了，她叫倪静。不是黎明的那个黎，是单人旁的倪……你别这样看着我，我不是坏人，这附近到处都是摄像头呢，如果我是坏人的话，怎么可能明目张胆地出现在这个地方？"

保安依然警惕，问道："那你为什么不直接给她打电话？"

俞莫寒神情落寞，叹气道："我伤透了她的心，如果打电话她肯定不会接听，甚至会直接关机。"

保安这才搞清楚了其中的缘由，道："那你登个记吧，把你的身份证拿出来。"

俞莫寒大喜，很快就登记好了自己的有关信息，不过在职业那一栏只是含糊地填写上了"医生"两个字。保安诧异地看着他："你是医生？我还以为你是画家呢。"

终于取得了保安的信任，俞莫寒抱着倪静的画像朝里面走去，一路上暗暗觉得，看来这些年的心理学没白学。

不一会儿他就找到了倪静的住处，幸好她购买的是这个小区里的花园洋房，而且就住在最下面的一层。眼前是入户花园，正中有一排通往大门的汀步，两侧都是碧绿的草地。

她一定在家，因为我伤透了她的心。俞莫寒忽然感到有些惶恐，犹豫着摁下了入户小门旁那个红色门铃按钮。

门开了，倪静出现在俞莫寒面前。她有点惊讶，冷冷问道："你来干什么？"

俞莫寒努力让自己的目光直视着她，说道："倪静，我承认自己犹豫、退缩过，但是现在我已经彻底想明白了：我一定要和你在一起。无论今后面对多大的困难我都必须和你在一起。"

倪静的目光变得温和了许多，问道："你的脸怎么了？"

俞莫寒苦笑道："在法庭上被被告的亲属打了。"

"怎么会这样？"倪静瞪大了眼睛，她的目光转向俞莫寒手上的画，"你不是说一时半会儿画不好吗？"

俞莫寒看着她，眼神真挚："我发现自己根本就无法忘记你，于是内心释放出了巨大的激情，然后就一挥而就了。"

倪静的脸色再一次变得冰冷起来:"我最厌恶男人的甜言蜜语!"

"我这不是什么甜言蜜语啊,我说的都是发自内心的真话啊……"俞莫寒急忙道,因为太过激动不小心扯到了伤口,他不由吸了一口气,"倪静,我真的想清楚了啊,彻底想清楚了。"

倪静看看他的脸,转身道:"进来吧。"

俞莫寒如聆仙音,大喜之下急忙推开门,快速跟了上去。

身处的这个空间无疑是非常漂亮的,这是俞莫寒的第一感觉,不过他现在没时间去仔细观察,此时此刻,他的注意力全都在倪静身上。

倪静没有招呼他坐下,也没去倒茶,她就站在那里看着惴惴不安的俞莫寒,淡淡问道:"告诉我,你姐都对你说了些什么?"

俞莫寒怔了一下。他没想到倪静竟然聪明、敏感到了这样的程度,竟然能从他态度的改变中猜测到问题的本质。不过他并不想告诉倪静具体的情况,毕竟事涉她的隐私,更何况散播传言的人是自己的姐姐,这无论对倪静还是俞鱼来讲都是一件非常尴尬的事情。

俞莫寒道:"反正我已想清楚了,其他任何事情我都不在乎,我只是想和你在一起。"

倪静忽然间激动起来,大声道:"但是我在乎!你告诉我,俞鱼究竟在你面前说了些什么?!"

俞莫寒很是尴尬,嗫嚅着道:"事情都已经过去了,你何必问那么清楚呢?"

倪静指了指外边:"既然这样,那你就什么都不要说了,请你马上从这里离开,带上你的那幅画。"

俞莫寒急了:"她就说你不能生孩子……可是倪静,我,我真的不在乎。"

倪静愣在那里,满脸不可思议的表情,喃喃问道:"我不能生孩子？我为什么不能生孩子？"

俞莫寒一时间不知道该如何解释和回答这个问题，想了想才道："你的情况和我姐不是一样的吗？"

倪静的脸一下子红了，啐道："我还没结婚呢，怎么可能和你姐的情况一样？"

俞莫寒更是不知道该如何继续这件事情："这个……难道医生从来都没告诉过你？"

倪静更是莫名其妙："医生为什么要告诉我？"

俞莫寒真的不知道该如何回答了，只好闭了嘴。

然而倪静并没有就此罢休的意思："你怎么不回答我？"

俞莫寒只好硬着头皮道："呃……你应该知道我姐一直怀不上孩子的原因，是吧？"

倪静这才恍然大悟，愤怒得脸都红了："本小姐怎么可能和你姐的情况一样？你姐居然在你面前那样说我？！简直岂有此理！我还是……"

俞莫寒大吃一惊，简直不敢相信自己的耳朵，张口结舌地道："什么？！难道你、你……？！"

此时倪静的脸已经红透了，心里很是后悔，怒道："还不都是你！你们简直是……气死我了！"

俞莫寒小心翼翼地问道："你以前在感情上不是受过很大的伤害吗？"

倪静愤然："我感情受伤害和那样的事情又有什么关系？"

俞莫寒仿佛有些明白了，急忙歉意地道："对不起，这件事可能是我姐误听了他人传言。可是我真的想清楚了啊，真的没有在乎啊。"

倪静很快冷静下来，站在俞莫寒的角度，考虑到他家的情况，好像他的犹豫也不是那么不可原谅，而且想到刚才他说不在乎的话，也有些感动，禁不住温言道："好吧，那我就不怪你了。"

俞莫寒欣喜万分，冲动得差点想将她紧紧抱住。倪静叹息道："想不到我在你姐心里竟然是这样一个女人，可见她从来都没把我当成真正的朋友。"

事情到了现在，俞莫寒更加懂得人与人之间产生误会根源就在于沟通不足，急忙解释道："她不过是轻信了他人的谣传，不过即使这样，她也从来没对其他人说过这件事。她是担心我今后和她一样没孩子，很可能影响我们未来的婚姻。"

"我就说呢，她为什么会那么强烈反对我们两个人在一起。听你这样一解释，我倒是能够理解她了。"倪静想了想，点头道，随后她将俞莫寒带来的那幅画立在沙发上："莫寒，我真的有这么好看吗？"

俞莫寒不想对她说假话："虽然你长得并不算特别漂亮，但你的美与众不同。"

倪静幽幽叹息："是啊，我长得一点都不漂亮。我和他从小一起长大，高中的时候我们就恋爱了，后来我们没在同一个地方上大学，他最终还是没经受住他们学校校花的诱惑，根本不顾我的苦苦哀求无情地将我抛弃了。那是我的初恋啊，我的全部感情都投到了他身上，和他恋爱，一直以为会和他结婚，白头到老，这一切我一直都认为是理所当然的事。那一年我即将大学毕业，失去了他，我觉得生无可恋，于是选择了割腕自杀……"她右手食指指着左手手腕处："当时我一点都不觉得痛，心想既然他对我如此无情，还不如死了算了。"

俞莫寒看到她左手手腕处隐隐有一道疤痕，如果不仔细看根本注意不到。她割腕的时候应该是很淡定的，因为是沿着皮肤纹路切下的刀口，所以在愈合后才基本上无迹可寻。倪静继续道："我以为自己真的要死了，忽然想起了父母，后悔和恐惧在那一瞬间向我袭来，然而，那时我已经失血过多，身体根本就无法动弹，紧接着就什么都不知道了。后来我在医院里醒来，是同寝室的同学救了我，从此以后我不再相信爱情，一直到你那天突然给我打来电话……"

她的讲述非常简单，俞莫寒却能够真实地感觉到她内心曾经历过的那种生无可恋的痛，想到自己曾经的动摇，心里顿时愧疚不已："倪静，对不起。"

此时的倪静已经不再生气："既然是误会，那么说清楚就好了。其实我并没有因为你的动摇而生气，因为我必须尊重你的选择。莫寒，你也一样，你也应该尊重我的选择。"

俞莫寒心里一惊，急忙问道："你的意思是……"

倪静"扑哧"一笑，说道："我说的是今后。我的意思是说，万一我们俩在一起的时间长了，感情上出现裂痕了呢？"

俞莫寒苦笑："我们这才刚刚开始呢，你怎么就想到今后分手的事情了？"

"我说的是可能。"倪静正色道，见俞莫寒一脸紧张的样子，禁不住又笑了，"好了，我们不说这个了。你也还没吃饭吧？我们一起做还是出去吃？"

俞莫寒指了指自己脸上的纱布，道："这么难看，就不要出去攒回头率了吧。"

倪静这才想起他受伤的缘由，问道："当时究竟是怎么回事？"

两个人在厨房里一起做饭，俞莫寒一面将事情的前后经过详细对倪静说了。倪静皱眉道："这件事情好像有些不大对劲啊。"

俞莫寒问道："你说的是我们院长让我出庭的事情？"

倪静道："不仅仅是如此。你想想，原告律师既然在法庭上忽然向你发难，这就说明对方应该知道你和俞鱼的关系。此外，想必高格非申请司法鉴定及鉴定的结果早就泄密，原告方想要胜诉原本几乎是不可能的,既然如此,他们忽然揭开你和俞鱼的关系就一定有着某种目的。最为诡异的是,庭审结束后不久,各大媒体就开始大造声势使得舆情迅速发酵,由此我就不得不怀疑原告方与媒体之间存在着某些关联,因为他们之间的配合实在是太过无懈可击了。"

俞莫寒不以为意地道:"随便他们闹吧,反正我在这件事情上是问心无愧的。"

倪静却是满脸的忧虑,摇头道:"我觉得事情并不像你以为的那么简单。很显然,媒体和原告方的目的就是希望通过民众的巨大影响力去左右法院的最终判决,一旦他们的目的达到,那么就必将有人成为这起事件的牺牲品。而这起案件最关键的地方就是司法鉴定的结论,如今事情才刚开始,你们院长就把你推到了最前面,接下来事情一旦变得复杂甚至恶化,那你就最有可能成为那个牺牲品。"

俞莫寒不大相信她的结论,问道:"为什么是我?"

倪静道:"因为你已经出现在了媒体面前,还因为你不但年轻,而且没有任何背景。"

俞莫寒背上顿时生起一阵阵寒意,问道:"那我接下来应该怎么办?"

倪静问他:"高格非真的是急性短暂性精神分裂症发作吗?"

俞莫寒点头道:"是的。鉴定小组的所有成员都认同这样的结论。"

倪静又问:"那么,高格非为什么会出现这样的状况呢?"

俞莫寒摇头道:"我们只负责这起案件被告的司法鉴定工作,其他的事不需要我们去调查。"

倪静看着他:"可是现在情况已经发生了很大改变,既然你坚信自己的结论是正确的,那就应该去搞清楚高格非突然发生精神分裂的原因,因为只有这样才可以让民众相信你们那个结论。"

她说得有道理,不过俞莫寒还是有些犹豫:"可是我们院长的意思……"

倪静淡淡地道:"自从死过一次后,我从来就只相信这样一个道理:自己的命运必须得由自己去把握。"

俞莫寒最终决定听从倪静的意见,不仅仅因为她是自己的女朋友,更主要的是她的睿智,而且倪静还主动提出要和他一起去调查高格非突发疾病的缘由。她笑着对俞莫寒道:"像我们这样谈恋爱的方式,是不是有些与众不同?"

必须得暂时避开记者们的采访,在这一点上倪静和俞莫寒的想法一致。于是俞莫寒去办了一个新的电话号码,随后告诉姐姐俞鱼说自己出去休假了,如果有急事才可以与他联系。

"除了外伤或者突然受到刺激外,还有别的什么原因会导致像高格非这样的情况出现?"倪静问俞莫寒。

俞莫寒回答道:"教科书上将这种突发性精神疾病的病因归纳为社会、心理、道德因素等,比如竞争压力、噪声及其他环境污染引起的长时间的焦虑、压抑等。不过在我看来,就如同火山爆发一样,任何一种精神性疾病的突然发作,必定有一个漫长的精神或者心理不正常的过程,而刺激只是最终的激发因素而已。"

倪静问道:"就如同火山爆发前的能量积聚?"

俞莫寒笑道:"你的这个理解非常恰当。"

倪静又问:"你怀疑高格非长期家暴他的妻子?"

俞莫寒点头道:"不是怀疑,而是事实。"

倪静笑道:"所以,我们接下来就应该去调查他为什么要那样对自己的妻子,或许从中可以找到他发病的线索。"

俞莫寒有些惊讶地看着她:"我非常怀疑你以前接触过精神病学这门学科,不然的话怎么会想到如此专业的调查步骤呢?"

倪静"扑哧"一笑:"你想讨好奉承我也不用这么肉麻吧?"

第七章
走访一无所获

第二天上午,天气依然炎热,空中一片碧蓝,些许白云像被吹散的柳絮。

席美娟在织一件毛衣。俞莫寒和倪静进屋的时候,她才顺手将手上已经织了一小半的毛衣放到了一旁。俞莫寒注意到,那是一件粉红色的小衣服,随即问道:"像这样的衣服你做了不少,也买了许多吧?"

席美娟淡淡地道:"只是觉得有些无聊,所以给自己找些事情做。"

俞莫寒轻叹了一声,说道:"你不是因为无聊才去做这样的事,是你太想要一个孩子了。现在的试管婴儿技术已经非常成熟了啊,你们为什么没考虑去尝试一下呢?"

席美娟嘴唇紧闭着没有回答他。俞莫寒再次轻叹:"我知道了,是因为你丈夫根本就不想要孩子。席老师,是这样吗?"

席美娟终于点了点头。俞莫寒问道:"为什么?"

席美娟道:"他说,孩子是上天送给凡人的礼物,既然上天让我不能生育,那我们就不应该强求。"

这时俞莫寒忽然想到了一个问题,因为他从来都不相信偶然,于是问道:"在你们结婚前,他其实是知道你不能生育的,对吗?"

席美娟愕然地看着他,不过最终还是点了点头,回答道:"是的。我们第一次见面时他就说今后不想要孩子,于是我就告诉他说自己小时候患过结核。我是学医的,知道大多数患过结核的女性很可能存在输卵管粘连。这也是我一直以来最担心的事,想不到他主动提出来今后不要孩子,所以我当时也就没考虑其他事就答应了我们的婚事。"

"他为什么不要孩子呢?你问过他这个问题没有?"倪静在一旁忍不住问道。

席美娟道:"我当然问过,他告诉我,他的前妻就是因为在怀孩子期间去擦窗户发生了意外,从此他就有了心理阴影。"

倪静觉得这样的理由似乎有些牵强,她看向俞莫寒,俞莫寒朝她点了点头。在俞莫寒看来,心理阴影是一种非常复杂、奇怪的东西,不能用常理去解释,因为每个人都会有与别人完全不一样的心理逻辑,比如某个人被蛇咬过后从此就害怕看见井绳。

俞莫寒问道:"那么,他为什么要打你呢?"

席美娟的神色一下子就变得凄苦起来,摇头道:"我不知道。"

倪静瞪大了眼睛:"你不知道?"

席美娟微微摇头道:"我真的不知道。他每一次都是莫名其妙地忽然向我发脾气,然后……事后又总是一次次向我道歉。我问他为什么,他说就是心里忽然觉得烦躁。"

倪静更是觉得不可思议:"难道你就一直忍着?一直由着他?"

席美娟惨然一笑,说道:"这都是我的命。更何况他也不是经常那样对我,平常大多数时候对我还是很好的,对我的父母也特别好。"

倪静默然。俞莫寒又问道："那天他在出门前，打了你吗？"

席美娟摇头。俞莫寒继续道："那天我看到你胳膊上的伤是什么时候造成的？"

席美娟道："在他出事前一周左右吧，那天晚上他喝醉了酒。"

俞莫寒觉得脑子里有些乱："对你丈夫这次发生的事情，你是怎么看的？"

席美娟的目光亮了一下，道："对我来讲也许是一件好事。"

俞莫寒看着她："因为你终于替自己找到了一个离婚的最好理由？"

席美娟摇头："不，我已经知道了他司法鉴定的结果。其实一直以来我都觉得他承受的压力实在是太大了，所以才会那样对我。今后他不可能再继续当校长了，压力也就因此小了许多，说不定我们的生活就会变得正常起来呢。"

俞莫寒又问："你觉得他的压力主要来自哪些方面？"

席美娟道："我听说他在三十岁之前一直都非常不顺利，后来却在忽然之间来了好运气，从一名普通的工作人员很快成了校长。像他这样的情况，嫉妒他、想看他笑话的人肯定不少。此外，他父母以前都在农村，他一直想把他们接到城里来，买房、平时的生活开销都需要花钱。"

倪静问道："他父母可以和你们生活在一起啊，是因为你不同意？"

席美娟摇头道："不，是因为他不愿意。"

在父母眼中，高格非一直是个非常优秀的孩子，他当然不想让父母看到自己丑陋的那一面。俞莫寒能够分析出高格非的心理。倪静本来准备继续问，却忽然间明白了其中的缘由，看向席美娟的目光更是充满了同情。

俞莫寒不想继续待在这里了,他已经感觉到,即使继续问下去也不大可能得到更多有价值的东西,眼前这个女人其实对她的丈夫知之甚少,因为在两人的婚姻中,一开始这个女人就处于非常弱势的地位,她因为自卑、恐惧而放弃了自己的所有权利。

俞莫寒站起来告辞,离开的时候忽然问了最后一个问题:"一直以来你究竟在害怕什么呢?"

席美娟没有回答他。

"我怎么觉得什么都没有问出来?一切都显得那么乱。"从席美娟家出来后,倪静揉着太阳穴痛苦地对俞莫寒道。

俞莫寒点头道:"只能说明席美娟对自己的丈夫根本就不了解。这个女人虽然可悲,但造成这一切的根源还是她自己。她太懦弱了。"

倪静同意他的看法,点头道:"确实是这样。不过我感觉,高格非这个人背后似乎存在许多不为人知的事情。"

俞莫寒笑了笑,说道:"是的。我们大多数人抗压能力都是比较强大的,并不是每个人都那么容易出现精神性疾病。"

倪静深以为然,问道:"你最后问席美娟的那个问题是什么意思?"

俞莫寒道:"其实我已经分析到了那个问题的答案,不过想让她亲口说出来而已……"

席美娟有一位强势的母亲,而这位强势的母亲很显然对女婿高格非是非常满意的——年纪轻轻就已经有了非常不错的事业,而且还非常孝顺。像这样的母亲往往会固执地认为女婿的家暴行为来源于自己女儿的不懂事,由此女儿最终选择忍气吞声并不再向父母倾诉也就成了必然。此外,高格非在调任专科院校校长之前与席美娟同在医科大学工作,那时候高格非是校办主任,而校办主任相当于校长的管家,在学校有着非同寻常的影响力。因此,如果席美娟选择与高格非离婚,不但会引起母亲的强烈不满,而且会受到所在单位不少人的非议。

"当然,这仅仅是席美娟自己的想法。"俞莫寒分析了一番后补充道。

倪静问道:"难道席美娟的父亲也不替女儿说话?"

俞莫寒道:"从心理学的角度讲,当一个女人强势到某种程度的时候,做丈夫的往往就彻底失去了发言权,像这样的男人也就失去了自我。"

倪静赞同他的这种说法,叹息道:"所以,一个家庭里有一个男孩是非常重要的。"她笑眯眯地看着俞莫寒,"如果俞鱼被你姐夫欺负的话,你会不会挺身而出?"

俞莫寒想也没想说道:"那是当然。不过以我姐那种性格,受欺负的应该是……"说到这,他才忽然意识到倪静的真实意思,一下子尴尬起来。

倪静急忙道:"我可没有挑拨你们姐弟关系的意思。"

俞莫寒苦笑了一下,说道:"我姐还没有强势到那样的程度,更何况她那样做完全是为了我好。"

倪静不以为然:以爱的名义去干涉他人的情感,这不正是很多人自以为正确的事情吗?不过她没有将这话讲出来,她承认自己对俞鱼心存巨大的不满。她即刻转移了话题:"那么,高格非为什么要家暴自己的妻子呢?这会不会就是他精神分裂的原因?"

俞莫寒道:"这个问题得去问高格非本人才知道。"

倪静道:"可是我们目前不可能有机会去当面询问他,假如你姐以律师的身份去询问的话,他也可以拒绝回答这个问题。"

俞莫寒道:"是啊,不能面对面询问当事人,这是我们目前最大的困难,不过我相信最后会搞清楚的。"他看了看时间,"我们顺道去看一个病人，然后再去拜访席美娟的父母。"

路上俞莫寒告诉了倪静有关老人的一些情况，倪静看向他的目光变得更加温柔："莫寒，你是一个好医生，更是一个善良的人。"

俞莫寒道："其实我姐也一样。"

虽然倪静明白他为什么要强调这件事，但心里那道坎还是有些过不去，于是就选择了沉默。俞莫寒知道她内心的感受，暗暗道：我会让姐主动向你道歉的，她也一定会。

医院已经给老人做了手术，不过只是开颅清除了大脑皮层的血肿。老人虽然不能说话，看向俞莫寒的目光却充满着感激。俞莫寒对他说了些安慰的话，见他有些好奇地看着倪静，随即介绍道："这是我女朋友。"

老人咧嘴笑了，很开心的样子。他指了指倪静的手，倪静不明白他的意思，俞莫寒道："他可能是想和你握手。"

虽然倪静觉得有些怪异，但还是朝老人伸出手去，老人却摇了摇头，倪静的手僵在了那里。老人双手抱拳朝俞莫寒晃动了几下。这下俞莫寒看懂了，笑道："您不用客气，帮您的人可不止我一个。"

老人摇头，再次抱拳表达谢意。

"他刚才在看我的手，难道他会算命？"从病房出来后倪静笑着对俞莫寒道。

俞莫寒顿时就笑了，点头道："估计就是你说的那样，他看了你的手后就开心地笑了，意思是说我们俩是天造地设的一对呢。"

倪静的脸微微红了，嗔道："你就知道臭美！"说着也禁不住笑了，因为她此时十分高兴。

两个人在一家咖啡厅里吃了午餐，又叫了咖啡，准备下午上班的时间再去席美娟父母家。其间倪静问了俞莫寒一个专业性的问题:"什么样的人才会做出家暴的事情?"

俞莫寒道:"家暴本身就是一种心理不正常的表现,比如人格障碍、情感障碍等。此外,精神性疾病发作的过程中因为幻觉、妄想的支配,也可能造成家暴行为。不过高格非不大符合此类状况,因为高格非的家暴是源于心情不好,这说明他在家暴的时候是有着清醒的自我认知的,我想,高格非的这种行为很可能是由某种巨大的心理压力造成的。"

倪静问道:"你的意思是,高格非的家暴行为与他的精神分裂并没有直接关系?"

俞莫寒摇头道:"应该是有关系的,只不过他的家暴行为很可能是精神分裂的前期表现。到目前为止,我们对这个人以前的心理和精神状况还知之甚少,还需要花大量时间去调查,我想,当我们对这个人有了足够深入的了解后,所有问题也就有答案了。"

席美娟的父母住在城北,而高格非的家却在城南,靠近医科大学,两个地方相距甚远,几乎要穿城而过。不过眼前这个小区看上去还不错,楼间距甚宽,绿化也做得非常好,应该是数年前开发的品质楼盘。

俞莫寒和倪静的时间掐得很好,敲开门的时候老两口刚刚午睡起床不久。屋子里的装修看上去有些不大符合美学原则,色彩过多,而且也显得太过艳丽,家具也比较老式,空调的温度调得比较高,俞莫寒坐下后汗水不住往外冒。

席美娟的母亲姓田,胖胖的,估计那天她也在法庭的旁听席,所以一见到俞莫寒马上就认出了他:"你不就是那天在法庭上那个医生吗?哎呀!我要好好感谢你呀。"她这一开口就停不下来了,"那些人太不像话了,简直是一点素质都没有……我那女婿当然是忽然发病才可能做出那种事来,稍微有点头脑的人就能想明白嘛。

老头子，快去泡茶，要泡家里最好的那种茶！别磨磨蹭蹭的！俞医生，这是纸巾，我马上去把空调开低一些……"

屋子里的温度很快就降下来了，还飘散着茶香。席美娟的父亲瘦瘦的，坐在那里有些不知所措。俞莫寒从这些细节中大致确认了自己的推断，心里暗暗叹息。

席美娟的母亲一直在那里絮絮叨叨，俞莫寒也趁机让自己凉快一下，倪静倒是东一句西一句地和对方搭着腔，一直到后来俞莫寒正式开始提问："田阿姨，高格非在您眼里究竟是个什么样的人呢？"

席美娟的母亲道："他是大学校长呢，当然是很有学问的人了。他的能力也很强，不然的话怎么可能当上校长呢，你说是不是？"

俞莫寒哭笑不得，又问道："那他怎么会忽然精神病发作呢？"

席美娟的母亲怔了一下，说道："我也觉得奇怪呢，我的一个姐妹说可能是中邪了……"

俞莫寒听她越说越不像话，急忙打断了她的话，问道："他在家里经常欺负您女儿，这件事你们是知道的，是吧？"

席美娟的母亲神色一变，不住摆手道："根本没有那回事，两口子发生矛盾么，谁家没有过这种事呢，你说是不是？"

俞莫寒看向席美娟的父亲："自己的女儿长期被女婿欺负，难道你们就不心疼？"

老人的神色灰暗，叹息着摇了摇头。他老伴却大声道："根本就没你说的那么严重，这样的女婿我们很满意啊，不计较我家美娟不能生孩子，还对我们那么好。"

俞莫寒随口就问了一句："这房子也是你女婿买的吧？"

席美娟的母亲道："是啊，装修的钱也是他给的呢。"

俞莫寒又问了一句："是当年他娶你们女儿的彩礼？"

席美娟的母亲道："是啊。而且这些年他一直都对我们很好啊，家里的烟酒茶米都是他拿来的，每次来都带着鸡鸭鱼肉，一直都没断过。"

俞莫寒想了想，估计在这问不出什么有用的东西，随即起身告辞。两个人到了楼下后，俞莫寒忽然停住了脚步："我们在这里等一会儿。"

倪静道："干吗？"

俞莫寒笑了笑，回答道："刚才我注意到，席美娟父亲右手的食指和中指尖有些泛黄，很显然，他是一个资深烟民，不过他家里却闻不到一点香烟的气味，估计是因为老太太管得太紧，所以他日常都是到外面去吸烟。如果我所料不错，老人家很快就会下来了。"

果然，两个人在下面待了一会儿，就看到席美娟的父亲从楼道里出来了，手上拿着的香烟刚刚点燃。他发现俞莫寒和倪静的时候愣了一下，却没有马上转身上楼的意思，俞莫寒急忙迎了过去："我可以和您聊一会儿吗？要不我们找个茶楼好不好？"

老人指了指前面的花园："就在这里吧，其实我就是想下来看看你们走远了没有。"

外面的气温比较高，俞莫寒和倪静以及老人一起来到花园的阴凉处，随即问道："您想告诉我们一些事情，是吧？"

老人将烟头扔在了地上，用脚狠狠踩了几下，恨恨地道："他就是一个精神病！我想让美娟和他离婚！"

俞莫寒道："您指的是他欺负您女儿的事情？"

老人激动地道："我第一次知道这件事后非常生气，于是就去找了他，他的态度倒是不错，不住向我道歉、悔过。可是时隔不久他那毛病又犯了，我再次去找他，结果他拿出一些照片来给我看，照片上都是我女儿和一个陌生男子在一起的场面，当时我就无话可说了，后来我去问美娟究竟是怎么回事，美娟说那个男的是她一个中学同学，她和那个同学的关系很正常，那些照片的场景是她那个同学家里有人生病了,在学校的附属医院住院,同学顺便来看她,两个人就是在一起吃了顿饭。美娟还告诉我说,高格非私底下雇了一个私家侦探长期跟踪她,只要她和异性在一起就会被拍下照片,高格非经常因这种事对她动手。你们说,这不是精神病又是什么?!"

想不到还有这样的情况。俞莫寒问道:"后来呢?后来您再去找过他没有?"

老人叹息了一声,回答道:"我家里的那位不准我再去了,她说,嫁出去的女儿就是泼出去的水,总之是我们家美娟交往不慎……"

倪静在一旁忍不住问道:"她究竟是不是您女儿的亲妈啊,难道就眼睁睁地看着女儿受罪不管?"

老人再次叹息:"她们母女好像前世有仇一样。孩子出生的时候难产差点要了她妈的命,她妈一直都不喜欢这个孩子。"

俞莫寒有些明白了,问道:"您老伴的家庭出身要比您好很多,是吧?"

老人摇头。俞莫寒恍然大悟,又问道:"您老伴是不是独生女?"

老人诧异地看着他,点了点头。俞莫寒并不想继续在这个问题上深究,问道:"有关高格非的情况,您应该有所了解是吧?毕竟他是您女婿。"

老人问道:"你指的是哪些方面?"

俞莫寒道:"比如他是否有巨大的压力,您女儿不能生孩子他真的就不在意?如此等等的问题。"

老人想了想,回答道:"他好像没什么压力吧,当初他给我们买房的时候用的可是全款,而且这些年我也没有觉得他经济上有什么困难。他的事业也很不错,这么年轻就是校长了。还有,我女儿对我说过,其实是高格非不想要孩子,否则的话他们早就去做试管婴儿了。"

老人的话从侧面证明了席美娟提供的信息是真实的。俞莫寒忽然想起席美娟织毛衣时的情景，问道："您女儿现在很想要孩子了，是吧？"

老人点头，叹息着道："我们也希望他们能够有个孩子呢，说不定这样一来他们的家庭生活就和睦了。可是……高格非肯定是有什么毛病，不然的话他为什么不要孩子呢？"

俞莫寒提醒道："据说是因为他前妻的事情，这事您知道吗？"

老人摇头道："那种事我们怎么好问？"

这时候俞莫寒忽然想起一件事："难道您就没去和高格非的父母谈过这事？"

老人愤愤地道："我们两家人早就不来往了，就是因为我去找他们说高格非欺负我女儿的事，结果他们说我胡说八道，居然还把我从他们家撵了出来！"

俞莫寒再也问不出多少有用的信息，加上天气炎热，就向老人告辞和倪静一起离开了。

"我实在无法理解这样一个母亲。"上车后倪静叹息道。

俞莫寒朝她笑了笑，问道："你是不是偶尔会有这样的感叹：做女人太不容易了，下辈子一定要做个男人？"

倪静点头道："有这种想法的不仅仅是我吧？很多女人都会有这样的感叹，特别是在例假期间。可是，这和我刚才的问题有关系吗？"

俞莫寒道："当然有关系。女性在这个社会中的地位相比男性要低，受歧视的现象时常发生，再加上生理方面的原因，不少女性对自己的性别感到遗憾也就毫不奇怪了。席美娟的母亲是独生女，而且想来从小也被她的父母嫌弃，所以她比其他人更希望能生一个儿子以弥补内心的遗憾，可是命运却没有满足她这个愿望，于是从上一代传给她的怨气也就转移到了女儿身上。当然，这其中也有她极度自私的因素。"

倪静禁不住叹息："这个世界上果然什么样的人都有啊，想起来真是残酷。"

大多数精神病患者的经历往往充满残酷与阴暗，因为职业缘故，俞莫寒对此早已了解很多了，道："说起来席美娟不过是高格非婚姻的牺牲品罢了，也许这就是她当年太过看重物质酿下的恶果。"

倪静却不以为然："女人是弱者，追求物质并没有什么过错，哪个女人愿意一辈子受苦受难没有依靠呢？"

俞莫寒苦笑着道："倒也是……不过到现在为止我至少可以排除高格非患病的家庭因素了，这也算是我们目前最大的收获吧。"

就在俞莫寒和倪静前往席美娟父母家的时候，俞鱼接到了一个电话："我想和你谈谈。"

打电话的是高格非案原告的律师程奥，这让俞鱼很是诧异，同时也不禁有些警惕起来："有这个必要吗？"

程奥的语气很是诚恳："我认为很有必要。如果你同意的话，我可以到你的办公室来。"

虽然并不明白对方的意图，但俞鱼还是感到好奇，她想了想："那，好吧。"

程奥很快就来了，很正式的打扮：黑西裤、白衬衣，打着蓝花领带，皮鞋擦得铮亮，头发梳得整整齐齐，手上提着一只名牌真皮公文包。

俞鱼起身相迎，亲自给他泡了杯茶，笑盈盈地问道："程律师亲自登门，不知道有何指教？"

程奥朝她摆手："指教可不敢，我说了，只是想和你谈谈。"

俞鱼敛容正坐，道："程律师请讲。"

程奥斟酌着，缓缓问道："关于高格非的案子，如果俞律师是原告律师的话会怎么做？"

俞鱼怔了一下，她没想到对方会问这样一个行业内比较敏感甚至忌讳的问题，淡淡回答道："我是被告律师，你所说的这个'如果'根本就不成立。"

程奥却自顾自说道："如果我是被告律师的话，也许会做出与你完全不一样的选择。"

俞鱼诧异地看着他，道："哦？那么，你所说的完全不一样的选择究竟是什么呢？"

程奥道："也许我会向原告方妥协。这起案子非常特殊，几个无辜的人突遭飞来横祸，三死两伤，而这起灾难的制造者却被鉴定为突发性短暂性精神病发作，如此一来，这起案子的被告就可以一身轻松地被法庭无罪释放。请问俞律师，这个世界上究竟还有没有公理？"

俞鱼惊讶地看着他："程律师，你心里应该清楚，作为律师，我们首先应该是法律的维护者，维护法律的尊严和公平公正，这就是公理。其次，作为律师，我们替自己的委托人争取在法律允许范围内的最大利益，这是我们的职责。程律师，我不明白自己在这件事情上究竟做错了什么。"

程奥问道："难道你就一点都不怀疑那份所谓的司法鉴定结果的正确性？"

俞鱼道："我们都应该尊重专家们得出的科学结论。"

程奥道："万一那份司法鉴定的结论在今后被证实是错误的，或者是虚假的呢？"

俞鱼淡淡一笑，道："除非你们能够拿出确凿的证据证明那份司法鉴定的结论是错误的，或者是虚假的，否则我依然坚持自己现在的态度。"

程奥质问道："法律无外乎公理和人情，难道你从来都没从那些无辜者的角度去考虑过问题？"

俞鱼敛容道："我是一名律师，只做自己应该做的事。我的委托人最终是否应该受到法律的惩罚，这应该由审理此案的法官依法判决。至于被害人的利益问题，你作为原告律师应该去向法律、向政府有关部门申请相应的补偿。当然，你也可以借助媒体的力量最大限度地做好此事，而不是借助他们的力量推波助澜，甚至以损害法律的尊严为代价。"

程奥朝她摆手道："俞律师，你这样的话我也会讲。现在我们俩是在私下沟通和交流，没必要时时刻刻去谈那些法律条款。你想过没有，如果那些无辜的人中有你的亲属，你还会像现在这样淡定吗？"

俞鱼有些恼怒："第一，同一起案件的原被告律师在一起私底下沟通和交流，这本身就不符合我们这个职业应该坚守的原则；第二，你刚才所说的如果只是一种假设，根本就是远离了案件的真实……"这时候她才忽然意识到了自己的激动，"好吧，就按照你刚才的假设，如果那些无辜的人中有我的亲属，我也一样会尊重法律，依据事实接受法院的最终判决。"

程奥看着她："俞律师，我不相信你纯粹是为了维护法律的尊严，才对我说了那么多义正词严的话，难道你就真的没一点点私心？"

俞鱼迎上他的目光，反问道："你利用媒体的力量、利用民众的愤怒去左右法律的公平公正，你如此不择手段，难道真的就纯粹是为了那些无辜者的利益？难道你就没有任何私心？"

程奥道："我也希望能够赢这场官司，希望凶手被绳之以法，还希望那些无辜者得到应有的赔偿。"

俞鱼道："我也希望能够赢这场官司，但我绝不会以损害法律的尊严为代价。"

程奥劝告和提醒道："如此的话，你必将受到民众的非议与指责,如果那份司法鉴定书存在问题,你更会因此而身败名裂。"

那天庭审结束后不久,俞鱼的律师事务所接连遭受好几次砖头石块的袭击,一直到警察前来那些人才悄然消失。随后又有好几家网站和报社的记者前来采访,结果都被俞鱼拒之门外。此时程奥的话貌似提醒和劝告,俞鱼却从中听出了威胁的味道,然而她并没有丝毫的退缩之意,淡淡地道:"我并不在意民众的非议与指责,因为我坚守的是法律;如果那份司法鉴定书有问题的话,自然有相关的人去承担相应的责任,与我这个律师无关。因为,我一切的出发点就只有一个,那就是法律。"

程奥叹息一声,站起来客气地道:"俞律师,那我们就在法庭上再见吧。"

俞鱼起身道:"好,我们法庭上见。"

看着程奥离去的背影,俞鱼怔在那里好一会儿:这人今天跑到这来的真实目的究竟是什么?打人情牌?希望我顺从民意而舍弃最起码的原则?这也太弱智、太可笑了吧?

也不知怎么的,程奥这次莫名其妙的造访让俞鱼感到有些烦乱,她实在搞不明白对方这样做的意图。也许他确实是在为原告争取最大的利益。俞鱼想了很久,觉得这种可能性似乎最大,毕竟那些原告都是无辜者啊。想明白了之后她才觉得轻松了许多,随即就想到了弟弟的事,心里顿时涌起一阵内疚——要是当初自己听了他的话拒绝接受这起案子的委托,事情也就不会发展到如今这种地步了。这一刻,她禁不住在心里问自己:我的功利心是不是太强了些?

想到这,俞鱼也觉得有些能理解程奥这次的来意了。她苦笑了一下:可惜如今已经没了退路,自己既然已经接下了这个案子,那就只能把这场官司继续打下去了。

她打开手机看了看弟弟发来的短信，随即就拨通了那个新号码。

这时俞莫寒正在倪静的车上，本以为姐姐这个电话有什么急事，却听她只是很随意地在问："你还好吧？去什么地方了？"

俞莫寒不想对姐姐撒谎，说道："还没离开呢，我只是想避开那些媒体记者，所以暂时躲了起来。我没事，正好借这个机会好好休息一下。"

俞鱼这才略略放下心来，又问道："你和倪静的事情处理好没有？我觉得你应该趁这段时间将你们两个人的事好好做一个了断。"

俞莫寒看了正在开车的倪静一眼，说道："姐，我正和她在一起呢。姐，根本就不是你以为的那么回事，倪静她……"

倪静已经听到了俞莫寒的话，将车速缓缓放慢，她看向俞莫寒的目光也变得复杂起来。电话那一头的俞鱼却一下子就爆发了："你怎么就不听我的话呢？这天底下年轻漂亮的女人多的是，为什么非得要找她呢？！"

俞莫寒也生气了："姐，你也太不讲道理了，这说到底还是我自己的事情，你现在好好把你自己那一块的麻烦解决了再说吧。"一气之下挂断了电话。

俞鱼气得不行，狠狠将手机拍在了桌上，屏幕瞬间破裂。她还不解气，胸部起伏得厉害，想要大声叫嚷却又觉得影响不好，恼怒着喃喃道："气死我了，气死我了……"

车上的俞莫寒也一下子心情不好了，见倪静正看着自己，苦笑着道："我姐这个人，有时候真是拿她没办法。"

倪静本来对俞鱼是非常不满的，特别是搞清楚缘由之后，不过后来她仔细想了一下，只要自己愿意和俞莫寒在一起，今后始终是要去面对对方而且还必须要长期相处的。她想明白这一点后也就彻底冷静下来，此时见俞莫寒气恼的样子，反倒劝慰道："这样也不是个办法。"

俞莫寒赌气似的道："不管她！她这脾气就是被我们一家人给惯出来的。刚才我的话还没说完呢，结果就被她一通责怪，这还能不能好好交流了？！"

倪静劝道："你还是去和她好好说吧，问题总是要解决的不是？最近她正在忙高格非的案子，不能让她太过分心才是。你觉得呢？"

俞莫寒想想也是："那好吧。"

倪静开车将他送到了俞鱼的律师事务所外，就驾车离开了。看着远去的白色轿车，俞莫寒不由感叹：这么好的女朋友哪里去找？幸好我及时回头，否则那将是这辈子最大的遗憾。

等俞莫寒看到姐姐办公室那几面破碎的窗户，心里的不满一下子就没有了，关切地问道："姐，你没事吧？"

俞鱼没想到弟弟会来，心里的火顿时消散了许多，不过脸色依然有些难看："我还以为你真的为了那个女人不把我这个姐当一回事了呢。"

俞莫寒心里又有些生气，不过看到姐姐那张满是疲惫的脸一下子就心软了，温言道："姐，你怎么就不能好好听我解释呢？"

俞鱼怒道："有什么好解释的？我们俞家不能因为你的一时糊涂给绝了后！"

俞莫寒哭笑不得："姐，你这思想也太落后了吧？这天底下姓俞的可不少，更何况爸还有兄弟姊妹呢。姐，我告诉你吧，人家倪静根本就没做过你说的那些事，人家从来没和别人同居过。"

俞鱼瞪大双眼看着他："你和她同居了？"

俞莫寒急忙道："哪有那么快？是她亲口告诉我的。"

俞鱼愣了一下，随即冷笑："她告诉你的？难道你不知道现在什么都可以造假？好吧，即便这样，难道你以为一个曾为了某个男人不惜自杀的女人,心里就真的会对你好?"

这下俞莫寒真的生气了:"姐,你太过分了啊,说起来你和她还曾经是朋友,怎么就这么不相信人呢?"

俞鱼看着他:"我这都是为了你好,难道你不明白?"

俞莫寒勇敢地将目光迎了过去:"姐,如果你真是为了我好,那就该尊重我的选择。我早已不是小孩子了,姐,我今年已经二十七岁了,二十七岁了!"

俞鱼似乎被震惊了,怔怔地看着弟弟不说话。俞莫寒被姐姐的眼神吓住了,弱弱地叫了她一声:"姐……"

俞鱼这才回过神来,苦笑了一下,轻叹道:"是啊,你已经是大人了,我怎么能老是把你当成小孩子呢?那就随你的便吧,你自己的选择自己负责。"

俞莫寒大喜:"姐,你同意了?"

俞鱼脸上的疲惫更甚,幽幽道:"你都把话说到这个份上了,我不同意还能怎样?我可不想因为这种事让你恨我一辈子。"

俞莫寒的内心很感动:"姐,谢谢你。对了,姐,案子怎么样了?"

俞鱼微微摇头:"就等着下一次开庭呢。奇怪的是……"随即她将今天程奥前来拜访的事情说了,"莫寒,你说这人究竟打的是什么主意?"

俞莫寒想了想,摇头道:"我对你们这一行根本就不了解,不过从心理学的角度讲,当一个人主动向对方示弱时,其目的往往是为了遮掩什么,或者是另有所图。"

听弟弟这样一讲,俞鱼顿时就有些紧张:"那,你觉得我现在应该怎么办?"

俞莫寒心里一动,趁机道:"姐,倪静不但是你的合伙人,还相当于你的助手,要不你去向她道个歉把她请回来,说不定她会对你有所帮助呢。"

俞莫寒本以为凭借姐弟情感可以让姐姐变得豁达一些，然而他错了，因为他低估了俞鱼内心的骄傲程度，更没想到姐姐潜意识中对倪静成为弟媳这件事的反感。俞鱼瞪了他一眼："要道歉的话你自己去，你姐这张脸没那么不值钱。"

俞莫寒顿时明白了。他知道，想彻底让姐姐接受自己和倪静的事还需要一些时间，所以，无论是他还是倪静，也就只能而且必须多一些耐心才可以。

从俞鱼的律师事务所出来后，俞莫寒直接去了倪静那里。爱情其实很简单，就是心里时时刻刻想要和对方在一起，即使是两个人什么话都不说，心里也总充满着甜蜜与满足。

倪静从俞莫寒的脸上看不出他与姐姐交谈后的结果，不禁主动问道："你们没有吵架吧？"

俞莫寒笑了，摇头道："她同意了我们俩的事。"

倪静一下子就明白了，笑笑道："你姐那么强势、骄傲的一个人，你想让她主动来向我道歉恐怕不大可能。"

俞莫寒叹息了一声，道："是啊，是啊。可是，她现在确实需要你啊……"随即将程奥的事情对她讲了，同时说出了自己的分析。

倪静的脸色一下子变了，说道："我曾经了解过程奥这个人，他在业界比较有名，能力很强，关键是此人最善于变通。所谓变通，如果从贬义的角度讲，其实就是不择手段，善于打法律的擦边球。听你这样一讲，我还真担心这人在背后搞什么小动作……"

俞莫寒顿时就着急了："那你赶快分析一下这人最有可能做什么。"

倪静苦笑道："我又不是这人肚里的蛔虫，怎么可能知道他究竟要干什么。不过你应该提醒你姐姐一下，事先有所准备总是没错的。"

俞莫寒道："我已经提醒了啊，可是……"

倪静想了想，道："其实，只要你姐始终能做到坚守法律的底线，对方也就无懈可击。"

"确实是这个道理。我给姐姐说说，让她以不变应万变。"俞莫寒点头道，然后他看向倪静的目光变得炽热起来，"倪静，今晚我……"

倪静的脸一下子就红了，然而态度非常坚决："不可以……"

俞莫寒走在夏日的夜色中，内心充满着甜蜜，同时也有些许孤寂。

站在马路边，他朝一辆正驶过来的出租车招了招手。

出租车穿行在城市辉煌的灯光之下，俞莫寒的目光看向远处那一栋栋高楼的点点灯光，心里充满着美好的憧憬：什么时候我也会有那样一个家呢？

父母见儿子回家当然很高兴，当他们问到倪静的时候，俞莫寒说一切都很正常，姐姐那边的工作也基本上做通了。他还告诉父母自己最近在做一个课题，白天要去图书馆查阅资料，晚上都会回家。父母只顾着高兴，哪里会想到他这是被停职了？

接下来俞莫寒和倪静花了好几天时间去走访高格非出事前所在的单位。这所专科院校位于城郊，规模不大，就像一所袖珍大学，据说这个地方是在新中国成立前某个军阀的庄园基础上扩建而成的，里面的环境确实不错，小桥、流水、亭阁依在，百年以上的老树随处可见。俞莫寒和倪静都明显感觉到接受拜访的那些人都讳莫如深，一致赞扬高格非是一个品行不错的人。虽然几天走访下来几乎是毫无收获，不过两人似乎都喜欢上了这个地方，在走访之余徜徉其中不愿离去。

这天，两人从一名普通教师家里出来，俞莫寒对倪静道："最近这段时间几乎是一无所获，我觉得继续像这样调查下去不行。"

倪静笑道："这项调查涉及的是你的专业，我根本就不懂。我只是来陪着你，具体的事情你自己考虑。"

俞莫寒皱眉道："我总觉得好像有什么地方被我忽略了。"

倪静想了想，说道："毕竟高格非调到这里来工作的时间很短，才只有不到一年，也许这个地方的人对他真的不了解呢。"

俞莫寒问道："你的意思是说，我们应该放弃这个地方，尽快进入下一步，去他上一个工作单位调查？"

倪静笑道："这只是我的建议。莫寒，你应该知道什么叫蛙跳战术吧？"

倪静所说的蛙跳战术就是第二次世界大战后期，由于当时日军布置了大量兵力占据着亚洲和太平洋地区诸多岛屿，美军在攻击日本本土的过程中受阻，损失巨大，于是麦克阿瑟将军决定绕开那些岛屿直扑日本本土，同时对那些岛屿进行封锁，最终实现了所有的战略目的。其实蛙跳战术的鼻祖是中国古代的北魏太武帝拓跋焘，当时北魏军在进攻宋国的彭城时遭到了顽强反击，于是拓跋焘决定不与宋军在彭城和寿阳一线纠缠，越过其重点防御的大城市，直接杀向宋朝都城建康。在现实生活中，很多人在遇到困难后往往会执着于想尽办法去战胜它，以致花费了无数时间和精力，却被死死地困在一个地方不能动弹。这其实是人类惯有的思维盲点，俗称"灯下黑"。

俞莫寒顿觉眼前一亮，道："那我们从明天开始就去医科大学。"

倪静提醒道："明天高格非的案子第二次开庭呢，你不想去现场看看？"

俞莫寒苦笑着道："旁听是需要事先报名并获得允许后才可进入的。"

倪静笑道:"这个你放心,我都已经替你办好了。"

俞莫寒看着她:"你也要去的,是吧?"

倪静点头:"当然。"

她实在是太过与众不同,事先把什么事情都想好、准备好了。俞莫寒禁不住伸手揽住了她的腰,入手处柔软非常,同时感觉到她的身体骤然间战栗起来,然而她并没有拒绝的意思……

第八章
录音带危机

俞莫寒习惯早起,每天早上都会陪父母去菜市场,回去后母亲开始做早餐,父亲在阳台上打太极拳,他自己洗澡后上网看新闻。他发现自己非常喜欢这样的生活,宁静而温馨。说到底,这都是恋爱后带来的美好,当然,还得感谢医院的顾院长。

像往常一样的时间出门,然后乘坐地铁去倪静那里,不过这次俞莫寒和倪静出门的时间要晚一些,两人到法庭外面时大多数旁听者已经进去了。此时太阳已经高高升起,空气中开始泛起热意,不远处树枝上有几只知了在鸣叫,声音嘶哑而浮躁。

"走吧,我们进去。"俞莫寒拉着倪静的手轻轻用了一下力。

两个人一起进入法庭,里面已是肃然的气氛。俞莫寒和倪静找了个角落的座位坐下,他们都不想让俞鱼和其他人看见。

书记员宣读完法庭纪律,随后主审法官先行说明情况:"关于此案在第一次庭审时,原告律师提出的被告律师与此案司法鉴定专家组成员俞莫寒的关系问题,法庭进行了详细的调查,根据被告律师提供的相关材料，司法鉴定的时间在前，被告方与律师俞鱼建立委托关系时间在后，因此，法庭认为原告律师提出的异议不成立……现在，本案第二次庭审正式开始，原被告双方继续进行法庭辩论。"

主审法官轻轻敲下法槌。

这起案子看似简单，其中却包含着许多复杂的因素，特别是法理与情理之间存在强烈的矛盾和冲突：一方面，高格非驾车故意冲向行人造成三人死亡、两人重伤，事实清楚、证据确凿；而另一方面，经过司法鉴定，高格非当时正处于急性短暂性精神分裂状态，也就是说，被告当时的精神状态并不具有刑事和民事责任能力。因此，无论是上一次的庭审还是这一次的庭审，原被告双方其实都是在围绕着这两个方面反复进行辩论。

原告律师怒声质问："究竟应该由谁来为无辜者的生命和痛苦承担责任？难道我们就眼睁睁地看着凶手的罪恶像这样被一笔抹去？！"

被告律师淡定回应："法律就是法律，其尊严不容亵渎。原告律师使用的'凶手''罪恶'等极具针对性的词语并不符合本案的情况，因为我的委托人在那一刻正处于精神分裂状态，是在被害妄想的作用下试图对侵害他的人进行抵抗，所以其行为不能界定为犯罪，更谈不上什么罪恶。"

原被告双方的律师都是资深从业者，精通法律条款，双方站在各自的立场阐明观点，争论不休，然而双方都心知肚明，这起案件的核心其实就是那一纸司法鉴定的结论，所以双方很快就将问题集中在了这个问题上。

旁听席上，俞莫寒和倪静一直在窃窃私语。

俞莫寒问道："这样的争论有意义吗？"

倪静道："当然有意义。原告律师试图用情理去打动法官和民众，而你姐始终在坚守着法律的尊严，虽然在情理上有亏，却让原告方难以撼动,而且更是在时时刻刻提醒法庭一定要依法判决。从某种意义上讲,这其实就是一场情理与法理的较量。"

……

当法庭上原被告双方将话题集中到司法鉴定结论问题上时,俞莫寒忽然低声说了一句:"我感觉,原告方很可能要拿出他们的撒手锏了,不然他为什么要主动向我姐示弱?"

倪静也点头细语道:"而且我忽然有了一种非常不好的预感,因为原告方今天的表现实在太过镇定了。"

两人正低声议论着,就听程奥道:"作为原告律师,我有责任和义务全力替我所有的委托人,也就是在这起案件中失去了生命、遭受到严重伤害的所有受害者讨回公道,我不得不质疑那份司法鉴定结论的可靠性,所以我请求法庭对整个司法鉴定的过程展开调查,或者请求法庭聘请异地专家对被告人的精神状况进行重新鉴定。"

被告律师俞鱼即刻大声道:"此案的司法鉴定过程完全遵照了相关的法律程序,而且鉴定小组的成员都是我省最知名的精神病学专家,学术精湛、医德优良,原告方无端怀疑现有司法鉴定结论的可靠性毫无依据,我坚决反对!"

法官对原告律师道:"根据谁主张谁举证的原则,请原告律师向法庭提供相关证据。"

原告律师点头道:"我方手上有一份录音带,请法庭当庭播放。"

这一刻,俞鱼的脸上不禁露出了惊讶的表情:录音带?什么东西?也不知道为什么,她心里忽然涌起一股非常不好的感觉。

旁听席上的人也开始有些躁动,法庭的肃静气氛一下子就被打破了。俞莫寒和倪静也在这一刻交换了一下眼神,脸色变得凝重起来。

"肃静!肃静!"人们的耳边传来法官威严的警告声,沉重的法槌声也同时响起。旁听席上的人即刻止住了窃窃私语,法庭里很快归于宁静。

法庭的工作人员开始播放原告律师提供的录音，最前面是一女一男通电话的声音：

女："我想和你谈谈。"

男："有这个必要吗？"

女："我认为很有必要。如果你同意的话，我可以到你的办公室来。"

男："那，好吧。"

随后录音的场景换了个地方。

男："俞律师亲自登门，不知道有何指教？"

女："指教可不敢，我说了，只是想和你谈谈。"

男："俞律师请讲。"

女："关于高格非的案子，程律师觉得你能够打赢这场官司的可能性有多大？"

男："我会尽力而为的。"

女："可现在的情况是，你的赢面似乎很小。"

男："为什么？就因为那份司法鉴定结论？难道你就一点都不怀疑那份所谓的司法鉴定结果的正确性？"

女："问题是，那份结论已经摆在了我们的面前。"

男："万一那份司法鉴定的结论在今后被证实是错误的，或者是虚假的呢？"

女："除非你们能够拿出确凿的证据证明那份司法鉴定的结论是错误的，或者是虚假的，否则我依然坚持自己现在的态度。"

男："法律无外乎公理和人情，难道你从来都没有从那些无辜者的角度去考虑过问题？"

女："我是一名律师，只做自己应该做的事情。至于被害人的利益问题，你作为原告律师应该去向法律、向政府有关部门申请相应的补偿。"

男:"俞律师,你想过没有,如果那些无辜的人中有你的亲属,你还会像现在这样淡定吗?"

女:"你刚才所说的如果只是一种假设,根本就是远离了案件的真实。"

男:"俞律师,我不相信你就真的没一点点私心。"

女:"难道你就没有任何私心?"

男:"我也希望能够赢这场官司,希望凶手被绳之以法,还希望那些无辜者得到应有的赔偿。"

女:"我也希望能够赢这场官司,为此我并不在意民众的非议与指责。如果那份司法鉴定存在问题,自然有相关的人去承担相应的责任,那样的结果与我这个律师无关。"

男:"俞律师,那我们就在法庭上再见吧。"

女:"好,我们法庭上见。"

录音的内容到此结束,法庭上一片哗然。俞莫寒脸色大变:"不对,姐告诉我说是对方主动给她打了电话,然后两个人是在我姐的办公室见的面。"

倪静轻声叹息,说道:"很显然,对方的目的就是混淆视听,他这样做,一方面可以逼迫你姐放弃继续替被告辩护,另一方面是为了让舆情继续发酵。至于这盘录音带的真实性也就并不重要了,因为法庭即使要调查此事也需要花费大量的时间,而舆情汹汹,可能有人会因此出面干涉此案,于是,原告律师就达到了左右此案最终判决结果的目的。"

俞莫寒着急地问道:"那我姐应该怎么办?"

倪静摇了摇头没说话。

俞鱼刚一听到录音就因为愤怒脸色变得苍白,不过碍于法庭的纪律才咬紧牙关、紧握双拳一直听到了最后。在这个过程中她竭力调整着自己的情绪，最后才终于让自己暂时冷静下来。

"肃静！肃静！"法官再次敲响法槌，待法庭秩序再次恢复安静后才开始将目光转向俞鱼，"被告律师，关于这份录音的内容，你有什么需要向法庭说明的吗？"

俞鱼克制着自己的情绪，大致整理了一下思路后才道："审判长，这盘录音带的内容毫无逻辑可言，甚至是漏洞百出，我请求法庭对此事展开调查。"

这时候公诉方请求提问，在得到主审法官的同意后问道："被告律师，你的意思是说，这盘录音带里的内容是不真实的？"

俞鱼道："是的。"

公诉方又问道："那么，你有什么证据证明这一点吗？"

俞鱼道："正因如此，我才请求法庭对此事展开调查。"

公诉方道："请你回答，有还是没有。"

俞鱼只好回答："没有，可是……"

公诉方对主审法官道："审判长，我的问题问完了。"

俞鱼急忙请求发言，在得到主审法官的同意后说道："审判长，本人作为执业律师，一贯知法守法，绝不会主动和原告律师见面。这盘录音带是原告律师提供的，也就是说，原告律师是在我不知情的情况下暗地里对我们两个人之间所谓的谈话过程进行了录音，那么，究竟是谁在背后搞阴谋诡计也就不言自明了。此外，以现有的技术，想要合成、剪辑制造出这样一盘录音带应该不需要什么高科技，与此同时，如果要查明其中的破绽也似乎并不难。因此，我再次请求法庭对此事展开调查……"

待俞鱼的话讲完，主审法官将目光投向了程奥："原告律师对此有情况说明吗？"

程奥微微一笑，道："我只有一句话，那就是，这盘录音带里的内容都是真实、可信的。"

主审法官沉吟了片刻，大声道："此次庭审就到这里，下次开庭后将对此案作出宣判。退庭！"随即敲下了法槌。

此时原告亲属们又开始群情激愤，朝俞鱼破口大骂，幸好法庭早有准备，数名法警很快就将那些人隔离在了一旁。

俞鱼朝着正欲离开的程奥递过去一个冷冷的眼神，嘴里吐出两个字："卑鄙！"

程奥仿佛什么都没有听见，提着公文包扬长而去。

这一次的庭审苏咏文也前来旁听了，只不过她所在的位子在后排。当程奥拿出那盘录音带时，她再一次捕捉到了程奥无意间投向林达这边的眼神。

苏咏文在法庭外堵住了林达，冷冷地问道："刚才发生的事情也是你们整个计划的一部分？"

林达虽然对眼前这个女人有意，却不希望她破坏了自己的大事，敷衍道："你在说什么呢，我怎么听不懂？"

苏咏文冷笑一声，道："作为同事和你曾经的朋友，我觉得应该再次提醒你一下，你是一名记者，应该有这个职业最起码的职业操守。"

这个女人实在是太简单、太单纯了，林达朝她笑笑："谢谢你的提醒，我知道自己在干什么。对了，今天晚上有空吗，我们一起吃个饭？"

苏咏文转身离开，同时扔下一句话："志不同道不合，你好自为之吧。"

俞莫寒朝着正收拾东西的姐姐走了过去，倪静却依旧坐在旁听席的角落。俞鱼见弟弟走到了自己面前，朝他笑笑："我没事。"

俞莫寒看着她："姐，你这样不行的，让倪静回来帮你吧。"

俞鱼低头沉默了片刻，抬头望向倪静，在俞莫寒期待的目光中，终于走到倪静面前。

"倪静，对不起，请你原谅我。"她看着倪静诚恳地道，然后她停顿了一下，接着道，"我一个人很累，你回来吧。"

俞莫寒没想到姐姐这么快就认了错，而且还向倪静道了歉，急忙将期盼的目光投向倪静："倪静，现在我们是一家人了，你就答应我姐吧，以前所有的事情都是一场误会，你就当一切从来没发生过好不好。"

倪静站了起来："鱼姐，我一直在等着你这句话呢。"

俞鱼过去挽住了她的胳膊："鱼姐是外人叫的，从今往后你应该直接叫我姐才是。"

倪静有些不好意思，不过还是马上改了口："姐……"

俞莫寒很佩服自己这个姐姐，也很佩服倪静。从心理学的角度讲，人与人之间，即使两个人曾经是朋友关系，一旦产生情感上的裂隙，想要彻底复合其实是非常困难的，唯有亲情可以化解其中的恩怨。当然，这也需要时间。

从法庭出来时已经接近中午，三个人略作商量后就来到附近的一家酒楼。其实大家都没有吃饭的心思，主要目的还是商量对策。

倪静和俞鱼是同行，而且最近一段时间都是站在旁观者的角度，所以对有些问题看得比俞鱼和俞莫寒要清楚许多。三个人刚刚坐下，她就直接道："从今天的情况来看，对方的真实目的似乎并不是对高格非重新进行司法鉴定。"

俞鱼怔了一下，问道："你为什么这样认为？"

倪静道："因为那样做毫无意义。莫寒是亲自参与高格非司法鉴定过程的人，既然这次的司法鉴定根本就没有弄虚作假的可能，那么即使是重新鉴定，其结果也只会和现在的完全一样。对于这一点程奥应该能够想到，所以他根本没必要做这种毫无意义的事。"

俞鱼点头，皱眉道："其实我最不能理解的是，今天那盘录音带的事情十分拙劣，难道他就不怕事情被揭穿后身败名裂？"

倪静却摇头道："很显然，对方早就对这件事情的风险指数作过推算。因为即使是法庭调查清楚了那盘录音带是合成和经过剪辑的，原始的录音却在程奥手上，他完全可以说自己是为了让录音变得更清晰、更能说明问题所以才做了相应处理。很显然，录音带里的大多数内容是真实的，只要他推脱说原始的录音丢失了，法庭就掌握不了被他剪掉的那部分内容，同样，合成声音部分的内容究竟是什么情况也就很难说清楚，因为那个电话是真实存在的，而且你们两个人确实见了面，如此一来事情就会变得复杂，最终也就只能不了了之。"

俞鱼忽然道："我的手机上有程奥打入的电话号码，这不就可以说明问题了吗？"

倪静依然摇头："我几乎可以肯定，那个电话必定不是程奥常用的号码，而且最可能是一次性的。而他却可以说你打给他的那个电话被他不小心删除了。当然，移动公司可以提供通话信息。然而，当双方长时间纠缠于这件事情的时候，舆情却早已发酵，当来自民众的愤怒达到不可收拾地步的时候，上面出于维稳的目的就会不得不站出来说话，于是这件事情也就理所当然被放到了一旁，变成不足轻重的小事情，而他们操纵媒体和民众愤怒情绪从而左右这起案件的判决结果的目的也就达到了。成王败寇，作为失败者，我们这一方也就因此而失去了应有的话语权，在这样的情况下是不会有人愿意站出来替我们说话的。"

听了倪静的这番话，俞鱼顿时打了个寒噤。此时的她脸色一片惨白，懊悔非常：要是自己当初没有将倪静赶走的话，说不定事情就不会发展到现在这样的地步。现在看来，自己实在是太过幼稚了，竟然根本就不曾想到对方会不择手段到这样的程度。

俞莫寒也急了，连忙问道："倪静，那现在怎么办？"

"从现在的情况看，我们暂时没力量去和对方对抗，因为我们根本就没有媒体方面的资源。"倪静苦笑着摇头，说到这里，她怜惜地看了俞莫寒一眼，"这件事很可能还会波及你。莫寒，你可要做好思想准备。"

俞莫寒怔了一下："为什么又是我？"

倪静道："从前面所发生的情况来看，似乎从一开始你就被人当成了牺牲品。你想过没有，他们为什么会将年纪轻轻的你拉入这次的司法鉴定小组里，后来又让你出庭？"说到这里，她看着俞鱼，"姐，这个案子是谁介绍给你的？"

俞鱼瞪大了双眼，问道："你的意思是？"

倪静道："莫寒是这起案子司法鉴定小组的成员，而你恰恰又是被告方的律师。我总觉得这件事实在是太凑巧了。"

俞鱼摇头道："也许还真是巧合，因为这个案子并不是别人介绍给我的，而是高格非的父亲亲自上门来找的我。"

倪静道："我从来都不信这个世界上会有那么多巧合，这座城市里有那么多律师事务所，高格非的父亲为什么就恰恰找到你了呢？"

俞莫寒一头雾水："倪静，你的意思是，这件事从一开始就是一个阴谋？不会吧，这也实在是太可怕了。不，不可能是这样，高格非的父亲当然希望自己的儿子能赢得这场官司，他怎么可能参与到对方的阴谋中去呢？"

倪静的神情非常冷静，说道："万一指使他来找姐的那个人不是程奥，而是你的那位院长大人呢？"

此时俞鱼也觉得倪静的话很可能并非空穴来风。"还是暂时把这件事放在一边吧，目前我们没那么多精力和时间去调查此事的真相。"她摆了摆手，又用手上的筷子轻轻敲了敲面前的菜盘，语气坚定地道，"我是不会退缩的，绝对不会！"

倪静已经答应俞鱼第二天上午回去上班，因为她需要时间收拾准备一些私人物品。俞鱼再次向她表达了歉意，随后一个人回律师事务所了。

俞莫寒对姐姐现在的状况担忧不已，问倪静："难道就真没其他办法了吗？"

倪静看着俞鱼驾车远去的方向道："她现在只能这样，只能坚持住。这是一场情理与法理的战斗，你姐说得对，法律就是法律，其尊严不容侵犯。我相信总会有人出来说话的。"说到这里，她看着俞莫寒，"倒是你，万一那些人真把你作为牺牲品推到了舆论前台，你准备怎么办？"

俞莫寒有些不能接受她的推论，问道："真会出现那种情况吗？"

倪静轻叹一声，说道："我说了，我从来都不相信这个世界上存在着那么多偶然。"

俞莫寒心里一片萧索，想了想道："如果真是那样，我就辞职去开一家精神病疗养院。"

倪静继续问道："如果因为这件事你的行医执照被吊销了呢？"

俞莫寒的脸色突变。是啊，当一个人面对危机时必须事先做好最坏的打算，否则事到临头就很难承受住巨大的打击。倪静是过来人，所以她深知这一点。俞莫寒又想了想，忽然就笑了，道："如果真是那样也没关系，因为我还有一个心理师从业资格证，到时候我就去开一个小心理诊所好了。"

这是一个可以依靠的男人，因为他很坚强。倪静朝他盈盈一笑，道："这个主意不错。对了，莫寒，从明天开始你就只能一个人去调查了，因为我要回去帮你姐。"

俞莫寒点头道："我知道。我也绝不会放弃的。"

第九章
正义女记者加入

与倪静分手后俞莫寒就回了父母那里,午睡起来后打开电脑,虽然在心理上有所准备,但当他看到那些铺天盖地有关高格非案件的新闻和评论时,还是不禁感到心惊胆战。

在法庭上播放的那盘录音带被人传到了网上,舆情快速发酵,出现了各种所谓的黑幕爆料,什么高格非和俞鱼原本是恋人关系,俞家姐弟的父亲是某级别的高官,俞莫寒的学历造假,俞莫寒原本是一浪荡公子哥,等等。此外,网络上更是将矛头指向了精神病医院的院长顾维舟。有人从顾维舟与高格非的学历中发现,两人原来是某医科大学的校友,于是各种猜测纷涌于网络并夹带着极尽侮辱的词语。

俞莫寒愤怒至极,登录了自己许久都没有使用的微博账号,他本想在自己的微博上说明一下有关这起案件的具体情况,到最后却发现自己竟然不知道该如何措辞。后来他找出了自己的学历证明拍下照片,同时写了这样一句话:法律就是法律,谎言不能替代真相。

由于他在微博上的粉丝实在是太少,微博发出去后几乎没有引起任何反应,唯有叹息。不过他已经坐不住了,稍作准备后就出了门。

俞莫寒想调查清楚的是高格非发病的根源,然而这段时间下来几乎是一无所获。由此,他推断高格非的病因出现的时间很可能比自己以为的要早许多,说不定多年前的那次跳楼事件,还真的与这起案子有着某种联系。

高格非曾经就读于本省某医科大学,大学毕业那年学校破天荒地决定让数名本科生留校做辅导员,品学兼优的高格非在经过层层考核后最终成为其中的一员。在阅读高格非的个人资料时,俞莫寒看到这里也不禁感叹:谁说这个世界上没有净土?至少当时的高校就是。

医科大学的大门看上去有些陈旧,带着某种沧桑的气息。偶尔会看到几个穿着白大褂的年轻人从里面出来,俞莫寒知道他们是正去往附近附属医院的实习生。回想起来,自己当年也和他们一样,年轻稚嫩,心里却永远对未来充满希望。

学校正在放假,校园里面是清静。他刚才已经询问过毕业班辅导员的办公室所在,从树荫下一路过去,阳光穿过树叶间隙斑驳洒下,不再那么耀眼。途经一栋小楼时忽然感到一阵阴凉,俞莫寒判断这个地方必定是学校的解剖教学楼。当人的生命逝去后,留下的躯壳要么腐烂,要么向周边辐射出这样让人感觉很不舒服的气息。

"我害怕死亡。"这一刻,俞莫寒的脑海里忽然就浮现出高格非曾在姐姐面前说过的那句话。

毕业班的辅导员看上去很年轻,俞莫寒进去的时候他正一个人在那里玩扑克。俞莫寒笑着问道:"你这是在练习魔术技巧?"

辅导员发现眼前这个人很陌生:"你是?"

俞莫寒自我介绍道："我是精神病医院的医生俞莫寒，想来了解一个人的有关情况。"

辅导员瞪大了眼睛，满脸惊讶的样子："你就是俞莫寒？"

俞莫寒苦笑："看来我现在真是很出名了啊。"

辅导员看着他，很认真地对他说："我根本就不相信网上那些人的胡说八道。"

俞莫寒对眼前这个年轻人顿感亲近，笑着问道："哦，你为什么这样认为？"

辅导员道："从事其他行业的人可能存在假文凭，学医的绝对不会，医生的手上掌握着病人的生命，岂能儿戏？还有，高校长是我一直以来非常敬佩的人，他绝不可能在精神正常的情况下做出那样的事来。我就不明白了，如此简单的道理那些人为什么就不懂？"

俞莫寒叹息道："群体意识就是这样，盲从、极端。那些人只不过是被极少数别有用心的人给利用了。对了，你贵姓？"

辅导员这才作了自我介绍："我姓张。俞医生是想向我了解高校长在我们学校时的情况吧？"

俞莫寒赞道："小张不但头脑清醒，而且有家学渊源，今后前途无量啊。我今天确实是为了高校长的事情才来的，学校正在放假，能找到你真是荣幸啊。"

小张对俞莫寒印象非常好，特别是他的那句"家学渊源"。刚才俞莫寒问他贵姓，从常规上讲他本该在回答时加上"免贵"二字，但在中国的姓氏文化中，姓张的人并不需要那样回答，因为在古代传说中玉皇大帝就姓张，所以身为张姓是不需要客气的。只不过像这样的讲究如今已经很少人懂了。很显然，眼前这位精神病医生是懂的。小张很是高兴，去给俞莫寒泡了一杯茶，说道："俞医生尽管问就是，我一定知无不言。"

办公室里的空调开得很足，一口热茶喝下去后更是感觉全身的毛孔都张开了，十分惬意。俞莫寒再次道谢，说道："那就将你所知道的有关高校长的情况都告诉我吧。"

小张说道："高校长当年运气好，大学本科毕业就留校当了辅导员。现在可不行了，我可是医学类管理专业的硕士，为了这份工作还托了不少熟人……"

刚刚大学毕业的高格非皮肤白净，一副文质彬彬的样子，完全不像是从农村出来的孩子。那时候高校的行政人员很有前途，大多工作三年左右就可以提副科，不出意外的话，接下来一到两年内就可以转正成为正科级。由于当时正值高校向政府大量输送人才的当口，三十岁左右被提拔为副处级甚至处级的干部不少。

高格非留校后首先就是去学校的人事处报到，当时人事处长是一位中年女性，她第一眼看见这个小伙子就觉得很不错，于是和蔼地问了他一些基本情况，诸如他父母是干什么的，个人有什么爱好，等等。其实这些情况在他的个人资料里就有，不过作为人事处长亲自询问肯定就别有意味了。高格非一边回答，一边暗暗奇怪，果然，接下来就听人事处长又问道："小高有女朋友没有？"

高格非的家庭情况并不好，大学期间一心只想好好读书，希望今后找一份不错的工作，哪里敢像其他人那样风花雪月享受浪漫。不过一个人身体里激素的涌动却是自然而然的事情，此时见了人事处长那张笑眯眯、温和的脸，怎么会不明白对方的意思？他心里不禁一阵大喜，急忙道："还没有呢。"

人事处长也禁不住暗喜，看来唐副校长交办的事应该是没什么问题了，于是就直接对眼前这个年轻人说道："学校分管后勤的唐校长你认识吧？他女儿今年二十二岁，在我们的附属医院外科做护士，年轻漂亮，我看你们俩挺合适的，你不反对的话就先见个面，你看如何？"

学校副校长的女儿，附属医院的外科护士，年轻漂亮，这样的条件让高格非大为心动，当时他就毫不犹豫地答应了。

人事处长也非常高兴，接下来就打了个电话，然后对高格非说："小唐正好今天有空，我和她说好了，下午下班的时候你在校门口等我，我带你去和她见面。"

高格非满口应承，随后去办理了留校的其他手续，在找到自己的集体宿舍后就开始了漫长的等待。

终于等到了日头西落，高格非兴高采烈地走向学校大门。不一会儿，人事处长就来了，她对高格非的守时非常满意，朝他点头道："我们走吧。"

约定见面的地方就在附属医院的大门外，距离学校不足五百米，当时正值夏天，两个人走到目的地高格非已是满头大汗。他环顾四周也没找到想象中那个女孩子，忽然人事处长开始朝不远处招手，大声叫道："小唐，这里！"

高格非这才注意到，一个矮个子的胖女孩正回应着人事处长，同时快步朝他们走过来。女孩很快就到了他们面前，满脸羞涩的样子。她长得非常不好看，特别是她右侧鼻翼处那颗硕大的黑痣，让人感到触目惊心。

"小唐，这就是小高，是我们刚留校的辅导员。"人事处长介绍道，随即就吩咐高格非，"小高，我还有点别的事情，接下来你们俩就好好聊聊，一起吃个饭、看个电影什么的。你是男孩子，要主动一些才是。"

说完她过去轻抚了一下小唐的头发，朝两人笑笑就离开了。这一刻，高格非心里不由涌上一阵悲哀，甚至有些愤怒。他的悲哀源于眼前这个女孩与自己想象有巨大差距，就如同漫天美丽的肥皂泡在瞬间破灭，留下的是满地残汁。而他愤怒的是人事处长的欺骗与轻视：这就是你所说的年轻漂亮？难道像我这种出身的人就只配和这样的女孩恋爱结婚？！那一瞬，高格非觉得，如果自己将来真要和眼前这人共度一生将是一件多么可怕的事，禁不住打了个寒噤。

看着面前这个女孩满是期盼的眼神，高格非却根本无法隐藏自己内心的真实感受。他实在做不到虚伪与客套，更是丝毫没将女孩父亲的身份放在心上，歉意地对她说："对不起，我还有点别的事情……"说完就直接转身离开了，全然没顾及对方从尴尬到愤怒的表情。

"是的，当时他真的就这样离开了。然而他那样做的后果却是，在接下来五年时间里始终是一名普通职员。而当时和他一起留校的那几个同学早已经是正科级待遇了。"小张叹息着。

俞莫寒没想到高格非曾经有这样的经历，也很是感叹，问道："那位唐副校长不会因为这种事就一直压着人家的发展吧？难道他就一点不顾及因此遭到他人非议？"

小张道："这件事当然是他得不到提拔的根源，不过明面上却是另有缘由……"

年轻时候的高格非是有梦想的，同时也是单纯幼稚的。虽然那次约会事件让唐副校长和人事处长非常不高兴，虽然高格非明明知道此事会对自己的前途造成极为不利的影响，但他一点都不后悔，因为他实在不敢想象自己和那样一个女孩子共度一生会是一种什么场景。

这件事对高格非的影响确实很大，从此学校里就再也没人给他介绍对象了，而且人们在背后对他有各种非议。辅导员的工作性质决定了他们交往面狭窄，学校还明确规定老师不可以和学生发生恋情，于是高格非就一直单身，一直到他三十岁那年才终于遇到了自己心仪的女孩。

那个让他心仪的女孩就在学校附近上班，是一家银行的职员，她长得很漂亮，真正的肤白貌美。高格非惊讶于对方的美丽，女孩被高格非的儒雅和才华深深吸引。据说他们两个是在学校的周末舞会上认识的，那时候高格非刚刚从一名普通辅导员被提拔成校办的副科长。

高格非因为那次约会备受非议，眼睁睁看着周围的人被提拔，却并没有颓废。他喜欢看书，喜欢写作，曾经在杂志和省城的晨报、晚报上发表过不少文章，还有小说获过大奖，真个是才华横溢。学校里有不少人开始替他抱不平，私底下议论纷纷，据说学校方面当时也有了提拔他的意思，但就在这时他又做了一件让学校非常不高兴的事。

医学生在大学学习期间除了人体解剖外，还需要做大量的动物实验。在高格非上大学的时候学校用于实验的动物基本上是一次性的，实验结束后就处理掉了。后来由于学校大量扩招，经费紧张，为了节约成本，实验动物被反复使用也就成为必然。有一次高格非去实验室，看到学生们正在做动物实验，当他看到那些动物的身体上布满伤口时勃然大怒，大声质问正在上课的老师道："你们就是这样教学生的？没有怜悯之心的医学生今后会成为一名好医生吗？！"

老师很尴尬，解释说是因为学校经费紧张。高格非更是愤怒："他们今后面对的是病人，是人！"他指着那些动物，"它们也是生命，你是在教导我的学生们虐待生命，今后他们在面对病人的时候就会变得麻木不仁！这里是医科大学，我们培养的是治病救人的天使，而不是漠视生命的屠夫！"

那时候的高格非依然是单纯而有勇气的，随后他就去找了基础医学院的院长，然后又去找了学校分管教学的副校长，然而并没有起到任何作用，他一气之下就写了篇文章发表在某一期的医学杂志上。

这一下事情闹大了，后来学校花了好大的力气才将风波平息，不过提拔高格非的事也就因此被长时间搁置下来，一直到学校更换校长后，他的事业才奇迹般地开始直线上升。于是，高格非从此就成为学校许多年轻人崇拜的偶像，因为他的事迹非常完美而且现实地诠释了"是金子总是会发光的"这句话。

小张很会讲故事，俞莫寒都被深深感染了，他问道："那你们学校的学生，现在还像以前那样做动物实验吗？"

小张"呵呵"笑了一声不说话，俞莫寒一下子就明白了其中的意味深长，又问道："那位人事处长呢？她后来怎么样了？"

小张回答道："好像几年前就去世了，肺癌。"

俞莫寒"哦"了一声，正准备问下一个问题，身上的手机响起来。

电话是倪静打来的："你现在在什么地方？"

俞莫寒道："在医科大学呢。"

倪静的声音有些焦急："我就说呢。你是不是在出门前发布了一条微博？"

俞莫寒心里一动，急忙问道："是啊。怎么，出什么事了？"

倪静责怪道："这个时候你去发什么微博啊？你还不知道吧，你的那条微博下都乱成一锅粥了。"

俞莫寒轻"啊"了一声，说道："我马上看看。"

倪静道："你先到我这里来吧，顺便一起吃晚饭。"

俞莫寒看了看时间，歉意地对小张说："我还有点其他事，改天再来拜访你。对了，这是我的电话号码，我也记一下你的。"

从医科大学出来后，俞莫寒就打了车直接去倪静的住处，一路上难免有些忐忑。

当俞莫寒打开微博后不禁大吃了一惊，他完全没想到会有那么多人到自己的微博下留言，虽然大部分都是辱骂的内容。此外还有数千人加了他的粉丝，这让他感到十分欣慰，也坦然了许多，他一边看着微博上的留言一边对倪静说："这很正常啊，网络是人们自由发言的地方，很多人不明真相，受到了群体意识的左右。你要知道，在群体意识的左右下人们往往会失去自我判断的能力，甚至会成为网络暴民。无所谓，无视他们就可以了。"

倪静道："既然你知道那些人已经失去了自我判断的能力，为什么非要去发布这样的东西呢？这样做只会给那些人提供一个新的发泄口，你觉得有意义吗？此外，在目前的情况下，我觉得最重要的就是沉住气，不给那些人任何可乘之机，这才是最好的办法。你想过没有，一旦你的精力和时间被卷入无休无止的网络论战，你的调查还如何进行？孰轻孰重，你自己好好想想吧。"

俞莫寒觉得她说得很有道理，也有些后悔自己当时的冲动。这时候他忽然注意到有人留了一条私信："俞博士，你好，我是晨报的记者苏咏文，如果你有时间我想和你聊聊高格非的案子。"后面留下了电话号码。

俞莫寒看了一眼就关闭了私信簿。如今他对那些记者避之唯恐不及，怎么可能答应对方这样的请求？

俞莫寒在倪静那里待到很晚才离开。两个人一起说说话、看看电视，这种温馨美好的感觉是其他任何事情都无法替代的，以至于让他对外界的暴风骤雨毫不在意，蔑视万分。不过他还是担心姐姐，所以刚刚离开倪静就马上打了个电话过去："姐，你还好吧？"

俞鱼语气轻松地道："没事，我懒得去管那些人的瞎嚷嚷。我已经向律师协会提交了申请，请求他们调查录音带的事情，既然有人不择手段、卑鄙恶劣，那我也不能坐视让人诬蔑不是？"

其实她还是很在乎那件事的。俞莫寒问道："我哥呢？他最近怎么样？"

俞鱼的声音有些不大高兴:"他一下班就把自己关在房间里,也不知道在干些什么。"

俞莫寒在心里暗笑:看来他已经开始了自己的文学创作,就是不知道进展如何。他又和姐姐闲聊了几句,挂断电话就即刻给姐夫打了过去:"哥,最近怎么样?"

汤致远的声音有些疲惫,不过情绪似乎还不错:"我的书在网上的点击还不错,每天都要更新呢。"

俞莫寒笑道:"太好了。我就说嘛,你的基础很不错,成功的概率应该很大。哥,我姐最近遇到了一些麻烦事,你是不是应该抽时间多关心一下她?"

汤致远问道:"出什么事情了?"

俞莫寒苦笑,随即将案子的事情对他简单地讲了一遍,最后说道:"哥,你是政府工作人员,在这方面比我们更有经验,你应该多替我姐出一些主意才是,你觉得呢?"

汤致远叹息一声,说道:"你们也真是的,为什么不早些告诉我?我知道了,你放心吧。"

俞莫寒每天早出晚归父母早已习以为常,不过这天晚上父亲却一直在等他回家。俞莫寒进屋的时候发现父亲正坐在客厅的沙发上抽烟,忙问道:"爸,您还没睡?"

父亲指了指身旁:"来,我问你点事情。"

俞莫寒过去坐下,此时他已经大致猜到了父亲可能要问自己什么,也就没有再说话。父亲将烟蒂摁在了烟缸里,问道:"你和你姐遇到了这么大的麻烦,为什么都不来告诉我一声?"

俞莫寒最担心的就是这个。姐姐特地交代过,案子的事千万不要告诉父亲。父亲退休前一直在法院工作,如果他介入,问题很可能会变得更加复杂。此时,俞莫寒忽然发现自己和姐姐都忽略了一件非常重要的事情:父亲不可能不知道,他也不可能在知道之后不闻不问。俞莫寒只好闪烁其词地道:"爸,事情没您以为的那么严重,我们会处理好的。"

父亲的声音听起来有些落寞:"我的级别低并不说明水平差,不管怎么说我也算是一位老法官,出了这样的事你们不来问我,难道真是觉得我老得没用了么?"

"爸……"俞莫寒急忙道,他突然明白了父亲的意思,"那,您对这件事有什么好的建议吗?"

父亲缓缓说道:"既然对方的目的是想通过舆论左右法律的意志,那么我们也应该针锋相对,就此来一场关于情理与法制的论战。一旦这场论战在媒体上打响,社会各阶层的人都会参与进来,如此一来,高格非交通肇事案就已经不再是一个独立的案件了,而是上升到了一个国家法制建设的层面。就一个国家而言,法制建设的重要性不言而喻,而且一旦这场论战真正掀起,权力的作用也会变得非常渺小,受到少数人裹胁的民众的愤怒情绪也必将归于理智。所以,只要你姐坚决站在法律这一边,最终的输赢也就根本没有任何悬念。"

俞莫寒苦笑着说:"可问题的关键是,我们根本就没有媒体方面的资源。"

父亲哂笑道:"正因为如此,才需要有一个人站出来大声疾呼。你们要相信大多数法律人的职业操守,他们到时候一定会站出来说话的。"

俞莫寒惊讶地看着父亲:"爸,您的意思是……"

父亲朝他摆手道:"不,需要站出来的那个人不应该是我,更不应该是你,而应该是你姐姐,因为她是这起案件的被告律师,她别无选择。"

俞莫寒在电话里将父亲的话告诉了姐姐,俞鱼有些诧异:"你哥刚才给我的建议也是这样,我还正有些犹豫呢。"

俞莫寒道："这就叫英雄所见略同啊。就按照他们说的去做，轰轰烈烈地干一场，即使最终输了这场官司也不会后悔。"

俞鱼思索了片刻，说道："莫寒，你和爸说一声，明天早上我和你哥一起回家吃早饭……算了，还是我自己打电话给爸说吧。"

接下来俞莫寒又给倪静打了电话，说了下父亲的想法，倪静听后沉默了好一会儿才道："这才是真正的智慧啊，和你爸比起来我们可是差远了。"

俞莫寒很是高兴："听你也这样说，我就放心了。"

俞莫寒有些兴奋，躺在床上翻来覆去睡不着，于是干脆起床打开电脑去看自己微博下那些留言，想不到那个叫苏咏文的记者又发来了私信："俞博士，可能你有些误会我的意思了。作为一名记者，我们应该敏锐地去发现新闻，然后忠实地报道事实，而不是误导民众，借助所谓道德的力量去挑战法律的公平与公正。"

俞莫寒心里一动，即刻回复了过去："我赞同你的说法。最近我已经被停职，随时都有时间。"

他本来想留下自己的电话号码，不过最终还是选择了谨慎。

然而让他想不到的是，对方竟然很快就回复了："那么，现在可以吗？"

难道这个记者一直守在自己的微博下？不，很可能是设置了提示。俞莫寒回复道："现在？"

对方道："我有些饿了。你住在什么地方？要不出来一起吃点夜宵、喝点啤酒？你不会谨慎到害怕被我这样一个小女子绑架吧？"

女记者？俞莫寒愣了一下，随即拿起电话拨过去："你好，我是俞莫寒。"

电话里传来一个动听的声音："你终于愿意给我打电话了，实在是太好啦。俞博士，你住在什么地方？"

原来真的是一位女记者。俞莫寒放心了许多，随即告诉了对方自己的大致所在。对方的声音里带着一丝惊讶："还真是巧了，我也住在这附近。晨光路知不知道？那里有一家夜市是开通宵的，我们就在那里见面好不好？"

俞莫寒有些犹豫："真的现在啊？太晚了吧？"

对方笑道："距离天亮还早呢。也罢，如果你现在不想出来也行，那我们就另外再约时间吧。"

其实俞莫寒早已心动，因为父亲的那个建议。而且现在他正处于兴奋状态，也觉得好像还真有些饿了，说道："那好吧。"

电话里传来了对方明显很开心的声音："太好了。"

南方夏日的午夜不像白天那么炎热，皎洁月光下的城市也并不像人们以为的那么宁静，即使是在这样的时间大街上依然时不时有车辆通过，俞莫寒走在大街上也不觉得形单影只。前方不远处的烧烤摊还在营业，空气中弥漫着孜然的香味。

从烧烤摊那里转过去，街角处有一个蓝底白字的路标：晨光路。俞莫寒转过弯后继续前行了近两百米就看到了一个夜市。夜市是露天的，就在马路两边的人行道上摆放着不少桌椅，而摊主却不止一个，有卖各种烧菜的，有卖烤鱼的，卖烧烤的最多。俞莫寒发现这个地方的人还不少，忽然想起刚才路过的那家烧烤摊，心里暗笑：那个小老板不知道怎么想的，也许他本以为可以截留客源，却忽略了大多数人的从众心理。

忽然一个熟悉的声音打断了他的思绪，有人在呼叫自己："俞博士，这里！"

俞莫寒转头看去，只见前面不远靠街的一张小桌旁，一位皮肤白净的女子正朝他挥手。很显然，这个女记者在法庭上见过自己。他不顾周围人看向自己的目光，快步朝对方走了过去："你好。"

女子站起来，大方地朝他伸出了手："你好，我是苏咏文。"

她的头发有些短，穿着淡绿色的T恤和一条牛仔裤，有一种英姿飒爽的气质。她的手如白玉般晶莹，俞莫寒轻轻握了一下随即放开，笑笑道："这么晚出来吃夜宵，我还是第一次呢。"

苏咏文也笑了，说道："我们做记者的大多是夜猫子，不像你们医生那么注意保养。习惯了，没办法，经常要赶稿子。"她招呼着俞莫寒坐下后又说道，"我点了几样凉菜，还要了一条烤鱼，你看还需要点什么？"

俞莫寒急忙道："先说好了，一会儿我结账。所以，应该是我问你还需要点什么才是。"

苏咏文用一种奇怪的眼神看着他，问道："你是直男癌？"

俞莫寒哭笑不得："这和直男癌有关系吗？"

苏咏文道："是我邀请的你，所以当然就是我请你了。好了，我们不要在这样的小事上扯皮了。"她指了指俞莫寒先前站立的地方，"啊，刚才我看到你站在那里若有所思的样子，你是不是还在犹豫应不应该来和我见面呢？"

俞莫寒怔了一下，这才想起自己当时的思绪，摇头道："都到这个地方了，我还犹豫什么呢？"

苏咏文很感兴趣的样子："那你在想什么？"

俞莫寒看了看周围，问道："时间都这么晚了，这个地方却还有这么多人，你知道是为什么吗？"

苏咏文从来没想过这样的问题："为什么？"

俞莫寒微微一笑，回答道："从众心理。有的人路过时发现有不少人在这里吃东西，于是就加入进来，这就是从众心理的表现之一。其实从众心理是人类的一种本能，因为人多的地方意味着更有安全感。"

这时候服务员已经开始上菜。水煮花生、拍黄瓜、蒜蓉豇豆，还放了一件啤酒在旁边。苏咏文给俞莫寒倒了一杯啤酒，然后又给自己倒上，笑着道："你这话很有意思，我相信你是一位真正的学者，因为只有真正的学者才会随时随地思考这样的问题。"

俞莫寒也笑，说道："我也相信你是一位优秀的记者，因为只有优秀的记者才可以做到在不知不觉中将话题引到自己感兴趣的问题上去。"

苏咏文笑得更欢了，露出一口洁白的牙齿："来，我们一起喝一杯，为了我们的第一次见面，为了我们刚才的相互吹捧。"

俞莫寒也禁不住笑了："干杯。"

苏咏文喝酒很豪爽，一口就将杯中的啤酒喝光了，俞莫寒也只好如此。放下酒杯后俞莫寒问道："苏记者，你想和我聊些什么呢？"

苏咏文笑笑，说道："我本来是想问你几个问题的，不过现在我不想问了。"

俞莫寒有些诧异，问道："这又是为什么呢？"

苏咏文回答道："原因很简单，因为我已经发现你是一个真正的学者，而且你的目光真诚而干净，绝非小人，所以我认为你不可能在高格非的事情上弄虚作假。"

俞莫寒正色道："一方面，我相信鉴定小组的每一位专家都有自己的职业道德底线；另一方面，司法鉴定有着严格的程序，而且鉴定小组由多人组成，即使有人想作假也是不可能的事情。"

苏咏文看着他："也就是说，高格非当时确实处于精神分裂的状态？"

俞莫寒点头道："是的。真正的精神分裂症状绝不是电影、电视剧里那种演员的表演，即使这个世界上最好的演员也会在人格测试及现场询问中露出破绽，因为人的潜意识是不受自己控制的，而人格测试和现场询问挖掘的就是一个人潜意识里病态的东西及趋吉避凶的本能。"

苏咏文感叹道:"虽然我对精神病学知识知之甚少,但至少我清楚一点:像高格非那样的人在精神正常的情况下,根本就不可能做出那样的事情来,可是为什么会有那么多人坚持认为他有罪呢?"

俞莫寒回答道:"原因很简单,在群体意识下,很多人选择性地忽略了一起事件发生的正常逻辑,他们看到的仅仅是结果,而这个结果就是,一位有身份的人在驾车撞死撞伤了数人后还试图逃脱法律的制裁。而这也正是个别媒体人及原告律师引导舆论的结果。"

说到这里,他看着苏咏文继续道:"但是你不一样,你是一名非常优秀的记者,所以,你始终能够保持最起码的清醒和理智。"

这时候烤鱼已经端上桌好一会儿了,不过两人都没有动筷子。

苏咏文"扑哧"一笑,道:"你赞扬人的水平很高,非常有技术含量。对了,听说你被停职了?"

俞莫寒正觉得有些尴尬,忽然听到她在问自己这件事,点头道:"是。"

苏咏文关心地问:"为什么?"

俞莫寒苦笑着说:"这么大的事情,总得有个人去平息民众的一部分愤怒吧?不幸的是,我成了那个牺牲者。"

苏咏文惊讶地看着他:"难道你就甘愿逆来顺受?"

俞莫寒摇头:"不,我要去调查清楚高格非突发性精神疾病的根源,也许这才是说服民众最好的方式。"

苏咏文摇头道:"光这样肯定是不行的,洪水已经滔天而来,躲避或者试图引流已经来不及了。"

俞莫寒心里一动,问道:"那么,你有什么好的建议?"

"只能战斗。"苏咏文道,她看着俞莫寒,"我愿意和你们站在一边。"

俞莫寒吃惊地看着她:"为什么?"

苏咏文道:"因为我非常讨厌某个人,不,是厌恶。我厌恶他的虚伪,厌恶他的不择手段。"

俞莫寒道:"你说的那个人是程奥?"

苏咏文摇头,端起酒杯:"喝酒吧。"

时间有时候是一种奇怪的东西,当它漫长走过时会让人心烦意乱得不知所措,而当它快速流逝时却又给人以静止的感觉。不知不觉,两个人面前那条三斤多的烤鱼就变成了一副骨架,而旁边的空酒瓶却早已放满一地。周围的人先后离去,最后就只剩下他们两个人了。

天亮了,路灯的光慢慢变得暗淡,城市的上方笼罩着铅灰色的光。苏咏文摇摇晃晃地站了起来:"走吧。"

俞莫寒也站起来,忽然感觉双腿有些踉跄,问道:"你没事吧?"

苏咏文朝他摆手:"再见。记得给我打电话,下次该你请客了。"

俞莫寒看着她慢慢远去,低声说了一句:"再见。"

回到家时母亲已经起床,诧异地问他干什么去了,俞莫寒含糊其词地说和朋友一起去喝酒了。母亲担心地问了一句:"你和倪静没什么事儿吧?"

俞莫寒连忙说明:"早没事了。我就是和朋友谈了点事情。我要去睡觉了,姐来了别叫醒我,我睡醒后再去找她。"

这一觉一直睡到下午两点多才醒来,而且还是被膀胱的极度充盈给憋醒的。起床后俞莫寒就直接去了姐姐的律师事务所,看到倪静也在,他心里很高兴。

俞鱼趁倪静出去问了他一句:"说实话,昨天晚上干什么去了?"

俞莫寒倒是坦然,说道:"我正准备和你说这件事情呢。"随即将苏咏文的事情说了一下,"我觉得这个女记者很不错,你看是不是可以去和她接触一下?"

俞鱼觉得有些意外："她不会是来诓你的吧？"

这下俞莫寒有些不高兴了，说道："姐，我不但是精神病学博士，还获得了心理学的硕士学位，一般的人可骗不过我的眼睛。"

俞鱼不以为然地道："你们医院的院长还不是把你……"

现在俞莫寒最烦听到这件事，急忙打断了她的话道："他可不是一般的人，而且最关键的是，我以前从来都没有防范过他。"

这时候俞鱼忽然想到了一种可能："你说，高格非会不会……"

俞莫寒直接否定了她的猜测："不可能。医学类学科，包括精神病学和心理学与其他的学科不大一样，不但需要以坚实的基础知识作为支撑，更离不开丰富的临床经验，即使是天才般的人物，光凭自学也是不可能成为这方面的佼佼者的。"

俞鱼捋了一下额前的头发，说道："看来是我多虑了。我看这样，还是你先去和那个记者接触一下，看看她有什么具体的想法没有。"

俞莫寒知道姐姐是对苏咏文记者的身份不大放心，应承道："那好吧，我这就约她见面。"

这时候俞鱼忽然问了他一句："这个女记者长得漂亮吗？"

俞莫寒愣了一下，说道："漂亮。可是，这和我又有什么关系呢？"

俞鱼朝关着的办公室门看了一眼，说道："难说哦，因为你还有选择的机会。"

俞莫寒站起来一边朝外面走一边道："姐，我已经选择过了。"

随后，俞莫寒专门去了一趟倪静的办公室，告诉她晚上可能会有别的安排。他并没有告诉倪静自己要去和苏咏文见面的事情，主要是怕她多心。女人生性敏感、多疑，即使像姐姐那样的女强人也是如此，所以他才不想把简单的事情搞得复杂了，更不想节外生枝。

倪静倒是没有说什么，只是给了他一个妩媚的笑。俞莫寒的心跳了一下,心想我怎么可能还会去选择其他的人呢?

电话里苏咏文的声音懒洋洋的,她告诉俞莫寒,自己早上回去后刚刚睡下就被同事给叫了起来,跑去采访了一家存在环保问题的企业,写完了稿件才开始休息。

俞莫寒关心地道:"你这样不行的,今后别再熬夜了。"

苏咏文的声音听起来精神了许多:"没事,习惯了。那这样吧,我们晚上见面,你不是还欠我一顿饭吗?"

俞莫寒就是预料到可能出现这样的情况,所以才提前向倪静请了"假"。他爽快地答应了,和对方约定了时间和地点。

第十章
高格非的风雨人生

医科大学的辅导员小张正在办公室里，俞莫寒告诉他自己马上就到。高格非的人生经历让俞莫寒很感兴趣，他有些迫不及待地想知道下文。

在车上的时候俞莫寒发现天气变了。太阳没了踪影，远处的天空中乌云密布，云团涌动的速度肉眼可见，打开车窗的一瞬间，外面的风呼呼朝里灌来，燥热中带着浓浓的湿气，让人有些喘不过气来。司机急忙将车窗重新关闭，好一会儿后这个狭小的空间才再次变得凉爽怡人起来。出租车司机看了一眼副驾驶座位上的俞莫寒，道："终于要下雨了。"

话音刚落，就见远处的天空闪过数道明亮的电弧，闷闷的雷声后紧接着就是一声剧烈的炸响，巨大的雨点开始击打在车窗上，雨水很快就倾泻而下。人行道上的行人慌忙躲避，不少人成了落汤鸡，狼狈不堪。出租车的雨刮频繁地晃动，而前方的道路依旧朦胧。

城市的设施没有经受住这场暴雨的考验，低洼处很快就变成了一片泽国，幸好俞莫寒要去的地方位于城市的高处，出租车很快就逃离了积水区轰鸣着继续前行。到达医科大学大门的时候，暴雨依然在肆虐，门卫却关闭着铁栅栏不让进去。俞莫寒给小张打了个电话，不一会儿就看到躲在值班室的门卫拿起了座机话筒。铁栅栏终于缓缓打开，它们下面的那些轮子滚动着，让俞莫寒一下子想起了多年前乘坐过的绿皮火车。

小张已经泡好了茶，办公桌上的那副扑克好像是新的。俞莫寒朝他道了声谢，笑笑后问道："你还没有谈恋爱吧？是不是最近喜欢上了某个女孩子？"

小张诧异地问道："你是怎么知道的？"

俞莫寒朝办公桌上那副扑克努了努嘴，笑着道："我猜的，小魔术可是追求女孩子的一种利器啊。不过扑克太过显眼，不便于隐藏，而且从技术角度讲，玩扑克需要的手法更难。然而硬币就不同了，因为它比较小，可以带在身上随时随地练习手法。"说着，他从身上取出一枚硬币放在右手的手心，又取过办公桌上的一个空玻璃杯，左手握杯让杯底压在右手心的硬币上，只见他的右手轻轻一动，一声脆响之后，那枚硬币竟然神奇地出现在了空空的玻璃杯里。

小张瞪大了双眼："这，这是怎么做到的？"

俞莫寒将右手打开，只见刚才那枚硬币还在手心里。小张恍然大悟："原来你手上有两枚硬币。"

俞莫寒指了指左手上的戒指，说道："所有的魔术说到底就是障眼法。这东西其实是磁铁。我在拿杯子的时候将另外那枚硬币放进了杯子里……"他一边示范着一边解说，"因为磁铁的作用，这一枚硬币被吸在了杯壁上，因为视线角度你是看不见这枚硬币的，当我作势将右手手心的硬币放进杯子里时，左手的戒指悄然离开杯子，于是杯壁的那枚硬币就掉了下去。与此同时，右手手心的硬币也要快速用指缝夹住。这个魔术的手法很简单，稍微难一些的是三仙归洞⋯⋯"

他的手法非常熟稔，看得小张眼花缭乱。小张在掌握了几个用硬币作为道具的魔术原理和手法后问道："你学了多长时间？"

俞莫寒回答道："在国外的时候老师教的，主要是用来转移病人注意力的。"

其实这些小魔术对于精神病医生来讲还有另外一个作用，那就是为了和病人快速地建立情感和信任。上次来这里的时候俞莫寒发现小张喜欢魔术，所以这次才特地带了道具来。小张对俞莫寒的好感更甚，很快就停止了手法练习，问道："俞博士，上次我们说到哪里了？"

高格非提拔的事情就因为那件事被搁置了，而对于实验动物的事，学校的老师们看法不一，有人觉得他多管闲事，有人认为他故作清高，也有人感叹他太过单纯。不过从那以后，他就被周围的人孤立起来，没人敢去和他接近，甚至曾经和他关系不错的那些人都对他敬而远之。高校比较轻闲，也因为轻闲就慢慢形成了不少小圈子，小圈子里的人或者周末聚在一起自驾游，或者打牌，或者喝酒，而高格非却被所有的小圈子排除在外，即使是路过学校周边的某家饭馆，偶尔遇见某个小圈子在里面聚会，也不再有人向他打招呼。

然而高格非依然我行我素，每天准时上下班，该他做的事情一件也不落下。他和学生的关系很好，经常找学生谈心，给家庭困难的学生申请困难补助，在奖学金评定的过程中从来都是不偏不倚，对犯了错误的学生也会网开一面⋯⋯其实大学里的辅导员还是很受学生和家长们敬重的，时常会有学生家长上门请客吃饭，送来名酒名烟等表达谢意。然而自从那件事之后，就再也没有学生家长上高格非的门了，高格非却依然如故，泰然处之。

他一直单身，最喜欢的事情就是周末去参加学校举行的舞会。每到周末他就会精心打扮一番，洗澡，理发，身上永远是白色的衬衣或者白色的短袖衫，即使冬天最冷的时候也只在白衬衣外套一件羽绒服。他的形象不错，给人的感觉不仅儒雅，而且透出一种从肉体到精神都十分干净的气息。

"这句话可不是我说的，是学校一位年轻女教师的感叹。"说到这里小张补充了一句，"那位女教师说，高格非这个人从骨子里就透出一种别人没有的干净。"

时间就这样一天天过去，高格非依然喜欢写作，报纸杂志上经常有他的文章和小说出现，然而学校的人对此早已是视而不见般的麻木。

那位副校长的女儿后来被人介绍给了比高格非晚一届的留校生。那个人的父母也是农村的，本来是应该做辅导员的，结果被分配到了科研处。半年后他和那个外科护士结了婚，很快就有了孩子，是个儿子，两个人的感情不错。高格非偶尔会碰见那位外科护士，每一次都会被对方四十五度角的眼神鄙视。

副校长的女婿工作不到三年就被提拔为副科级，次年转为正科，两年后就成为科研处的副处长。不过他每次遇见高格非时倒是很客气，就好像自己老婆和高格非那件事他一点都不知道一样。

高格非也很坦然，不卑不亢。其实学校里有不少人从内心里还是非常佩服他的，因为他那超强的抗压能力。

听小张这么说俞莫寒却有不同看法，因为他一下子就想起了多年前发生在高格非身上的跳楼事件，那分明就是他心理上承受的压力已经达到极限的表现啊。我们每个人所能承受的心理压力都是有极限的，有了压力就需要发泄。当然，高格非也是需要发泄的，只不过他采用的是写作的方式。除此之外，某一个夜晚他或许曾经哭泣，或者也曾去无人的江边嘶吼、咆哮……

这一刻，俞莫寒感受到了高格非那段艰难人生背后的心理状态，禁不住暗自嗟叹。不过他并没有将自己的猜测告诉小张，而是静静听他将高格非的故事继续讲下去。

高格非的人生开始发生转折是在他三十岁那一年。

那一年，学校发生了一件大事：那位分管后勤的副校长在春节前忽然被双规，紧接着学校校长也被上级纪委的人带走了。随着高校扩招潮的兴起，原有的教学、后勤设施已远远不能满足现实情况的需求，于是基础建设蜂拥而上，校园里一栋栋教学楼、图书馆、学生食堂、学生宿舍、室内球场等拔地而起。学校里早就传言那位副校长从中贪污了不少，却没想到学校校长才是最大的那只硕鼠。

说起来高校的教师还比较单纯，他们可以接受那位行政人员出身的副校长是腐败分子，但不愿意相信作为医学专家的校长是坏人，然而他们偏偏忽略了，如果没有校长的授意，那位副校长不可能那样明目张胆受贿。随着校长和后勤副校长的落马，学校的领导层也发生了巨大改变，原来在位的另外两位副校长被调离，组织上从卫生厅调来一位副厅长接替了校长的位子，两位附属医院的院长就职副校长，随后又从学校现有的处级干部中提拔了一位接替后勤副校长的职务。而这位新提拔的后勤副校长就是高格非曾经的顶头上司、学生处处长潘友年。

潘友年是从部队转业后被安置到医科大学的，他转业的时候是正团职上校军衔，结果到了医科大学后任学生处的副处长，一直在这个位子上干了数年都没有得到提拔，后来因为经常发牢骚被调到保卫处当了处长。高校的保卫处长级别虽然上升了半格，职权上却是大大打了折扣。潘友年一直非常同情高格非，同时又怜惜他的才华，再加上新来的校长和潘友年是老乡，两人早就认识，于是潘友年就向新来的校长推荐了高格非。

新来的校长很有魄力，一上任就开始调整学校现有的中层干部，有的被直接免职，有的轮岗到其他的部门，高格非也被调到校长办公室担任信息科副科长职务。他这个职务其实是虚的，真正的工作是做校长秘书，从此高格非就成了跟随在校长身边鞍前马后的显眼角色。

从此，高格非的前途就开始一帆风顺，从校办信息科副科长升任科长、校办副主任、主任，仅仅六年多的时间就从副科级势如破竹般成为正处级干部，一年后又调任专科学校校长。有人说这是因为他的才华得到了新任校长的赏识，据说新任校长所有的发言稿都出自他手，新任校长每一次讲话都汇集了古今中外哲学思想的精华，语言妙趣横生，引人深思。也有人说是因为高格非救过新校长的命——据说有一天晚上新校长在办公室里出现了心肌梗死，是高格非及时发现并叫来了医生才将校长的生命抢救了过来。

就在新校长上任的那一年，高格非也找到了自己的爱情，而且很快就结了婚，分管后勤的副校长还特地给他分了一套房子做新房。然而不幸的是，他的妻子怀上孩子不久就意外地从楼上掉下去当场死亡。据说当时高格非正在办公室起草一份文件，听到这个不幸的消息后就昏了过去。

小张的故事讲完了，俞莫寒注意到他好几次用到了"据说"这个词，再一结合他的年龄也就大致明白了，于是问道："有关高格非的这些事，其实很多都是你从别人那里听来的，是吧？"

小张点头道："是啊。我参加工作才刚刚两年，高校长的那些事都是从学校其他老师那里听来的。不过高校长在我们学校的名气一直很大,他的事可谓无人不知、无人不晓啊。"

俞莫寒点头,心里却在想:高格非在三十岁之后前途一片光明,即使是他第一个妻子死于非命,但那也是多年前的事了,而且后来他又有了新的家庭,按道理说心理压力只能是处于比较舒缓的状态,而不是进一步加剧,那么,他这一次的事情就肯定另有原因。很显然,眼前这个辅导员所讲的故事仅仅是为众人所知的表面。他想了想,问道:"你有潘校长的联系方式吗?"

小张指了指办公桌的玻璃面板:"这里有他办公室的电话和手机号码。"

俞莫寒用手机记下了电话号码,看了看窗外,外面依然暴雨如注,他又看了看腕表,顿时皱眉,想不到这么快就要到与苏咏文约定的时间了,可是她并没有打电话来说要取消见面的事情……他想了想,拿出电话网约了一辆车,然后对小张说:"还得麻烦你一会儿给门卫讲一声,这么大的雨,我没法走出去啊。对不起啊,最近我的事情实在是太多,改天再请你吃饭。"

小张笑道:"你太客气了,反正我在这里也没有什么具体的事情,正好和你说说话,这时间也过得挺快的。这样吧,我这里有多的雨伞,一会儿你放在门卫那里就可以了。"

外面的雨实在是太大了,而且夹杂着狂风,打湿了俞莫寒身上不少地方。外面的温度还是比较高的,也许是地面的热气都被蒸腾到了空中。不过饭馆里面的空调开得很足,俞莫寒一进去就禁不住打了个舒服的寒噤。

他刚刚找了个靠窗的位子坐下,苏咏文就到了,身上居然干干净净,没有沾一滴雨水,她笑着赞扬了俞莫寒一句:"嗯,不错,风雨无阻啊,看来你今天是诚心诚意要请我吃饭。"

俞莫寒哭笑不得,心想这么大的雨,我还希望你主动打电话来取消今天的见面呢。他笑笑,问道:"你们报社就在这楼上?"

苏咏文看了看他身上，笑着点头道："是呀。对不起啊，我可不知道今天会下这么大的雨。"

俞莫寒当然不会为了这样的事情生气，脸上带着笑容将菜谱朝她递了过去："这里我不熟悉，还是你来吧。"

苏咏文也没有客气的意思，接过菜谱，指着上面的图片对服务员道："这个，这个，还有这个，再来一份例汤。"随即歉意地对俞莫寒道，"对不起，今天不能再喝酒了，一会儿回去后还得赶一篇稿子。"

其实俞莫寒也不想喝酒，道："这样最好，我今天可是睡了大半天，起来后还觉得昏昏沉沉的。"

苏咏文并没有马上询问今天俞莫寒请她吃饭的缘由，而是问了他另外一个有些奇怪的问题："平时你都喜欢坐窗边的位子吗？据说这是一种没有安全感的表现，究竟是不是这样？"

俞莫寒哑然失笑，说道："你听谁说的？没安全感的人一般会选择门口的位子，那样才便于逃跑。你看这个地方，想要逃跑的话多不方便啊。"

苏咏文脸上涌起淡淡的红晕，自嘲道："在这方面我就是半罐子水……那么，喜欢坐在窗边的人一般是什么类型的？"

俞莫寒笑着道："这可不能一概而论。坐在窗边可以欣赏到外面的风景，选择这里的人往往比较浪漫，而且平时也比较宅，所以才对外面的一切感到好奇。还有一种情况就是等人，因为坐在窗边可以随时注意到约会对象的情况。这就是人们常说的望眼欲穿，所以这一类人性格往往比较急躁。"

苏咏文看着他，眼神有些怪怪的，问道："那么你呢，你属于哪一类人？"

俞莫寒有些尴尬，恰好这时服务员来上菜，于是趁机就将话题岔了过去："苏记者，我今天约你出来是想和你商量一件事。"

苏咏文点头道:"我已经猜到了。我在法庭上见过你姐,看得出来,她是一个非常有个性、内心坚强的女性,在这样的情况下她是不可能退缩的,所以你们需要我在媒体方面的资源,是吧?"

俞莫寒惊讶于她的聪慧,点头道:"是的。"随即就把父亲的那番话以姐姐的名义讲了出来,最后说道,"我们相信一定有不少媒体人和我们的观点是一致的,现在我们最需要的就是他们能够站出来说话。只要他们能够站出来,体制内的那些人也会因此少了许多顾虑,他们加入这场论战中来的可能性才会更大一些。"

苏咏文沉思了片刻后,抬起头来轻声对俞莫寒道:"我们喝点酒吧。"

第十一章
为什么说谎

第二天上午，俞鱼和倪静同苏咏文见了面，具体的情况俞莫寒没去过问。上午的时候他与医科大学的后勤副校长潘友年取得了联系，不过对方告诉他说正陪同家人在外地旅游，可能要在开学前才返回。

俞莫寒感到那位潘校长语气中一直沉吟、斟酌的味道，总觉得他没有说实话，可是人家既然都那样讲了也不好怀疑。目前高格非的案子非常敏感，潘友年的身份和地位与那位辅导员小张大不相同，人家选择回避自己也可以理解。接下来他从小张那里得到了医科大学校办的电话号码，拨过去后竟然有人接听，于是就按照自己事先想好的说辞询问对方："你好，我是省教委的工作人员，请问潘校长在不在？"

对方的声音听起来很年轻："他今天没在办公室，请问你有什么事情需要我转告他吗？"

俞莫寒道："也没什么特别的事情，我本来和他约了最近两天见个面的,可是他的手机一直处于关机状态,不知道他最近是否在家?"

对方回答道:"在呢,我昨天还见过他。昨天下暴雨,他还带着下面的工作人员一起去检查了整个校园下水道的情况。"

果然。俞莫寒道:"那我今天晚上直接去他家里好了。谢谢你。"

在这种情况下俞莫寒也不可能当天就去拜访那位潘校长,以免造成双方的尴尬,而化解这种尴尬最好的办法就是留给对方一些可以用作解释的时间和空间。毕竟是自己在请求对方提供情况,一旦尴尬变成了恼羞成怒,事情也就难以挽回了。于是,他就安心地将自己关在家里静静地看书。

下午俞莫寒接到了省人民医院打来的电话,对方告诉他那位老人忽然失踪了,请他马上过去一趟。俞莫寒大吃一惊,来不及询问具体情况就直接出了家门。

病房的医生告诉俞莫寒,手术后老人恢复得不错,刚刚可以下床并能够自己上厕所了,今天中午病房里有两个病人忽然出现了紧急状况,医生和护士的注意力都集中在了那两个危重病人身上,老人就是趁那个时候离开了病房。

俞莫寒知道,因为老人的医药费早已得到了解决,应该不存在欠费跑路的问题,所以推测应该是医院管理方面的问题,于是苦笑着问道:"通知警方了没有?"

医生回答道:"已经通知了,他们还特地调看了医院里的监控录像,发现老人一个人走出了医院,和医院大门外一个替人算命的说了会儿话,然后两个人就叫了一辆出租车离开了。"

估计警方后续会追查老人的下落吧,毕竟这并不是一起了不得的大案子。俞莫寒道:"他并没有与我联系过,而且他也不知道我的联系方式。"

医生点头道:"我们叫你来不是想问你有关老人的去向……"

随即，医生拿出一张字条，"老人离开的时候留下了这个。"

眼前的字条其实就是医院里最常见的那种化验单，老人在化验单的背面写了一行字："俞医生，谢谢你，好人有好报。"

老人的字写得有些难看，估计他写这些字时手还有些颤抖。俞莫寒问道："这是什么意思？"

医生摇头道："不知道。也许就是想表达对你的一种谢意吧。"

俞莫寒挠挠头："其实，他最应该感谢的是政府和你们才是。"说着，他心里也直犯嘀咕，他为什么要独自离开，又去了哪里呢？

他一时半会儿想不明白，只好暂时将老人的事情放到一边。回到家时他发现姐姐和倪静都在，随口就问了一句："你们今天怎么有空回来？"

俞鱼用审视的目光看着他，问道："你去哪里了？"

俞莫寒将老人失踪的事情说了一遍，倪静惊讶地问道："开颅手术呢，这么快就完全恢复了？"

俞莫寒苦笑着说道："像他这种年龄的人，要完全恢复至少得半年以上的时间，这件事情我也很纳闷呢。"

倪静忽然想起上次老人盯着她的手看的事情，说道："我觉得这个老人有些奇怪，说不定他精神真的有问题呢。既然警方已经知道了这件事，想来他们会尽力去找的。"

他的精神应该是没问题的，但愿……现在，俞莫寒也只能将希望寄托在这样的可能上了。

和许多家庭一样，母亲是这个家里最勤劳、最任劳任怨的人，她见女儿和未来的儿媳回来了，特地跑了一趟菜市场，很快就做了一大桌的菜。她还给女婿汤致远打了个电话叫他回家吃饭，汤致远却说最近实在是太忙，答应过段时间一定回来。于是母亲就开始在女儿面前唠叨，反复追问她和汤致远的关系究竟怎么样了。俞鱼发现自己竟然很难在母亲面前说清楚这个问题，只能一次次顾左右而言他。旁边的俞莫寒帮了姐姐一把，说道："妈，姐姐和姐夫没什么事，您就放心好了。"

母亲当然相信儿子的话，这才罢了。

自从退休后父亲就喜欢上了喝酒，每天晚餐的时候都要喝二两左右的高度白酒，不过俞莫寒不愿意陪他喝，总是推辞说喝了酒难受。昨天晚上回来的时候父亲闻到了儿子身上的酒味，虽然什么话都没说，但眼神已经表达了不满。

父亲大多数时候都是很有胸怀的，不过有时候在小事情上显得有些小气。俞莫寒理解父亲的不高兴，因为父亲最在乎某些东西。大家都坐下后俞莫寒主动给父亲倒了一杯酒，也给自己倒了一小杯。父亲顿时就高兴了，问道："你们的事情办得怎么样了？"

俞鱼看了弟弟一眼，回答道："今天刚刚和一位支持我们的记者见了个面，她答应去联系那些长期呼吁加强法制建设的大V，那些人有的是记者，有的是律师，有的是自由撰稿人。"

父亲问道："到目前为止，官方好像还没有针对这个案子出来说话吧？"

俞鱼点头："目前还没有。"

父亲笑了笑，说道："那就好。"

吃完饭不久，俞鱼就迫不及待地将俞莫寒和倪静赶了出去，不过话却是对弟弟说的："你这一整天都待在家里，再这样下去就成宅男了。昨天刚刚下了雨，外面的空气好，陪倪静出去走走。"

俞莫寒真切地感觉到了姐姐对倪静态度的巨大变化。

两个人出门后就开始步行，其实就是晚餐后一起散步。俞莫寒问道："高格非的案子什么时候再次开庭？"

倪静摇头道："目前还没有消息，想来应该快了吧，上面的人应该十分清楚，像这样的案子久拖不决并不是什么好事。"

俞莫寒点头说道："但愿苏记者那边的行动能快一些，这样法院的判决才不至于受到各方面的影响太大。"

倪静道："你姐已经决定，如果最终的判决违背了法律公平公正的原则，她会尽量说服被告提起上诉。"

俞莫寒听见她说的是"你姐"，沉吟着问道："你是不是很难原谅我姐曾经对你的那些误会？"

倪静回答道："我已经原谅她了。"

"不，你还没有。"俞莫寒却摇头道，他叹息一声，"虽然我明明知道心理上的隔阂是需要时间慢慢去化解的，但我还是希望你能尽快从曾经的阴影里走出来，即使这对你有些不公平。倪静，你感觉到没有，我姐现在对你的态度已经完全不一样了。"

忽然，倪静接口道："她今天问了我这样一个问题，苏记者很漂亮，难道你就一点儿不紧张？"

俞莫寒大感意外，同时心里竟然有一种莫名的紧张，急忙问道："你是怎么回答的？对了，我首先要声明的是，我和苏记者也是刚认识，什么关系都没有。"

倪静微微一笑，说道："你和她有什么也没关系，我们不是还没有结婚吗？即使结了婚，无论是我还是你也都依然有选择的权利，你说是不是？"

俞莫寒愕然："这就是你的回答？"

倪静点头道："是。我可不想强迫性地把你拴在自己身边……无论是爱情还是婚姻其实都是人生的一场旅行，沿途总会出现许多让人心动的风景，只有当一个人欣赏完所有风景后还依然愿意回到原来的地方，这样的爱情和婚姻才是最稳定的。你说是不是？"

俞莫寒本来想反驳她，但越想越觉得她说得也很有道理，道："欣赏是可以的，但不能沉迷于其中。"

倪静纠正道："不是不能，而是没有。"

俞莫寒伸出手揽住她的腰，柔声道："你就是我这一辈子遇见的最好的风景。"

倪静不禁笑了，说道："太酸了，我有些不大习惯。"

俞莫寒将她搂得更紧了。

从第二天上午开始，一直处于观望状态的另外一部分大V纷纷更新了微博，网络上的言论一下子从以前的一边倒变成了双方激烈的讨论和辩论。有关高格非案的话题很快就上了热搜，于是，一场关于法理与情理的论战正式开始。

两天的时间很快就过去了，论战已经进入白热化的状态，人们的言论也因此变得理性了许多，不过官方微博依然处于观望状态。俞莫寒的父亲认为，这本身就证明了他们乐于民众对这个问题进行讨论的态度，因为这本身就是法制建设的一部分。

法庭再次开庭的时间依然毫无消息，俞莫寒决定前往医科大学拜访那位名叫潘友年的副校长。

其实医科大学的校园并不大，二十年前它还地处这座城市的郊区，而现在，这里早已成为城市中心地带的一部分。快速城市化进程所改变的不仅仅是一所高校，同时也在时时刻刻影响着不少人的命运。而随着高校年年扩招，这样一座小小的校园早已容纳不下数量越来越庞大的学生和教师队伍，于是当地政府就开始策划大学城的建设项目。这所医科大学的情况也是如此，在不到三年的时间内就在大学城建设了一座占地三千多亩、各项教学设施非常齐备的新校园，入住新校园的是本科低年级的学生，总人数有一万余人。由于医科大学的附属医院都位于主城区，所以原来的老校区只是用于承担本科实习生、硕士和博士生的教学任务。

虽然大学城的校区给教师修建了集资房，但不少人还是习惯住在老校区，毕竟老校区位于主城区，生活条件要比大学城方便。俞莫寒已经打听得很清楚了，那位潘校长平时就住在老校区的教师家属区。到了学校后，他没花多少时间就找到了潘友年的家。

这是一栋五层楼的房子，潘友年就住在三楼。开门的是一位中年妇女，俞莫寒迎着对方询问的眼神说了一句："我找潘校长。"

中年妇女看了一眼俞莫寒手上的水果袋，朝里面喊了一声："老潘，有人找。"然后客气地对俞莫寒说请进。

俞莫寒将手上的水果袋递给了中年妇女，歉意地道："我也不知道潘校长和您都喜欢些什么，就是一点点心意。"

俞莫寒的形象不错，目光中透出一种真诚，中年妇女对他很有好感，道了一声谢后就将他请到沙发处坐下。俞莫寒大致打量了一下眼前的客厅，面积比较大，装修比较普通，风格也没有多少特色。客厅的空调没有打开，一台落地扇在不远处来回转动着，温热的空气在它的作用下带来一丝丝的清凉。不一会儿潘友年就从里面出来了，他个子不高，身上穿着老式白色背心和军绿色短裤，双臂的肌肉和胸肌微微隆起，身体挺直，军人的气质非常浓厚。他看了俞莫寒一眼，满脸的惊讶："请问你是？"

俞莫寒早已站了起来，恭敬地道："潘校长，我是俞莫寒，前几天给您打过电话的。听说您已经回来了，就贸然上门来打搅您了。"

潘友年怔了一下，点头道："学校有点急事，所以就提前回来了。请坐吧。"

俞莫寒暗暗松了一口气，解释道："高格非的案子受到了全社会的广泛关注，从某种程度上讲，这起案件给全社会带来的意义已经不在于其本身了，也不仅仅局限于法律和情理这两个方面。作为一名精神病医生，现在我最希望搞清楚的是：高格非为什么会忽然出现精神分裂？其根源究竟是什么？我想，这两个问题不但很快会成为人们关注并思考的焦点，同时也一定会对生活在当代社会的人们产生极其深远的影响。潘校长，听说您对高格非这个人非常了解，能不能请您尽量多给我提供一些有关他的情况？"

潘友年听俞莫寒竟然把这件事情提升到了那样的高度，沉吟着道："其实我对他的情况也不是特别了解，当时只是觉得他很有才，而且活得实在憋屈，所以才向滕校长推荐了他。"

他所说的滕校长就是如今医科大学的校长滕奇龙。俞莫寒笑笑，问道："据说您在那些年也很不得志，您对他是不是有一种同病相怜的感觉？"

这句话似乎有些鲁莽，却是俞莫寒深思熟虑后才问出来的，毕竟潘友年如今已贵为副校长，早已扬眉吐气，在他面前谈及过去的那些不堪绝不是一种奚落与嘲讽，反而可以让他产生无尽的感叹。

果然，潘友年叹息了一声，说道："是啊，不仅仅是同病相怜，更多的是惺惺相惜。"

俞莫寒急忙道："我明白了，那是一种英雄无用武之地的悲凉。"

潘友年觉得俞莫寒的话简直说到自己心窝里去了，顿时对他多了些好感，点头道："是啊，一个人长期处于那样的状态下，内心的郁闷难受是他人很难懂的。"

俞莫寒问道："您的意思是说，那时候的高格非就是这样的状态？"

潘友年摇头道："这个我就不清楚了，我这只不过是以己度人罢了。记得当时我曾经请他出去喝过一次酒，本想和他一起发泄一下情绪，想不到他却什么都不说，一直都是一副风轻云淡的样子，反倒让我觉得自己有些可笑。不过我知道他的心里是十分痛苦的，也许是他并不信任我，所以才不愿在我面前有所表现。"

俞莫寒又问道："您是不是认为他这次的发病，与他曾经极度的不如意有很大关系？"

潘友年点头道："我认为是这样的。我们每个人的内心就如同高压锅一样，压力到了一定的程度就会朝外面冒气，而他这口高压锅却密封得太紧了,所以一旦爆发就一定会是爆炸性的大事故。"

俞莫寒却在摇头:"我不这样认为。"

潘友年诧异地看着他:"哦?"

俞莫寒微微一笑,问道:"潘校长,您现在还会因为自己以前的不如意而感到郁闷、难受吗?"

潘友年怔了一下,顿时就明白了,点头道:"你的分析很有道理。"

俞莫寒紧接着他的话说道:"因此,我认为他这次的忽然发病很可能是另有原因。我知道,您在他的人生中起着非常重要的作用,想必后来他一直对您心存感激之情,所以,您应该是最了解他的那个人……"

他的话还没有说完,潘友年就摇头道:"其实最近我也一直在思考这个问题,却始终找不出他忽然出现那种情况的缘由,所以我才认为他这次的事情很可能与他当年长期被压制的经历有关。"

俞莫寒看着他:"也就是说,您并不认为他这次的事情与他前妻的意外死亡有关系?"

潘友年淡淡一笑,说道:"月有阴晴圆缺,人有悲欢离合,这个世界上的夫妻真正白头到老的其实并不多。俗话说,夫妻本是同林鸟,大难来时各自飞。世事尚且如此,更何况生死之事?夫妻一场,爱人先行离去,最多也就是短暂的伤心欲绝罢了。高格非如果真是痴情之人,怎么可能再次结婚?"

俞莫寒心里不由讶然,难道婚姻中的夫妻关系真的情淡如此?不过就他目前所知的高格非而言倒确实是如此,随即点了点头,又问道:"高格非到了新的工作岗位后与您的联系和交往还多吗?"

潘友年摇头:"他到了新的单位,又是一把手,工作肯定非常忙,我是分管后勤的,每天也没有闲着,见面的机会都很少,哪来的交流?"

俞莫寒笑笑，说道："倒也是。潘校长，在您眼里，高格非究竟是个什么样的人呢？"

潘友年想了想，回答道："年轻、能干、有才华，也很聪明。"

俞莫寒紧接着问道："您说的聪明指的是……"

潘友年道："就是眼里看得到事儿啊。他以前是我们学校的校办主任，学校的校长、副校长好几个，要摸清楚每一个人的性格脾气，做到面面俱到，可不是那么容易的事情，更何况还要对外迎来送往，这个校办主任可不好当啊。可是他一直都做得非常不错，不然的话他哪来的机会去当那个校长？"

俞莫寒觉得好像有什么地方不大对劲，问道："据说他以前可不是这样的，刚刚留校的时候就得罪了学校的领导，后来又因为实验动物的事情让整个学校都陷入尴尬。由此看来，他似乎并不是一个懂得变通的人啊。"

潘友年将手轻轻一挥，笑道："哈哈！那都是多少年前的事情了？娶媳妇又不是动物配种，随便凑过来一个就在一起过一辈子？岂有此理嘛。至于实验动物的事情……我们年轻的时候谁不幼稚、哪个又没有干过傻事？俗话说，屁股决定脑袋，当一个人坐到某个位子上的时候，思考问题的角度和方式也就完全不一样了嘛。"

他将实验动物的事情一带而过，让俞莫寒搞不清楚他对这件事的态度，不过这并不重要，因为他要了解的是高格非而不是眼前的这个潘友年。

俞莫寒问道："自从高格非到了校办之后，是不是从此就没有再去过问实验动物的事了？"

潘友年笑了笑，道："他为什么还要去过问？他过问了有用吗？他为了这件事发飙的时候只不过是一名普通的辅导员，根本就不了解学校的实际情况。按照他的想法去做可以啊，那就削减科研经费，或者大幅度降低教师的福利，可能做到吗？那是一个理想化的想法,谁又不想理想化?可是理想化能够解决问题吗?当他到了校办,坐到了更高的位子上之后就懂得这一切了。"

俞莫寒有些忍不住说了一句:"可是医学生的理念教育问题确实非常重要啊。"

潘友年的手又是轻轻一挥,说道:"动物始终就是动物,人类将它们作为食物、用作实验性对象等,这本来就是由食物链决定的,在有条件的时候尽量不要去虐待它们就是了。医学生在校的五年中可不仅仅做动物实验,他们还有人体解剖的课程,在人体解剖的过程中加强教育,这一点都不会影响到学生的基本素质培养嘛。你说是不是?"

俞莫寒发现自己竟然无话可答,稍稍一想才发现自己差点被对方给绕进去了,不过他并不想在这个问题上和对方辩论,随即又问道:"听说高格非曾经救过滕校长的命?"

俞莫寒哑口无言的样子让潘友年似乎有些得意,他点头感叹道:"是有那么回事。当时滕校长刚刚到我们学校,工作压力非常大,晚上经常加班。那天晚上滕校长的病发作得非常突然,而且极其凶险,幸好有高格非一直兢兢业业地跟随在他身边,否则后果将不堪设想。"

俞莫寒发现对方在说话的过程中眼神游离不定,右手还去摸了几下鼻子,通常这说明他刚才是在撒谎。正这样暗暗分析着,就见潘友年已经站了起来,道:"俞医生,实在对不起,前几天下暴雨,学校的下水道和围墙损坏严重,我还得去一趟大学城那边。"

俞莫寒也觉得暂时没有别的问题需要继续问下去了,即刻站起来恭敬地朝对方道谢后离开。

在经过了一场暴雨后气温有所下降,空气湿度也增加了许多,一阵风吹过,让人感到透心舒爽的凉意。俞莫寒走在校园里被雨水冲刷过的水泥路上,回想着刚才潘友年那游离的眼神及用手去摸鼻子的动作，不由想道：高格非曾经救过那位滕校长的命这件事情想来是真的，人们再无聊也不大可能去编造这样的事情，而且编造这样的事情也毫无意义。那么，潘友年又为什么在后面的讲述中撒谎呢？

"当时滕校长刚刚到我们学校，工作压力非常大，晚上经常加班。那天晚上滕校长的病发作得非常突然，而且极其凶险，幸好有高格非一直兢兢业业地跟随在他身边，否则后果将不堪设想。"这是刚才潘友年说过的话，似乎有点"因为""所以"的意思。俞莫寒再次回忆并仔细分析了一下，心里更是奇怪和疑惑，自顾自地笑了笑，嘀咕道："这件事情很有意思啊……"

俞莫寒从家里出去后，潘友年一下子就后悔了。他万万没想到刚才那个年轻人竟然能做到在不知不觉中让自己跟着他的思路与节奏变得滔滔不绝起来，幸好自己及时意识到了不大对劲并即刻终止了与对方的交谈。一想到这里，他就一阵紧张与忐忑。

关于滕奇龙那天晚上突发心肌梗死的事情，潘友年曾经听过一种传言，而且那个传言非常不堪。正因为如此他才慢慢开始对滕奇龙若即若离，即使是在大学城新校区的建设中，他也从来没有在工程招标、设备采购等事情上伸过手。毕竟前车可鉴，他可不想让自己晚节不保，损及自己的一世清名。他心里十分清楚，高格非的事情一出，搞不好这把火就会烧到滕奇龙那里，毕竟高格非曾经是滕奇龙身边的人……然而滕奇龙毕竟是自己的老乡，相识多年的好友，又对他有提拔之恩，在这样的情况下自己无论如何都不能去做那个引火之人。

"今后这个人再来的话千万不要让他进屋，就说我不在家。"潘友年朝妻子叮嘱了一句。妻子心里暗自诧异：怎么回事？你们俩刚才不是还聊得好好的吗？

潘友年转身进了书房，想了想，拿起电话拨打了一个号码："有个叫俞莫寒的精神病医生刚才来了我家一趟，他是来向我了解有关高格非的情况的。"

电话里那个声音很淡然："哦？"

潘友年没有等到对方的下文，只好继续说道："从他的话中我听得出来，在此之前他已经找过学校其他人了解过高格非的一些情况了。"

电话里那个声音说道："这么大的案子，人家来了解情况也很正常嘛，毕竟高格非是从我们学校出去的人。"

潘友年听不明白对方的真实想法，急忙道："我也没别的什么意思，只是向你汇报一下情况。"

"知道了。"对方语气依然淡淡的，随即就挂断了电话。

潘友年自嘲地一笑，心想：我是不是想多了？

就在当天晚上，精神病医院的一个同事忽然来到俞莫寒父母的家，对他道："你的电话打不通，顾院长让我来通知你明天回去上班。"

俞莫寒心里暗暗诧异：高格非的案子不是还没最终判决吗？不过倪静倒是替他想到了一种可能，她说："如今网上的舆论不再是一边倒了，关注你的人可能不再像以前那么多。你们医院的医生本来就比较少，你脱岗的时间太长了估计医院里面出现了一些困难。"

俞莫寒觉得她说得很有道理，笑道："倒也是。"

倪静朝他开玩笑道："怎么，玩得太上瘾都不想上班了？"

俞莫寒哈哈大笑："不上班还可以拿工资，这样的日子谁不想继续过下去？"

第十二章
离真相不远了

其实俞莫寒还真是不大习惯最近这段不上班的日子,其间他曾经不止一次梦见自己在医院里和同事探讨病例,还有一次的梦境竟然是在医院的大门外与顾维舟迎面相遇。

梦是潜意识的反映,它所表达的是一个人内心最为真实的愿望。俞莫寒懂得自己的梦:他在内心里太想回到医院,太过希望得到院长的重视了。

为了第二天上班不迟到,俞莫寒当天晚上就上了山。这段时间一直没有回寝室,虽然门窗都关着,但桌面上还是有了些灰尘。灰尘这种东西有时候是肉眼无法看见的,但它们时时处处存在于我们生活的空气之中,随着量的增加最终展现在人们的面前。俞莫寒一边用抹布擦着桌子,一边想着这个道理,脑子里却忽然浮现出那张白皙而漂亮的脸来,他心里猛然一惊:自己究竟是怎么了?怎么就忽然想起她来了呢?难道自己内心里的情感也像这空气中的灰尘慢慢在积聚?不,怎么可能呢?倪静那么通情达理,而且和自己如此心有灵犀……他苦笑了一下，觉得自己刚才的胡思乱想实在是有些不可思议。

毕竟在这个地方住了很长一段时间，俞莫寒很快就适应了眼前的孤独，躺在床上看了一会儿书，睡意如期来临，关了灯，酣然入眠。

大多数精神病人是没有时间概念的，他们和以前一样问候着这位年轻的医生，朝着他傻笑，仿佛他消失的这段时间根本就不存在。俞莫寒喜欢这个地方，这里的病人没有心机，所表达出来的都是他们内心最真实的感受，虽然那样的感受不能为正常人懂得、理解。

刚刚回到医生办公室他就接到院长打来的电话："小俞，请你马上到我办公室来一趟。"

俞莫寒匆匆就去了。

顾维舟对他很客气，一如既往客气，客气得让他开始怀疑倪静曾经的分析。俞莫寒恭敬地道："顾院长，您找我？"

这是一句废话，俞莫寒却一时间找不到更合适的话来开这个头。

顾维舟关心地问道："最近休息得还好吧？你没有因为这件事情产生什么想法吧？"

俞莫寒笑了笑，说道："怎么会呢？难得有休假的机会呢，也正好可以陪陪父母。"

"没想法就好。"顾维舟笑笑，随即将话题一转，"小俞啊，有这么个事情，城南刑警支队有个案子希望我们去帮忙解决一些相关的问题。我考虑了一下，觉得你去比较合适。"

俞莫寒心里一紧，怎么又是我？即刻就问道："刑警队的案子，为什么要我们去帮忙？"

顾维舟回答道："因为死者是一个精神分裂症患者，她是死于自杀，而且是上吊自杀。"

俞莫寒愣了一下，又问道："死者自杀的时候是处于精神分裂的状态吗？"

顾维舟笑了笑，说道："这正是需要你去搞清楚的事情。"

俞莫寒顿时就明白了。他对这个案子非常感兴趣，即刻就答应下来。然而顾维舟又说道："我们医院的人手很紧张，这你是知道的。你离开医院的这段时间大家轮流替你值班，时间长了肯定不行，所以，我希望你能够尽量做到上班和协助警方办案两不耽误。"

俞莫寒皱眉："我这上上下下两头跑，交通费的问题医院可以解决吗？"

顾维舟叹息了一声，说道："我们医院的状况你又不是不清楚……唉！我尽量想办法解决吧。"

既然他都把话说到这个份上了，俞莫寒也就只能心里道："那，我就尽量坐公交车好了。"

城南刑警支队队长靳向南听了俞莫寒自我介绍后，觉得有些诧异：前两天给你们几家医院打电话都说抽调不出人来，现在怎么忽然就来了？不过他并没有多说什么，毕竟人来了就好，随即向俞莫寒介绍了有关的案情。

死者名叫魏小娥，今年三十六岁，有精神分裂症家族史。她二十三岁的时候与秦伟结婚，当时她是一名小学教师。两个人结婚一年后魏小娥忽然精神病发作住进了医院，经过两年多的治疗，病情有所缓解，于是秦伟将她从医院里接了出来住在家里。后来魏小娥的病时断时续，秦伟并没有再送她去医院，因为他知道像妻子这样的情况，当今的医疗技术最多也就只能是暂时性地缓解病情。

秦伟是街道办事处的一名科级干部，每次妻子病情发作时因为躁狂时常让他伤痕累累。不过，他与魏小娥的感情极深，这么多年来始终对妻子不离不弃，周围的人在十分同情秦伟的同时也感叹魏小娥的好命。

两天前，秦伟中午下班回家时忽然发现妻子竟然在家里上吊自杀身亡，惊骇伤痛之余急忙报警，法医现场勘验后认为死者的死亡时间是在三个小时之前，也就是上午九点钟左右。秦伟每天早上八点半出门，九点钟到达街道办事处的办公室，当天也是如此，他的同事都能够证明这一点。

靳向南介绍完情况后俞莫寒感到有些疑惑，就问道："你们究竟希望我们解决什么样的问题呢？"

靳向南将几张现场勘查的照片放到俞莫寒面前，说道："死者死亡的地方是在客厅，绳子的一头固定在挂吊扇的钩子上。从表面上看这起案子似乎并没有任何疑点，因为我们并没有在现场发现第三者的指纹和脚印，不过奇怪的是，他们家的客厅实在是太干净了，干净到没有任何人的脚印。"

俞莫寒惊讶地问道："你的意思是说连秦伟和魏小娥的脚印也没有？而且这样的情况仅仅是客厅？"

靳向南点头道："是的。不过死者死亡前所穿的拖鞋上套有塑料脚套，这样的情况也可以解释为死者在生前做过客厅的清洁，然后才上吊自杀的。可是死者为什么只做了客厅的清洁而对其他的房间却不管不顾呢？我们对精神病人的心理状况知之甚少，所以才请求你们前来协助。"

俞莫寒思索了片刻后问道："死者是否留下遗言，生前是否洗过澡，身上穿的是不是新衣服？"

靳向南怔了一下，回答道："死者没有留下任何遗言，至于她是否洗过澡我们目前还不清楚，不过她身上穿的却是一套旧睡衣。"

"既然她身上穿的是一套旧睡衣，那么是否洗过澡的问题也就不重要了。"俞莫寒道，说到这里，他忽然道，"我认为这是一起他杀事件。"

靳向南的目光一亮，问道："为什么？"

俞莫寒道："假如死者生前处于精神正常的状态，觉得自己应该干干净净地离开这个世界的话，洗澡、换上一身新衣服才是正常的思维……"

靳向南提醒道："可她并不是一个正常人，她是一个精神病人。"

俞莫寒道："我假设她当时的精神是处于正常状态。那么，既然她想到了应该将家里的清洁做干净后再离开，那就更应该洗干净自己的身体，然后换上一身新衣服，可是死者只是做了客厅的清洁而且身上穿着旧睡衣。此外，这么多年来丈夫对她不离不弃，如果她当时的思维是清醒的，那就应该在临走前至少给丈夫留下点什么才合理，比如一句话，或者一盘录音录像等，这才符合一个人的正常心理。人非草木，孰能无情是不是？因此，从以上所有的情况来看，我认为死者生前的精神状态是很不正常的。如果是这样的话，那么新的问题就来了：一般情况下，精神分裂症患者发作的时候，可能会因为幻觉或者被害妄想而出现意外死亡，比如落水、坠楼等，但上吊自杀属于有意识的自主行为，如果死者当时正处于精神病异常的状态，那么她的自杀行为就很难解释得通，特别是她上吊时使用的绳子，那是用两根绳子系在一起的，因为一根绳子的长度太短。精神病人不可能具备这种清晰的思维能力和动手能力，所以我认为这极有可能是一起他杀案件。"

虽然俞莫寒说得有些复杂，不过靳向南还是听懂了，沉吟道："我觉得你的分析很有道理，可是我们必须讲证据，不知道俞医生对此有什么好的建议没有？"

俞莫寒笑了笑说道："也许，证据就在死者的丈夫那里，如果可以的话我想向他了解一些情况。"

靳向南有些好奇，同时也很高兴："当然可以，我亲自陪你去。"

秦伟因为妻子的去世这两天没有上班，一直待在家里。俞莫寒在进门之前看了那道防盗门一眼，随后才跟着靳向南进了屋。进门后他扫视了一下客厅，目光顿时就被墙上的那张遗像吸引了。

他从靳向南那里看过魏小娥的照片，不过那些照片都是她死亡后的遗容，脸部变形得很厉害。而此时遗像中的她看上去非常清秀，目光中也没有精神病人常见的那种呆滞。俞莫寒又将目光投向秦伟，发现眼前的这个男人竟然十分英俊，近一米八的个子，身材匀称，脸形棱角分明，从他的脸上看不出有多少悲痛，倒是伤感占了主要。

靳向南向秦伟介绍了俞莫寒的身份，说道："俞医生是我们请来协助调查这件事情的。"

秦伟朝俞莫寒点了点头，客气地道："辛苦你了，俞医生。"

俞莫寒对他很有好感，温言对他道："秦先生请节哀。我们只是常规性地来问你一些问题，希望你能够如实回答。"

秦伟摇了摇头，说道："她走了或许是一件好事，她和我们本来就不是一个世界的人。她活在我们这个世界里很孤独，也很痛苦。所以我并不感到悲痛，只是有些不舍。"

俞莫寒的内心顿时被他的话震动了，不禁问道："你真的能够懂她？"

秦伟淡淡一笑，说道："俗话说久病成医，我和她生活在一起这么多年了，怎么会不懂她呢？在她的那个世界里，有一半的时间充满着光明，如同传说中的童话世界，那里有身上长着漂亮翅膀的小仙女，有会说话的小白兔及各种可爱的小精灵；而另一半的时间却是阴云密布，那是一个恐怖的世界，有吃人的恶魔，有发出可怕叫声的巨兽及各种可怕的妖怪出没其中……而她，是那个世界里的一位勇敢的女战士，小仙女、小白兔和各种可爱的精灵都是她的朋友，她和他们一起沐浴在圣光普照的光明之中，她和他们一起勇敢地去和各种妖魔鬼怪搏斗……"

这就是精神病人的世界，只不过秦伟刚才的描述仅仅是他们的世界中的一个。俞莫寒问道："那么，你相信那个世界真的存在吗？"

秦伟点头："我当然相信，因为那是她的世界。可惜我进不去。"

俞莫寒感叹道："秦先生，你真是一个好丈夫，你的妻子能够遇见你真是一种幸运。"

秦伟却是满脸的伤感与愧疚："我做得不好，我没有那么多的钱让她接受正规的治疗，我没有能力请保姆照顾她的日常生活，只能每天将她反锁在家里。"

俞莫寒即刻就问："两天前，也就是出事的那天上午也是这样吗？你确定离开家的时候反锁上门了吗？"

秦伟点头："当然可以确定。"

俞莫寒又问道："我进来的时候注意到你们家安装的是防盗门，即使是你反锁了，她也应该可以从里面打开的啊。"

秦伟道："从里面打开的话必须要钥匙。小娥很听话，从来没有用钥匙去打开过房门。"

俞莫寒继续问道："难道你不担心她一个人在家里出什么事情？"

秦伟道："我不让她自己做饭，家里也从来不放打火机、火柴之类的东西，各种刀具都被我锁了起来，每天中午我一般都是从外面买饭菜回家，只有晚上的时候我才在家里做饭。"

俞莫寒又问道："那绳子，我指的是……那东西是你家的吗？"

秦伟点头，指了指客厅的窗帘："是窗帘的绑绳，做窗帘的时候商家配送的，我没想到她会用这个东西结束自己的生命。"

俞莫寒看着他："你真的相信她是自杀的吗？"

秦伟怔了一下，问道："你的意思是？"

俞莫寒即刻换了个话题："她平时都坚持吃医生开的药吗？"

秦伟又愣了一下,估计没有想到俞莫寒的话题忽然又变了。他点头道:"是的,情况不好的时候每天早、晚各一次。"

俞莫寒紧接着就问道:"那么,大前天她的情况正常吗?"

秦伟摇头:"不太正常,早上我醒来的时候发现她蜷缩在床角,满脸的恐惧,于是就急忙让她吃了药,我离开家的时候她好了许多,很听话地去餐桌那里吃早餐,我看时间有些晚了担心会迟到,就吩咐她吃完饭后不要管碗筷,等我回来后再洗。她没有回答我,不过我知道她听得见,也会听我的话。以前也有过这样的情况,都是我回家后才洗的碗。"

俞莫寒又问道:"平时她在家里做清洁吗?"

秦伟点头:"做的。她情况好的时候会做清洁,会使用洗衣机,偶尔还会看看书,她特别喜欢看童话故事,其次就是她以前上课时用的小学生课本。"

那应该在她神智比较清醒的时候,俞莫寒想,又继续问道:"她以前做清洁的时候出现过只做客厅清洁的情况吗?"

秦伟怔了一下,忽然就想起俞莫寒前面的那句话来,情绪一下子就变得有些激动了:"难道她真的是……"

俞莫寒看着他:"请你先回答我刚才那个问题。"

秦伟克制住自己激动的情绪回答道:"她做清洁的时候一般是先从厨房做起,然后是书房,卧室,最后才做客厅的清洁。有时候她在做清洁的时候情况忽然就不好了,所以就只做了一部分……俞医生,小娥她、她……"

俞莫寒依然没有回答他:"秦先生,还有最后一个问题需要你回答,你妻子以前有过自杀的行为吗?"

秦伟点头:"有过几次,不过那都是在她比较清醒的时候,她哭着对我说,与其这样拖累你,还不如我死了算了。我就对她说,你死了我怎么办?我们结婚的时候不是说过吗,无论发生了什么事情,这辈子我们俩都要白头偕老。然后她就哭,然后我就紧紧抱着她,一直到她的情绪完全平复下来。"

他的话有些像电影、电视剧里的台词,但此时此刻却一下子就感动了俞莫寒和靳向南。这就是真正的爱情啊,因为发自内心,所以才像台词一样动听。俞莫寒感觉鼻子酸酸的,继续着刚才那个问题:"也就是说,她以前只是口头上说过想要去死的话,或者说是她曾经有过自杀倾向,却从来都没有付诸实施。是这样的吗?"

秦伟再次点头:"可以这样说。"

俞莫寒又问道:"你家里的钥匙其他人有吗?"

秦伟摇头:"就只有我一个人有。刚才我已经说过了,其余的钥匙都被我放在了家里。"

俞莫寒将目光投向靳向南:"我的问题问完了,现在你应该有一个比较明确的答案了吧?"

秦伟也将目光转向了这位警察:"靳支队……"

靳向南走过去拍了拍秦伟的肩膀,说道:"我们会调查清楚的,你放心好了。"

"你能够确定他刚才所说的都是真话吗?"从秦伟家里出来,靳向南正在前面走着,忽然就转身问道。

俞莫寒点头:"我能够确定。"

靳向南的表情木然:"为什么?"

俞莫寒道:"他回答我每一个问题的时候目光都很坦然,而且他说出每一句话的时候表情与应有的情感流露完全一致。"他看了眼前这位警察一眼,继续道,"比如说你现在,虽然你的表情是木然的,你的眼神中却带着怀疑,而且其间瞳孔还收缩了一下,这说明你刚才忽然想到了什么。嗯,你究竟想到了什么呢?很可能就是,如果魏小娥真是他杀的话,那么凶手的作案动机又是什么呢?靳支队，不知道我这个分析有没有错？"

靳向南一下子就露出了惊讶的表情："你会读心术？"

俞莫寒急忙摆手道："我可没有那么厉害，心理学研究的范畴中有一门学科叫作微表情研究，这一门学科的研究者才算得上读心术的高手，我所掌握的不过是最肤浅、最表皮的东西，和他们比起来可就差得太远了。"

靳向南不以为然，看着俞莫寒，真诚地道："俞医生，这个案子有些特别，希望你能够继续协助我们做调查工作。拜托了！"

俞莫寒考虑到自己的时间和精力，歉意地道："我们医院的情况你可能有所了解，我尽量抽时间吧。"

靳向南问道："需不需要我给你们院长打个电话讲一声？"

俞莫寒想到院长早已表明了态度，摇头道："不用了，医院里面的事情我会尽量安排好的，如果你这边有什么事情的话我会想办法及时赶来。"

随后俞莫寒就与靳向南道别，准备乘坐公交车上山，忽然他想到这地方好像距离姐姐的律师事务所不远，穿过前面那条街就可以到达，而且此时已经临近中午，正好可以去蹭一顿午餐。

姐姐却不在办公室里，倪静告诉他，是被苏咏文约出去谈事情了。

俞莫寒问道："案子的情况怎么样？"

倪静笑了笑，说道："还不知道下一次开庭的时间呢，真是奇怪啊，上面的人好像并不着急，不过网上倒是越来越热闹了，加入论战的人也越来越多，特别是我们律师行业的，泾渭分明地分成了两派，一派质疑此案有官官相护的嫌疑，另一派强烈呼吁依法判决。对了，你不是回去上班了吗，怎么又跑到这里来了？"

俞莫寒就把魏小娥的案子说了一遍。倪静的神情变得有些奇怪，问道："高格非的事情你调查到什么程度了？"

俞莫寒很是不解："这二者有关系吗？"

倪静看着他道："万一有关系呢？"

俞莫寒心里一惊："你的意思是……不会吧？"

倪静提醒他道："高格非的事情你是不是发现了什么？"

俞莫寒摇头："没有啊，到目前为止我还依然没发现有用的线索呢。"

"那就奇怪了……"倪静低声嘀咕了一句，随即对俞莫寒说道，"那把最近两天调查高格非的情况说一下。"

俞莫寒随即就将情况告诉了她，当他讲到最后的时候心里猛然一惊，问道："你的意思是，那位滕校长？"

倪静点头道："这是最合理的解释。你们那位顾院长可是从这家医科大学毕业的，至于他和那位滕校长究竟是一种什么关系目前我们还不知道。不过高格非和滕校长之间的关系就不用多说了吧？"

俞莫寒有点不以为然，心想律师和警察这个行业的人果然多疑，这其中也包括那位靳支队长，也许这和他们的职业经常接触人性的阴暗面有着很大的关系。不过俞莫寒不想直接反驳倪静的这种分析，说道："无论如何我的调查都会继续下去的。"

倪静依然坚持自己的推论，说道："那样的话你们那位顾院长就会进一步加大你的工作量，让你根本就没时间去调查那件事，所以我建议你最好将接下来的调查工作转为地下，悄悄进行。"

俞莫寒摇头道："这种事情是没办法保密的，只要我继续调查下去，事情就一定会传到滕校长的耳朵里去。"

倪静想了想，点头道："这倒也是。可问题是……"

俞莫寒朝她摆了摆手，说道："走一步看一步吧，总之一句话：我必须把这件事情调查清楚。"

和倪静一起吃了中午饭后，俞莫寒就赶回了医院。他习惯午睡，结果却被路上的堵车耽搁了，使得他整个下午都在病房里昏昏欲睡，难受至极。临近下班的时候护士进来告诉他外面有人找，他只是不以为意地"哦"了一声，护士却神情怪怪地又补充了一句："是个女的，很漂亮，很精神。"

俞莫寒顿时就知道护士说的那个人是谁了，笑着赞扬了她一句："你的描述那是相当准确。"

苏咏文站在那里笑吟吟地看着俞莫寒，牛仔裤，白色T恤，皮肤白皙，身材妙曼。俞莫寒猜测是姐姐告诉了她自己回来上班的事，不过还是觉得惊讶："你怎么跑到这里来了？"

苏咏文道："下午没什么事情，忽然看到了一辆上山的公交车，于是就上来了。"

俞莫寒开玩笑道："你这是赶饭点跑到这里蹭晚饭来了吧？"

苏咏文不住地笑："回答正确。说吧，准备请我吃什么？"

俞莫寒为难地道："这上面可没有什么好的饭馆，要不我们下山去吃？"

苏咏文笑道："下山岂不是该我请客了？不行，就在这里吧，环境无所谓，味道好、有特色就行。"

俞莫寒也笑："那我们就去吃鱼吧，这山上就那家鱼庄稍微有点特色。"

其实鱼庄的环境也还不错，只不过这山上的流动人口实在是太少，即使到了正餐时间里面的客人也不是特别多。俞莫寒要了一处靠窗的位子，笑着说道："从这个地方可以看到山下的城市，风景极好，可不是没有安全感。"

苏咏文的脸微微红了，嗔道："没你这样的啊，抓住人家一次错就反复拿来讲。"

俞莫寒急忙道："开玩笑而已，别介意。"这时候服务员过来了，他吩咐道，"来你们这里最好的鱼，味道嘛……"他看着苏咏文，

"清汤、酸辣、麻辣，你喜欢哪种味道？"

苏咏文想了想，道："酸辣吧。"待服务员离开后才道，"这里最好的鱼是什么？"

俞莫寒道："当然是野生的鱼最好，至于究竟是什么品种的鱼那就要看运气了。"

苏咏文似乎并不关心这件事，看了看四周问道："长期在这山上上班，你习惯吗？"

俞莫寒笑道："有什么不习惯的？白天上班，下班后要么约几个同事出来一起吃饭，要么就在寝室里看看书什么的，这样的生活其实也很不错的。"

苏咏文看着他："你从来就没有过这是浪费生命的感觉吗？"

俞莫寒惊讶地看着她："怎么会有那样的感觉呢？大家不都是这样过日子的吗？我是医生，白天的时候和病人在一起，一周要值两到三次夜班，空闲的时候看看书，思考一些专业方面的问题，或者下山去图书馆查阅一些资料，我觉得自己的生活很充实。"

苏咏文顿时就笑了，说道："倒也是，每个人的职业不一样，性格和生活方式也各不相同，不过要是让我像你这样的话肯定早就辞职了。我可是一个坐不住的人。"

俞莫寒却不以为然："那可不一定。"

苏咏文不解地看着他："你为什么这样说？"

俞莫寒道："当年我刚刚上大学的时候曾经问过班上的同学，其实真正喜欢学医的人并不多，大概只占了三分之一左右。第一次人体解剖课之后，班上大部分的同学都非常不适应，我也是如此，一个多月没有吃肉，觉得恶心。然而我们班上那些同学后来百分之九十九的都做了医生，只有一个人后来弃医从商。由此可见，我们每个人的可塑性其实是非常强的。"

苏咏文点头道："你的话很有道理。这倒是一个不错的题目，今后有空的话我去做一个这方面的调查。题目就叫作《职业的梦想与现实》，太好了，就这么定了！"

俞莫寒暗暗觉得好笑：她的性格确实有些与众不同，想一出是一出。

他们的运气不错，服务员端上桌的居然是平常很少见的一种野生鱼，这种鱼刺少，肉质肥嫩。当然，价格也不便宜。

服务员点上燃气灶，以便一会儿可以煮一些素菜。俞莫寒问道："喝点酒吗？"

苏咏文道："万一喝醉了怎么办？"

俞莫寒笑道："为什么非要喝醉呢？"

苏咏文看了他一眼，复杂的眼神一闪而过，说道："那就少喝一点吧。"

俞莫寒建议道："他们这里的米酒味道不错，度数也比较低。"

"好。"苏咏文道，随即问道，"高格非的事情你调查得怎么样了？"

俞莫寒苦笑着说道："还没有结果呢，不过现在时间太紧张了，白天要上班，还被医院派去协助警方调查一起案子。说实话，我都已经没有多少信心了。"

苏咏文有些诧异的样子，问道："案子？什么案子？"

于是俞莫寒就把魏小娥的事情简单说了一下。苏咏文的表情变得有些奇怪，问道："你今天刚刚回来上班就被安排去协助警方调查这起案子了？"

俞莫寒点头道："是啊，怎么了？"

苏咏文问道："最近几天高格非的事情你调查到什么程度了？"

俞莫寒暗暗吃惊：她的反应怎么和倪静是一样的？难道……

他就说了昨天去拜访那位潘校长的情况，问道："你是不是觉得这里面有什么不对劲？"

苏咏文道："当然不对劲了。这是有人开始紧张了，与此同时，这也说明你的调查很可能距离真相不远了。不，还有一种可能就是有人担心你的调查触碰到了他们的罪恶，罪恶是最害怕见到阳光的，所以才试图通过这样的方式来转移你的注意力。"

此时，俞莫寒不得不开始正视此事了。苏咏文和倪静的看法不谋而合，这本身就说明了问题。他想了想，问道："如果真是这样，你觉得我应该怎么办？"

苏咏文思索了片刻，说道："如果我是你，就直接去拜访那位滕校长，这叫作打草惊蛇，然后再看看接下来会发生什么。"

俞莫寒顿时有些为难：倪静的建议和她完全相反，这件事情看来还得仔细斟酌一下才是。

此时苏咏文已经注意到了他的犹豫，问道："你觉得这样的方式不合适？"

俞莫寒摇头道："我考虑一下。苏记者，吃鱼啊，别光顾着说话。"

鱼的味道不错，吃到嘴里没有一丁点的泥腥味，而且酸辣的味道很浓，苏咏文吃下第一口后就再也停不下来了。米酒也很好喝，微甜中带有一种特别的芳香，两个人很快就喝完了一罐。俞莫寒问道："再来一罐？"

苏咏文看着他："一会儿你送我下山？"

俞莫寒道："好。"

结果两个人一共喝了四罐米酒，平均每个人两罐。米酒这东西喝起来觉得味道不错，不过后劲比较大，当两个人从鱼庄里出来时，被山上的风一吹就感到酒意有些上头，俞莫寒关心地问："你没事吧？"

苏咏文笑道："没事。"这时候又一阵风吹了过来，她禁不住打了个寒噤。俞莫寒担心地想过去拥住她，不过最终还是克制住了自己。

山上的路灯不像下面的城市那么明亮，街道也很清净，两个人慢慢朝公交车站的方向走，相互始终保持着不到一米的距离。俞莫寒没有说话，苏咏文也没有。

这样的沉默让两个人都感到有些尴尬，脑子里都在纠结着是不是应该主动开口打破这样的气氛，结果却是沉默一直在继续。不多时两个人就到了公交车站，下山的车还没有来，车站站牌下没有其他的人，就他们两个。还好不一会儿就看到公交车远远地来了，苏咏文开口道："俞医生，你就不用送我了，挺麻烦的。"

俞莫寒正准备说好，忽然就想起一件事情来，笑着道："我还是送你下山吧，你这么漂亮，我可不放心让你一个人回去。"

苏咏文有些气恼："我最烦别人拿我的相貌说事……"说到这里，她忽然就笑起来，问道，"我真的很漂亮吗？"

俞莫寒看着她很认真的样子："如果满分是十分的话，我可以给你打……"

苏咏文正等着他说后面的话，公交车进站了，就听俞莫寒紧接着道："我们上车吧。"

苏咏文被他的半截话憋闷得难受，不过此时却不好多说什么，上了车就顺势在前面一排的位子坐下，然后还特地朝着窗户的方向挪了挪。这是下山的最后一班公交车，车上的乘客没有几个，空着的位子不少，俞莫寒并没有坐到她身旁，而是到另一边前排的位子坐下了。苏咏文很是气恼，脸色变得冷起来，目光看向车窗外就再也没有转过来。

公交车沿着山路蜿蜒而下，车厢里一片宁静，俞莫寒忽然觉得自己应该对她说点什么，不仅仅是为了打破眼前这种令人尴尬的沉默："苏记者，谢谢你。"

宁静的车厢里忽然冒出这样一句话来，让苏咏文意外地一怔，刚才的气恼一下子就丢掉了大半，侧过脸去看着他："你谢我干什么？"

俞莫寒道："谢谢你来看我。"

苏咏文似乎有些明白了，轻声问道："其实你一个人在那上面还是觉得有些孤独的，是吧？"

俞莫寒点头："是的，我的朋友很少。不过我早已习惯了这样的孤独。"

苏咏文诧异地问道："孤独也可以习惯？"

俞莫寒笑了笑，道："孤独可以让我学会思考，还可以让我最大限度地去接近病人的世界，然后更懂他们，这样才可以达到我的最终目的，那就是治疗好他们。"

苏咏文的内心战栗了一下，刚才的不快早已烟消云散，她忽然发现这个叫俞莫寒的精神病医生是一个了不起的人，同时也是一个值得自己尊敬的人。尊敬？我为什么会想到这样一个词？

两个人说着话时间就过得快多了，半个多小时后公交车就到了站点。苏咏文就住在俞莫寒父母家附近，俞莫寒一直送到了她住处的楼下，正准备告辞，却听她忽然笑吟吟地问了一句："你究竟准备给我打多少分呢？"

俞莫寒笑着道："我给你打满分。苏记者，再见。"

说完他就转身离开了。苏咏文站在那里怔了好一会儿才有些明白他刚才那句话最可能的意思：完美无缺，只能欣赏，不可亵渎。

看着那个在远处慢慢消失的背影，苏咏文轻叹了一声。这是她第一次真的因为自己漂亮的容貌而感到苦恼。

也就是因为那句忽然冒出来的话让俞莫寒懂得了自己的内心。是的，苏咏文虽然漂亮，但并不适合自己。漂亮的女性往往自信而苛求，她们崇拜异性中的强者并渴望被征服，但倪静就完全不一样了，她知性而内敛，善解人意，因此她才是自己的最佳选择。

不过，如果有苏咏文这样的朋友倒是不错，不但可以在一起探讨一些很有意思的问题，而且赏心悦目。想到这里，俞莫寒不禁觉得自己有些可笑：这样的事情最多也只能想一想罢了，首先在倪静那里就通不过。

父亲听完儿子说的情况，沉思了一会儿说道："这件事确实有些奇怪，因为有些事情来得实在是太凑巧了，这个世界上哪来那么多巧合？纪晓岚说过这样一句话：物之反常者为妖。儿子，看来你确实触碰到某些人的忌讳了呀。"

听到父亲的看法与倪静和苏咏文完全一样，俞莫寒对自己的简单和愚蠢暗自惭愧，急忙问道："爸，您觉得接下来我应该怎么做才好呢？"

父亲看着儿子，沉声道："如果你坚持继续调查下去，说不定会有危险，而且你现在的精力和时间也确实非常有限，我看这样吧，接下来的事情就让我替你调查吧。他们的注意力都在你身上，不会注意到我的。这就叫作暗度陈仓。"

俞莫寒怎么可能让父亲去冒这样的风险，急忙道："只要去调查就一定会让对方知道，不可能真正做到保密的。况且我要调查的是高格非突发性精神病发作的根源，这可是需要一定的专业知识才能做到的，所以，这件事情只能由我继续调查。"

父亲又思考了一会儿，说道："那你就直接去拜访那位滕校长吧。暗暗在背后调查还不如将事情摆在明面上，这样一来，对方即使想要对你做什么也就不敢轻易下手了。"

俞莫寒顿时想起苏咏文的那句话来，问道："打草惊蛇？"

父亲点头，道："除了打草惊蛇之外，这样做还可以起到敲山震虎的作用。如果你们医院的那位顾院长真的和滕校长有着某种关系，他也就不得不考虑一下继续为难你的后果。"

俞莫寒觉得父亲的分析很有道理，点头道："好，那我接下来就去拜访那位滕校长。"

父亲提醒道："他很可能会拒绝见你，或者敷衍你。"

对于这样的事情俞莫寒倒是对自己很有信心，轻松地说了一句："他会答应见我的，想要敷衍我也不是那么容易的。"

第十三章
见面被取消

第二天一大早俞莫寒就上山了,早餐也是在医院的食堂里吃的,上班后处理完病人的事情就乘车下了山,既然顾维舟让他去配合警方,那么他正好就有了外出的理由。

下山后他直接去了城南刑警支队。昨天晚上父亲对他说这就是阳谋,即使是那位顾院长想从医院纪律的角度对他做些什么也抓不到多大的把柄。

"案子的调查有什么进展吗?"俞莫寒问靳向南。

靳向南皱眉,摇着头说道:"到目前为止还没有任何线索。"

俞莫寒又问道:"那么,靳支队是不是基本上确认了这是一起他杀案呢?"

靳向南依然摇头:"从昨天你的分析及死者丈夫所提供的情况来看,这很可能是一起他杀案,但我们只相信证据,在没有任何证据的情况下就很难立案侦查啊。"

俞莫寒惊讶地看看他,问道:"你的意思是说,如果一直找不到相关的证据，这起案件就以自杀的结论结案了？"

靳向南道："怎么可能呢？既然案件有疑点，那我们就会尽快去寻找证据，而现在问题的关键是，死者居住的那个地方是城市的老区，摄像头极少，而且很多都坏掉了，我们很难通过监控录像发现有用的线索。此外，死者对面的那套房子早已被出租出去，是一家公司存放货物的仓库，平时根本就没有人住在里面，而楼上和楼下的邻居都不能向我们提供任何有用的线索。就目前的情况而言，如果我们依然找不到这起案件是属于他杀的任何证据，就只能暂时将它列为悬案放到一边了。"

俞莫寒觉得有些不可思议，道："有时候证据也是在推理的基础上才可以寻找到的吧？"

靳向南苦笑着道："确实是这样。如果从推理的角度讲，首先我们得假设这就是一起他杀案，那么接下来的问题就是：凶手是如何进入房间里的？另外，凶手又是如何做到让受害者毫不反抗就乖乖地挂到了那上面去的？你要知道，经过法医鉴定，死者的身上没有任何外伤，而且确实是因为上吊窒息死亡的。因此，如果这两个问题得不到合理的解释，那么接下来的推理和调查也就会变得毫无意义。"

听他这样一讲俞莫寒就明白了，这说到底还是因为他们根本就不了解精神病人所处的那个世界究竟是什么样的。俞莫寒道："或许我可以解释这两个问题。"

靳向南的目光亮了："哦？说来听听。"

俞莫寒道："第一，如果是我的话，想要叫开受害者家的门或许并不难。昨天我已经注意到，秦伟家的防盗门比较特别，上面开有一个小窗，那是为了他妻子一个人在家的时候万一遇到危险可以通过那个地方向外面呼救。所以，如果我是凶手的话就可以通过那个小窗朝里面呼喊，你好，我是小精灵，我是来找你玩的，快开门啊。或者快开门啊，我是小仙女，后面有魔鬼在追我……在这种情况下受害者就会彻底忘记丈夫的叮嘱，毫不犹豫地去找到钥匙打开房门。"

靳向南是听过秦伟关于精神病人世界的描述的，点头道："这样的猜测是可能成立的，如果事实真是如此的话，那么这个凶手就一定是知道魏小娥病情的人。"

俞莫寒点头道："是的。如果不是这样的话，想要在短时间内获得精神正处于异常状态的魏小娥的信任是非常困难的。"

靳向南紧接着他的话说道："也就是说，凶手有可能是知道魏小娥病情的医生，也有可能是与这个家庭走得比较近的人。"

俞莫寒点头："是的。"

靳向南皱着眉头问道："可是，凶手的杀人动机呢？难道凶手是被人指使的？"

他这是在怀疑秦伟。俞莫寒诧异地问道："你为什么会得出这样的结论？"

靳向南道："防盗门上那个小窗似乎并不必要吧？如果魏小娥真的遇到了紧急情况，她完全可以跑到阳台呼救啊。而且我也注意到了，他们家的防盗门好像是新的。"

俞莫寒摇头道："从魏小娥的病史我们可以发现，每当她病情发作的时候，如果没有及时服用药物就会表现出躁狂的症状。正因为如此，秦伟家里几乎没有像样的电器，里面的家具大多破损得厉害，而且看上去成色都还比较新。防盗门非常坚固，很难损坏，在使用了许多年后最近刚刚更换反而是一件很正常的事情。还有就是，当家里发生火灾的时候，我们的第一反应往往是去打开家里的大门而不是朝阳台那里跑，这是应激反应使然，因为在我们每个人的潜意识里那是唯一的安全通道。而精神病人的应激反应和正常人是一样的，有时候反而比正常人更加敏感。秦伟在街道办事处工作多年，肯定亲临过不少火灾现场，他应该比其他人更懂得这方面的知识。当然，有关这方面的疑问你们完全可以去听听他本人的解释，首先排除对他的怀疑也是必需的。"

靳向南即刻叫来两个警察，吩咐他们马上去一趟秦伟那里，随后问俞莫寒："如果凶手不是秦伟指使的话，那么这起案件的杀人动机又会是什么呢？"

俞莫寒摇头道："关于这个问题，到目前为止我也没有想明白。"

靳向南只好暂时将这个问题放下，问道："关于第二个问题的解释呢？"

俞莫寒道："如果第一个问题的解释成立，那么第二个问题的答案也就呼之欲出了。"

靳向南有些明白了："还是以叫开门那种方式？"

俞莫寒点头道："精神分裂最常见的症状就是幻觉，而且魏小娥的情况正是如此。凶手将两根窗帘的绑绳连接在一起挂到电扇的挂钩上，然后诱骗魏小娥站到凳子上……"这时候他的语气忽然变得怪异起来，"小娥，只要你将头伸进那个圆圈里去，就可以像仙女们一样飞起来了……"

和很多人一样，靳向南小时候也听过吊死鬼找替身的故事。这一刻，他禁不住打了个寒战，背上的寒毛瞬间炸裂开来，苦笑着对俞莫寒道："你用不着模仿得太过逼真，我能够听懂你想表达的意思。"

俞莫寒笑了笑，说道："靳支队，虽然我并不认为秦伟有作案的嫌疑，但我觉得这个案子的线索还是应该从他那里去寻找。"

靳向南心里一动："俞医生愿意和我一起去吗？"

俞莫寒还挂记着高格非的事情，摇头道："你们本来就是这方面的专家，接下来的事情我就不参与了。"说到这里，他低声请求道："我好不容易才下趟山，想借此机会去看看女朋友。如果我们院长打电话来问我的去向，还请靳支队帮我遮掩一二。拜托了！"

靳向南哈哈大笑，说道："你放心好了，没问题。"

从城南刑警支队出来后，俞莫寒就给滕奇龙发了一条短信："滕校长，我准备和晨报的记者一起来拜访您，不知道您现在是否有时间？"

对方没有回复。间隔了两分钟后他又发了一条短信："滕校长，晨报的记者忽然有其他的事情不能前去拜访您了，现在我一个人前来可以吗？"

这是俞莫寒早就想好的策略。他仔细分析过，如今高格非的事情在新闻媒体上闹得沸沸扬扬，而他自己的名字也多次出现在其中，滕奇龙肯定知道自己请求拜访的目的是什么。毕竟高格非曾经是滕奇龙的秘书和校办主任，在这样的情况下滕奇龙是绝不会轻易接受任何记者采访的。而俞莫寒的目的是告诉滕奇龙：自己调查高格非的事情还有他人知晓，这样的话对方也就不敢轻举妄动，从而就可以最大限度地保障自己的安全。此外，第二条短信特地说明记者已经取消了前去拜访的请求，就可以让对方从心理上解除高度戒备的状态，反而容易接受他一个人的单独拜访。

原本一块钱的报纸变成了十块钱一份，这肯定让人无法接受。而紧接着向同一个人推销一台原本价值一万元的电脑，告诉他说涨了一百块钱，这样的情况接受起来也就容易多了。这就是心理学中的"贝勃定律"，指的是当一个人在经历过强烈的刺激之后，再施予的刺激对他来讲就会变得微不足道。

果然，不一会儿就有电话进来了。不过这个电话是顾维舟打来的，他直接就问道："小俞啊，你现在在什么地方呢？"

这绝不是巧合。俞莫寒更加坚信了倪静、苏咏文及父亲的分析，回答道："我在城南刑警支队啊，正在和靳支队长讨论案情呢。"

顾维舟语气淡淡的："是吗？小俞啊，你可是医院的骨干，主要精力还是应该放在自己的主业上才是。你说呢？"

俞莫寒在心里冷笑着，说话的语气却依然恭敬："不是您让我来协助警方调查这起案件的吗？那好吧，从现在开始我就不再理会这样的事情了……"这时候只见靳向南正从里面出来，俞莫寒急忙将手机朝他递了过去，"靳支队，我们顾院长的意思是……"

靳向南见俞莫寒不住在朝自己眨眼，心中暗笑，接过电话道："顾院长啊，这个案子没有俞医生可不行，如今在他的帮助下案情才刚刚有了些进展，帮助我们警方破案也是公民的一种义务是不是？"

顾维舟急忙道："靳支队长，我也就随便问一下小俞的情况，他毕竟是我们医院的医生么。"

靳向南趁机道："这起案子非常特殊，俞医生的专业知识给予了我们很大的帮助，顾院长，你就把俞医生暂时借给我们一段时间吧，等案子破了我一定亲自上山去给你们医院送锦旗。"

顾维舟为难地道："这个……"

靳向南"呵呵"笑了两声，又说道："顾院长，我知道您很为难，要不我去请刑警总队的领导亲自给您打个电话？"

顾维舟可不想把事情搞得太过复杂了，急忙道："那倒是不用。好吧，那就让俞医生继续协助你们吧，不过时间不能太长，我们医院的医生实在是太少了，希望靳支队长多多体谅我们的难处才是啊。"

靳向南连声道谢后就挂断了电话，低声问俞莫寒："你在搞什么？究竟怎么回事？"

俞莫寒知道眼前的这个刑警支队长可不好糊弄，将他拉到了一边后把自己正在调查高格非的事情对他讲述了一遍。这两天接触下来，俞莫寒觉得靳向南这个人还不错，想了想，又把自己心里的怀疑都告诉了他。

"原来是这样。"靳向南顿时就笑了,"最近的案子太多,我很少看新闻,想不到你还是个名人。我看这样吧,你就安心协助我们办案,医院那边我去应付。不过你不能把全部的精力都用在高格非的事情上,这也算是我的条件吧。"

俞莫寒大喜:"没问题。"

靳向南又道:"现在你还是先和我一起去一趟秦伟那里吧,我觉得你的提问非常有技巧,说不定能问出点什么呢。"

俞莫寒看了看手机,发现并没有滕奇龙的回复短信,只好点头应承:"那,好吧。对了,先前去的那两位警官询问的结果如何?"

靳向南看向俞莫寒的目光中带着赞赏,说道:"秦伟的解释与你的说法差不多。由此看来,想要破获这个案子还真是不能缺了你啊。俞医生,拜托了。"

在和靳向南去往秦伟那里途中,俞莫寒的手机收到了滕奇龙的短信,短信的内容很简短:"下午三点,我办公室。"

俞莫寒很是高兴,此时也就可以安下心来仔细思考眼前这个案子了。

还是在昨天来过的这个家里,先前来的那两个警察也在。俞莫寒发现秦伟的嘴唇干裂得厉害,眼眶也有些凹陷,这是轻度脱水的表现。俞莫寒有些后悔昨天向他透露魏小娥可能是他杀的信息,他叹息了一声后温言对秦伟说道:"逝者已去,活着的人还得好好活下去。心情再不好也应该吃东西啊,至少得多喝水才是。"

靳向南对其中一个警察道:"去给他买一盒牛奶,还有面包。"

俞莫寒加了一句:"最好是酸奶和蛋糕。他的心情不好,胃肠道一直处于被抑制的状态,酸奶和蛋糕更容易消化,同时还有助于胃肠道功能的恢复。"

那个警察去了。俞莫寒去饮水机那里倒了一杯水递给秦伟:"先喝点吧,接下来我还要问你一些问题呢。"

秦伟点了点头,可是最终只是喝了小半杯水就放下了。他问道:"小娥她真的是他杀?"

俞莫寒点头:"很可能,所以我们才需要你提供更多的情况。"

秦伟的手一下子就捏紧了,沉声问道:"她就是个病人,而且被我长时间关在家里,从来都不去招惹他人,究竟是什么人竟然会残忍到向一个病人下手呢?"

俞莫寒没有回答他这个问题,而且他也无法回答。他问道:"你妻子病情发作的时候难免会影响到周围邻居们的生活,他们当中是否有人曾经来找你吵闹过,或者表示过不满?"

秦伟摇头道:"多年前是有邻居来找过我,他们主要是担心小娥对他们造成危险。我也就是从那以后才开始将小娥反锁在家里。不过那一批邻居早就搬离了这个地方,我们家周围的房子好多都变成了一些公司的仓库,剩下的房子里住的大多是在歌城、夜总会上班的。这些人一到晚上就出门了,大半夜的时候才回来。小娥病情严重的时间大多在晚上九十点钟,对她们造成不了多大的影响。"

原来是这样。俞莫寒又问道:"在你周围的人当中,有哪些人比较熟知你妻子的病情?"

秦伟没有完全明白他这句话的意思:"熟知?"

俞莫寒急忙补充道:"就是和你一样了解或者懂得你妻子病情发作时状态的人。"

秦伟听明白了,想了想后回答道:"小娥以前的医生肯定了解,除此之外就是我家里的人了。小娥的父母多年前就离婚了,后来她父亲去了国外,从此就再也没有回来过。她母亲也在多年前因为精神病发作意外去世。俞医生,你这话是什么意思?我家里的人怎么可能害小娥呢?"

或许这也是秦伟对魏小娥一直呵护有加的原因之一吧！俞莫寒在心里暗自叹息，问道："那你的意思是，你妻子以前的医生最有可能了？"

秦伟连忙摆手："那就更不可能了，小娥是他的病人，这么多年来我都是去找他开药，他根本就没有害我们家小娥的道理啊。"

俞莫寒继续问道："你家里还有哪些人？"

秦伟犹豫了一下，还是回答了他这个问题："我父亲三年前去世了，现在家里就我母亲和我姐。她们都不可能的，我母亲和我姐一直都很喜欢小娥，每次见到小娥的时候都会流泪。"

那可不一定，同情与现实在很多时候也会产生尖锐的冲突。这一刻，俞莫寒忽然就想到了自己的父母和姐姐，特别是自己的姐姐，她曾经因为误会倪静而闹出了那么大的动静，这说到底还是因为后代延续的问题使然。总之，千万不要小看中国人传统观念中隐藏着的巨大能量。想到这里，俞莫寒又问道："你母亲和姐姐有你家的钥匙吗？"

秦伟满脸不悦，摇头回答道："没有。我说了，她们根本就不可能做出那样的事情来，她们都没有住在这个城市，而且最近也一直没有来过这里。"

俞莫寒又问了一句："魏小娥出事已经三天了，你母亲和姐姐为什么没有到这里来呢？"

秦伟脸上的肌肉抽搐了一下，回答道："我还没有告诉她们，因为我暂时不想让她们知道。"

俞莫寒道："为什么？"

秦伟摇了摇头，不说话。不过此时俞莫寒已经有些懂了：一旦母亲和姐姐知道了魏小娥已经离开这个世界，很可能会马上张罗着给他介绍新的对象，毕竟他是家里唯一的儿子，身上负有传承血脉的责任和义务。而对于秦伟来讲，他现在最需要的是时间。是的、他需要时间去消化心中的悲痛与不舍。

"你这是在看什么？"从秦伟家出来，俞莫寒抬起头用手遮挡着额头，眯着眼去看天空中白晃晃的太阳，靳向南也朝天空看了看，顿时就被明亮的阳光刺得双眼痛，心里不禁有些后悔，不过更多的倒是好奇，忍不住问了一句。

俞莫寒收回了目光，随即说了一句让靳向南觉得莫名其妙的话："一位搞物理研究的朋友曾经告诉过我，从太阳到地球这段距离的真空中是没有温度的，可是我们所生活的这个地球始终处于相对恒温的状态，你知道这其中的原因吗？"

靳向南是从警察学院毕业的，哪里知道这个，他摇头反问道："是为什么？"

俞莫寒笑了笑，说道："这是因为太阳是通过辐射将热量传递到地球的，真空中没有任何介质，所以也就没了温度，而地球上有水，有大气层，等等，这些东西就是介质，它们的作用就是将太阳辐射到地球的热量保存下来。"说到这里，他的话题一转，"秦伟告诉我们，真正了解魏小娥病情的人就只有那位医生和他的家人，假如那位医生和秦伟的家人都不是凶手的话，那么他们都有可能是传递魏小娥病情的那个介质。因此，接下来我们应该找他们了解情况才是。"

靳向南皱眉："这样一来的话，我们接下来需要调查的范围是不是太大了些？"

俞莫寒摇头道："不管怎么说我们首先得排除那位医生及秦伟的母亲和姐姐的嫌疑。如果他们的嫌疑都被排除了，接下来需要调查的范围也应该不会太大。我相信医生大多是有职业道德的，一般情况下不会将病人的情况讲出去，最多也就是在与同事或者同行的交流中会提到。不过魏小娥的病例并没有什么特别之处，所以这样的可能性应该不大。此外，就秦伟的母亲和姐姐而言，儿媳、弟媳患有精神病并不是一件值得到处宣扬的事，因此，她们对此事进行广泛传播的可能性也应该比较小。"

靳向南深以为然，心里暗暗赞叹：这个精神病医生看似年轻，想不到竟然对人心和人性了解得如此深入。他想了想，说道："我看这样，这两个地方的情况还是请你亲自去调查一下，我这边给你派个人随行。"

如今人家都已经替自己请好了假，俞莫寒当然不好拒绝："没问题。不过秦伟的母亲和姐姐那里我只能明天去了。"他看了看时间，"我现在先去魏小娥的主治医生那里。"

靳向南急忙叫过来一个警察，吩咐道："小冯，你就陪同俞医生一起去吧。明天早上去开队里的那辆越野车，一路上你一定要照顾好俞医生。"

魏小娥当时是在医科大学的附属医院精神科接受的治疗。一般来讲，综合性医院是很少设置精神科的，毕竟这一类病人多多少少会对其他病人造成一些影响，不过医科大学的特殊性在于必须要考虑学生教学与实习的需要，也正因为如此，不少病人家属会选择这个地方，在他们看来，教学医院的医疗技术水平是其他医院很难比拟的。

不过俞莫寒并不这样认为。当初他回国的时候就没有选择这个地方，因为他深知医生这个职业想要有所成就就必须具备丰富的临床经验，而临床经验的基础是大量的病源。医科大学的精神科仅仅是为了学生的教学和实习而设立的，规模不可能太大，病床数量极其有限，而且还是按照教科书上的内容选择性地收住症状比较典型的病人。作为一名医生来讲，长期在那样的地方工作技术一般不会提升太多。

附属医院的精神科位于内科大楼的后面，是一栋两层楼的低矮楼房，粗看之下倒是与前面的内科大楼浑然一体，不过从风格上看，这个地方应该是二十世纪七八十年代的建筑，只不过后来被穿上了一层花岗石的外衣。精神科进出的大门开在建筑的侧面，是一道厚厚的全封闭式铁门。俞莫寒摁了一下铁门旁边的按钮，不一会儿就有人打开了铁门中间的小窗，小冯将警官证递了过去，同时说明了来意。铁门"哐啷"一声打开了，一位穿白大褂的中年男医生热情地道："欢迎冯警官，欢迎俞医生。你们要找的夏医生就在前面的医生值班室，我这就带你们过去。"

俞莫寒以前来过这里，他当初刚刚回国的时候，正是因为到这个地方来参观后才放弃了在这家附属医院工作的念头。这个两层楼的精神科一楼是主任办公室、医生办公室和护士站，二楼是病房，总共也就二十来张床位的样子。不过对于当初的秦伟来讲，选择这个地方让妻子接受治疗确实是一种最佳选择。

夏医生是一位中年男子，他听了魏小娥死亡的事情后顿时大吃一惊，问道："怎么会出这样的事情？"

俞莫寒道："从目前的情况看，警方认为她的死很可能是他杀。"

夏医生更是吃惊："他杀？"

俞莫寒点头道："是的。"随即将魏小娥死亡现场的细节及自己的分析都讲了出来。

夏医生一直仔细听完，才道："我赞同你的分析。不过我不相信这个病人的丈夫会是凶手，这么多年了，他一直对自己的妻子悉心照顾，每次都是他亲自带病人到我这里来复诊，到了药物将要服用完的时候他一定会出现在我面前。有些事情坚持几个月、一两年容易，长期如此却是一件非常困难的事情。"说到这里，他朝俞莫寒笑笑："俞医生，我听说过你。想不到你现在还有精力帮警方调查这样的案子。"

俞莫寒苦笑道："您说的是高格非的事情吧？"这时候他心里忽然一动，问道，"我们顾院长和你们学校的滕校长是什么关系，你知道吗？"

夏医生看了看左右，低声道："你们顾院长和滕校长是大学同学。后来滕校长到省卫生厅工作，一直做到副厅长，医科大学的前任校长出事后他就调到我们学校来了。"

原来是这样。俞莫寒又问道："夏医生，有关魏小娥的病情，您对其他人讲过吗？"

夏医生一怔，他没想到，自己刚才也就是那么小小地八卦了一下，竟然招来了对方的怀疑，顿时就有些恼怒："俞医生，你这话是什么意思？"

俞莫寒知道对方是误会了，急忙解释道："您想想，既然魏小娥是他杀，而知道她具体病情的人却又非常少，您肯定不是警方怀疑的对象，那么凶手究竟是从什么地方知道的呢？"

夏医生还是有些不高兴，说道："魏小娥所患的是最常见的遗传性精神分裂症，像这样的病例我们这里比比皆是，既然有现成的病人，我怎么可能用这样一个老病例作为教学对象？此外，我是一名精神病医生，替病人的隐私保密是我们最起码的职业道德。"

确实如此，像这样的病例即使是作为谈资都不会被一个专业医生拿来使用。俞莫寒歉意地道："夏医生，对不起，我只是协助警方在调查这起案子，前来拜访您也只不过是例行性地排除某些可能。谢谢您给我们提供了这些情况，如果我的话语中有得罪的地方还请您谅解。"

夏医生这才释然了许多，俞莫寒向他告辞的时候，他还亲自将他们送到了那道铁门边。

从医院出来后，俞莫寒让小冯回去向靳向南汇报刚才的情况，同时和他约定了第二天出发的时间。小冯离开后俞莫寒就直接去了姐姐的律师事务所，倪静也在，三个人一起吃完午餐已经是中午一点半过后，随后俞莫寒就上了去往医科大学的公交车。公交车的速度有些慢，经停的站点比较多，正好可以在车上午睡一会儿。

到达医科大学大门外时还不到两点半，俞莫寒就站在阴凉处等着约定时间到来。时间过得非常慢，他觉得已经过了很久，结果一看腕表才发现自己只是在这个地方站了不到三分钟。正处于暑假模式的医科大学大门外行人很少，毫无风景可看。他觉得自己不能继续站在这里了，否则就会继续陷于时间错觉中经受度日如年般的煎熬。

于是他就走动起来。前面不远处有一家超市，到里面转了一圈，出来后看看时间发现已经过去了十来分钟，又进了附近一个书店，拿起一本书看了会儿。嗯，时间差不多了，他掏钱买下那本书放进随身的包里，再次朝医科大学的大门走去。

医科大学的行政楼就在距离学校大门不远处，保安却不让俞莫寒进去。俞莫寒拿出身份证和工作证给保安看了，保安还是先前的态度，说："学校正在放假，不接待外来人员，如果有什么紧急的事可以通过电话与相关的科室联系。"

俞莫寒再次解释："我和你们滕校长提前约好的，他正在办公室等我。"说着就拿出手机让保安看滕奇龙的那条短信。

保安却说："我从早上到现在一直都在这个地方，根本就没有看到滕校长进去。"

俞莫寒看了看腕表，时间马上就下午三点了。他只好站在那里等候。于是，他再一次陷入时间的错觉之中，无奈而痛苦地忍受着时间慢慢流逝的煎熬。

天气越来越热，不远处知了的聒噪声更是让人心烦，时间一分一秒地过去，坐在开着空调的值班室里的保安有些同情地看着他。

俞莫寒看了好几次时间，终于过去了半个小时，却依然没有等到滕奇龙的到来。这时候他才感觉不大对劲，一边远离保安室一边拿出手机拨打。对方的电话是通的，可是没人接听，过了一会儿再次拨打依然如此。当他第三次拨打过去的时候，电话里传来了一个冷冷的声音："如果你再打电话来骚扰，我就马上报警。"

俞莫寒急忙道："滕校长，我是俞莫寒，我和您约……"

"我不认识你。我说了，你再打电话来我就报警。"电话里的那个声音更加冰冷，而且随后就直接挂断了电话。

俞莫寒目瞪口呆，站在那里一时间想不明白究竟发生了什么。

"看来我们都小瞧了这位滕校长啊。"父亲看着儿子，感叹地说了这样一句话。

俞莫寒依然没有想明白其中的缘由，问道："爸，这究竟是怎么回事啊？"

父亲点上烟，说道："其实我已经告诉过你，想要让一位大学校长接见你并不是件容易的事，更何况还事涉高格非这样一个十分敏感的案子。不过你的方法和策略都没有问题，你所说的那个什么贝勃效应也应该是起了作用的，否则对方也不会给你回复那条短信。"说到这里，父亲深吸了一口烟，"如果这位滕校长是一位真正的学者，说不定你今天就可以见到他了。"

俞莫寒更是疑惑："爸，这又是为什么呢？"

父亲笑了笑，说道："因为真正的学者相对来讲比较单纯，心机不会太诡诈。然而这位滕校长却是一位从普通职员一步步升到医科大学校长的角色，不知道经历了多少诡谲和钩心斗角。所以，当他感觉到你的调查已经触及他时一下子就紧张起来。一个人在紧张的状态下就容易出错，这也就是他试图通过顾维舟控制你的缘由。然而他很快就意识到了自己所犯的错误，甚至可能会因此而责怪他自己和顾维舟的愚蠢。他已经十分清楚,你识破了顾维舟的举措背后的真实意图,在这样的情况下他是绝不会向你示弱的,于是就干脆取消了与你的见面。"

俞莫寒还是有些不明白:"可是,事情总有曝光的那一天啊,他现在躲避可不是最好的办法。"

父亲朝他摆手,说道:"事情哪有那么简单?他可是医科大学的校长,如果没有要求,他完全可以不回答任何人的问题,即使记者想去采访,他也完全可以拒绝。在这样的情况下,你一个小小的医生又能奈他何啊……"

俞莫寒顿觉信心大失,郁闷地问道:"那,接下来我应该怎么办?"

父亲思索了片刻,说道:"没有别的办法,只能继续从外围去了解更多的情况,然后将触角慢慢伸向这位滕校长。这就如同用一根绳索先在他周围画圈,在不知不觉中一点一点地将绳索收紧,只要绳索收紧到了一定程度,他也就避无可避了。"

俞莫寒苦笑着说道:"可是,我哪来那么多的时间?"

父亲微微一笑,说道:"那就是你自己的事情了。"

第十四章
只是一枚棋子

第二天早上八点刚过,小冯将车开到了俞莫寒父母家的楼下,两个人随后就出了城。秦伟的母亲和姐姐住在距离省城近两百公里的一个县城里面,俞莫寒计算过,一去一来再加上交谈的时间,这一整天也就差不多过去了。

上车后俞莫寒还是给顾维舟打了个电话,告知他自己今天不能去医院的原因。虽然现在他已经知道了顾维舟与滕奇龙的关系,不过还是不想将事情搞得太僵,以免出现什么新麻烦。

顾维舟的语气有些淡漠:"我知道了。"

听到电话里对方挂断了电话,俞莫寒在心里叹息了一声。在高格非的事情出现之前,他一直觉得医院里的工作氛围还很不错,谁知道真实的情况并不是自己以为的那样。他很不喜欢自己现在的这种工作环境,非常不喜欢。

也许是因为心情糟糕,俞莫寒一直都没有说话,从一开始的闭目养神很快就真的睡着了。小冯也就专心致志地开车,两个多小时后就到达了目的地。

秦伟的母亲和女儿女婿住在一起。按照中国人的传统，老人一般是跟着儿子养老的。俞莫寒从这件事情上也感受到了秦伟内心存在的另外一种压力——因为妻子的病情他不得不放弃孝道。如果从这样的角度去分析魏小娥的死因，那么秦伟的嫌疑无疑是最大的，然而俞莫寒更愿意相信自己的判断。他相信秦伟，同时也相信爱情和白头偕老的誓言。

秦伟的姐姐秦霞是县气象局的工作人员，姐夫帅时伦是移动公司的副经理，家里的条件不错，住着四室两厅的房子。俞莫寒和小冯到达的时候老太太正在做饭，因为小冯警察的身份，老太太对两人倒是没有多少戒备，不过好奇心还是有的。两个人进屋坐下后老太太就问："两位同志要找我们家时伦还是小霞？他们都还没下班呢。"

一听老太太这话，俞莫寒就感觉到这个家庭应该比较和谐，直接说道："我们是专程来找您的，您的儿媳妇魏小娥死了，我们是来了解有关情况的。"

老太太浑身一哆嗦："死了？什么时候的事？"

俞莫寒道："三天前。就在您儿子的家里，看上去像是自杀。"

老太太似乎没有完全听明白他的话，自顾自在那里念叨着："怎么就死了呢？死了也好。我那儿子就是不听话，当年非得娶她，我和他姐姐反复劝他他也不听，耽误了这么多年不让我抱孙子。他们也不能生孩子是么，生下来的孩子今后也一样是精神病么，医生都这样说了的是么……"

老太太念叨的过程中俞莫寒一直看着她，并没有发现她脸上的悲伤，反而带着些许的怨念，于是就问道："秦伟说，其实您还是很喜欢这个儿媳妇的，是吧？"

老太太朝他摆着手："不喜欢又能怎么样？他非得娶那个女人，怎么说都不听，只好随便他么。不听老人言，后悔的是他自己。他的那个家哪里像个家啊，我都懒得去。没办法，儿大不由娘么。"

俞莫寒又问了一句："现在魏小娥死了，您高兴吗？"

这句话让旁边的小冯听了都觉得有些诧异和不舒服，不过老太太却说："话可不能这样说，怎么可能高兴呢？毕竟那是我媳妇。不过她死了也好，免得继续耽误我儿子。两位同志，这可不是我自私的话，我儿子当年可是大学生呢，你们去看看他那个家，看看我们家秦伟这些年过的日子……唉！"

这时候俞莫寒忽然就说了一句："魏小娥是被人杀害的。"

老太太顿时一激灵："啊？这怎么可能？"她忽然反应了过来，"我儿子是不可能对她做那种事的，他一直都那么喜欢小娥。"

俞莫寒随即就问了一句："那么，您认为谁最可能是凶手？"

老太太不住摇头："我怎么会晓得呢？我家小伟肯定不会对她做那种事的，要做的话早就做了，你们说是不是？不，不，他根本就不会那样做。"这时候她忽然想起一件事情来，"我得去做饭了，外孙回来吃不上饭会不高兴的。两位同志，你们坐一会儿啊，我这就打电话让小霞回来。"

说着，老太太就拿起老人机开始拨打电话："小霞啊，你快回来，家里来了两个警察。小娥死了，他们是来做调查的，说小娥是被人害死的……那你快点啊，我要做饭呢，不然你儿子一回来又要嚷嚷，害得我头疼……"放下电话后，老太太就歉意地对二人说道，"你们坐会儿啊，小霞马上就回来了。"

俞莫寒道："您去忙吧。老人家，您外孙多大了？"

老太太的脸上绽开笑容，回答道："十六了，上高中呢。你们坐会儿啊，我去做饭，你们中午就在家里吃饭吧，我多做两个菜。"

看着老太太进了厨房，小冯低声问道："俞医生，你觉得老太太的话可以相信吗？"

俞莫寒点了点头，说道："我觉得应该可信。不过老太太并不像秦伟所说的那样真的喜欢魏小娥，只不过是因为劝说儿子无效迫不得已罢了。在老太太的潜意识里，魏小娥的死还是让她感到高兴的。你注意到没有，刚才她和女儿通电话的时候说了那样一句话：不然你儿子回来又要嚷嚷。她说的是'你儿子'而不是'我孙儿'或者是直呼其名……"

小冯不解："这有区别吗？"

俞莫寒道："当然有区别。'你的'和'我的'这两个词就反映出了两种截然不同的亲疏关系。在老太太的潜意识里，只有秦伟的孩子才是她的直系血脉，这其实是一种传统意识的悄然显露。"

小冯不住点头："嗯，你说得很有道理。不过我听你刚才的话好像基本上排除了老太太的嫌疑，是吧？"

俞莫寒点头："有些事情，很多人可能会那样去想，那样去希望，真的要去做的话却不大可能。杀人是人类动物属性的极致爆发，是一个人疯狂或者自私到了极点才会做出来的事情。"

两人正低声闲聊着，秦霞回来了。秦霞个子高高的，模样却比较普通。俞莫寒觉得秦家最优秀的基因都集中在了秦伟的身上，不过也由此可以感受到老太太曾经经历过多么大的失望。

秦霞一进门就不停向俞莫寒和小冯道歉，小冯作了自我介绍，同时也告诉了她俞莫寒的身份。秦霞这才知道俞莫寒是一位精神病医生，心里虽然觉得有些奇怪不过也并没有十分在意，只是急切地问道："小娥她真的……"

小冯点头。秦霞一跺脚："小伟也真是的，出了这么大的事怎么就不告诉我们一声呢？"

俞莫寒看着她："你应该知道他为什么不马上告诉你们这件事，

是吧？"

秦霞愣了一下，这才想明白了，叹息着："我这个弟弟，他怎么就那么傻呢？"

俞莫寒依然看着她，问道："你似乎不大关心魏小娥的死因？"

秦霞再次愣了一下，脸上的表情有些尴尬，这才问道："小娥她、她真的是被人害死的？"

俞莫寒非常注意地观察着她的表情，问道："关于魏小娥发病后的具体情况，你都知道些什么？"

秦霞回答道："我见过她发病时的情况，也听秦伟说过，就是一会儿看到很多仙女、古怪精灵什么的，高兴得又唱又跳；一会儿又因为被一群鬼怪追赶，然后吓得大喊大叫，还乱砸东西。"

俞莫寒点头，又问道："关于她这种情况，你对其他人讲过没有？"

秦霞道："她是精神病人，又是我弟弟的女人，谁会把这样的事情拿出去讲？我那个弟弟太痴情了，当时我和妈妈那么劝他都不听，非要娶这个女人，真是拿他没办法……"

俞莫寒听她开始唠叨，打断了她的话："那么，你丈夫也应该知道魏小娥的这些情况吧？那么他会不会把这种事拿出去说呢？"

秦霞愣了一下，问道："这件事情和小娥的死有关系吗？"

俞莫寒正色道："当然有关系，所以我们必须搞清楚。"

所谓的作案动机说到底就是刺激一个人去犯罪的心理因素，这样的心理因素带有强烈的需要和欲望。也就是说，一起案件发生后最大的获利者很可能就是始作俑者，当然，还有一种情况是，帮助某人成为最大获利者。很显然，从常规的逻辑看，无论是秦伟的母亲还是他的姐姐秦霞都是具备作案动机的，而且她们的作案动机极有可能付诸帅时伦去实施。然而经过前面的交谈与观察之后，俞莫寒发现无论是秦伟的母亲还是他姐姐确实对魏小娥的死毫不知情，于是，帅时伦的嫌疑也就因此而解除了。可是如此一来也就应验了靳向南的那个担忧，接下来的调查范围也就可能因此而扩大。

不一会儿，帅时伦回来了，和他儿子一起。他进屋的时候一眼就看到了俞莫寒和小冯，随即笑着说了一句："家里来客了？小霞，赶快介绍一下啊。"

秦霞看着丈夫，说道："他们是从省城来的冯警官、俞医生。小娥死了。"

帅时伦满脸惊讶："小娥？秦伟的媳妇？她死了？怎么死的？"

这时候他身边的儿子忽然就说了一句："这是好事啊，我舅舅终于解脱啰！"

秦霞急忙训斥道："帅秦，大人说话别插嘴！"

俞莫寒却对这个孩子刚才的话很感兴趣，笑着问道："小帅哥，你为什么觉得这是好事啊？"

帅秦撇嘴道："你真笨！我刚才不是说了吗，这样的话我舅舅终于就解脱了啊。舅舅他简直疯了，居然娶了一个精神病人做老婆，简直让人匪夷所思！"

秦霞有些尴尬，伸手轻轻打了儿子一下："别在这里胡说八道，快去洗手，马上就要吃饭了。"

帅秦伸了一下舌头，朝里面走去，同时还拖着腔调道："爱情不是同情，我舅舅这辈子苦啊……"

秦霞更是尴尬，歉意地对俞莫寒和小冯道："这孩子不懂事，你们别介意。"

俞莫寒笑了笑，道："我倒是觉得他很可爱。"他说的并不是客气话，因为他也曾有过这样的年龄阶段，自以为很成熟、有思想，于是略有些叛逆，心里想什么就说什么，全然不会去顾及他人的感受。

这时候帅时伦说了一句："其实他说的也不是完全没有道理。秦伟和魏小娥准备结婚的时候我也去劝过他，但是他根本不听。他对我说，魏小娥很可怜，需要有人照顾。说实话，虽然我无法理解他，但还是挺佩服他的。"

俞莫寒站起来，对帅时伦说道："帅先生，我们想单独问你几个问题，可以吗？"

帅时伦点了点头："去书房吧。"

小冯听俞莫寒说的是"我们"，当然也就一起去了。三个人进入书房后，俞莫寒首先说道："我和小冯是为了魏小娥的案子来的，目前我们基本上可以肯定她是死于他杀。帅先生，在你回家之前，我们已经询问过你岳母和妻子一些情况，现在我们要例行性地问你几个问题，希望你能够如实回答。"

帅时伦的表情有些疑惑，不过并没有多余的话，说道："你们随便问吧，我一定会如实回答的。"

俞莫寒看着他："如果你的岳母请求你，让你去将魏小娥弄死，你会答应她吗？"

帅时伦吓了一跳："这怎么可能？"

俞莫寒依然看着他："你说的是你岳母不可能请求你去做那样的事情，还是你不会去做那样的事情呢？"

帅时伦紧张得脸都有些红了："都不可能！我岳母一生善良，绝不会有那样的想法，我也不可能去做那样的事啊，杀人可是要偿命的，我活得好好的，妻子贤惠，儿子聪明，我哪会那么傻？"

俞莫寒笑笑，说道："有道理。"接下来他忽然又问了一句，"那么，如果是你妻子请求你去做这件事情呢？"

帅时伦的身体又是一激灵："秦霞？她也不可能啊，她是很疼爱自己的弟弟，可是也绝对做不出这样的事情来啊。即使她真的想让魏小娥死，也不会让我去做啊，我是她男人，一旦事败这个家岂不是就毁了？俞医生，冯警官，你们怀疑我们家里的人没有道理啊。"

这时候小冯提醒了一句："俞医生说的是如果，你不要太激动。"

俞莫寒道："是啊，我说的是如果。其实我们并没有怀疑你的家人和你，刚才只是例行性提问。帅先生，有关魏小娥病情的细节，你对其他人说起过吗？"

帅时伦这才松了一口气，回答道："我去和别人说这个干什么？以前单位里的人偶尔会问起我这件事，我也就只是大概说一下，不可能说得那么仔细啊。精神病人很可怜的，背后议论人家很不道德，你们说是不是？"

他的话讲得很诚恳，表情也非常慎重，俞莫寒顿感头疼：问题究竟出在什么地方呢？难道我从一开始就错了？

这时候门外传来了帅秦的声音："吃饭了，吃饭了！有事情吃完了再说，我下午还要上课呢。"

帅时伦客气地邀请俞莫寒和小冯："就在家里随便吃点吧，就粗茶淡饭，别客气。"

俞莫寒看了看时间，委婉地拒绝了他："我们还要赶着回去，打搅你们了。"

到了客厅后老太太和秦霞也热情地挽留，不过俞莫寒还是拒绝了。帅时伦和秦霞一直送两人到门外，老太太站在那里慈祥地目送，帅秦已经上了饭桌，在父母的提醒下敷衍着说了一句"叔叔再见"。

"我们在外面随便吃点吧，留在那里大家都不自在。"从这个家里出来后，俞莫寒对小冯道。说到这里，他顿时就笑了，问道，"你们当警察的是不是经常遇到这样的情况？一般情况下你们会不会留下来吃饭？"

小冯也笑了，说道："一般不会留下来吃饭，那样的话最不自在的是人家。"

俞莫寒摇头说道："那可不一定，如果留你们的是大领导的话，不自在的就会是你们。"

两个人同时笑了。

两人走进附近一家小饭馆，要了一斤水饺，一边吃一边讨论案情。俞莫寒问道："小冯，你说我们是不是遗漏了什么。"

小冯想了想，问道："会不会从一开始在推论凶手进屋的方式上出了错误？也许真实的情况并没有那么复杂，凶手就是用钥匙打开的房门。"

俞莫寒问道："问题是，凶手是从什么地方得到的钥匙呢？"

小冯道："比如趁秦伟不注意的时候用印泥复制一把，这似乎并不难吧？毕竟又不是保险柜的钥匙，他不可能随时随地都放在身上是吧？再加上他是在街道办事处上班，去那里办事的人比较多，一时间没注意也很正常。"

俞莫寒皱眉道："如果真是你说的那样，这个事情就复杂了。"他又想了想，摇头道，"像秦伟那样的人应该不会随便乱放家里的钥匙，他照顾妻子的时间非常长，早已养成了细心的习惯。而且最关键的是，凶手杀害魏小娥的动机究竟是什么呢？或者说，究竟是一个什么样的人非要去杀害一个精神病人呢？杀害了她，凶手又能够得到什么好处呢？"

小冯猛地一拍大腿："我觉得凶手说不定是个女人，而且这个女人一直以来非常喜欢秦伟。"

俞莫寒眼睛一亮，点头道："有道理！走，我们回去再问问。"

于是，两个人很快又回到了帅时伦家。此时帅秦已经在午睡，老太太在厨房收拾碗筷，俞莫寒向帅时伦和秦霞询问了那个问题，可是他们却都摇头说不知道。秦霞跑到厨房去问老太太，出来后朝俞莫寒和小冯摇了摇头。

两人再次告辞。小冯对俞莫寒道："这种事情我们应该去问秦伟。"

俞莫寒轻叹了一声，说道："我们回去吧。"

两个多小时后，俞莫寒和小冯就出现在了秦伟面前。秦伟听了俞莫寒的问题后苦笑着道："小娥是我的初恋，我也是小娥的第一个男朋友。你们这个想法也太过异想天开了吧？"

俞莫寒很是沮丧，心想破案还真不是一件容易的事，不禁暗自庆幸自己以前没想过当警察，所以当靳向南拍着他的肩膀说"辛苦"的时候，他反倒对眼前这位队长多了许多崇敬，还有同情。

随后俞莫寒就去了倪静那里。在回来的路上他在电话里约了倪静下午晚些时候一起去菜市场买菜，然后两个人一起做晚餐。这是他们两个人共同的想法，也有点试婚的意思。

在菜市场里转了一圈，最后两个人商量好了做鱼火锅。回到倪静那里后，俞莫寒负责炒制锅底，倪静的工作是清洗那些买回来的蔬菜。倪静对俞莫寒道："那个精神病人被害的事情调查得怎么样了？"

俞莫寒摇头说道："还是没有任何线索。"

倪静道："我觉得你的思路并没有错，而且也觉得小冯的分析很有道理。你应该好好想一想究竟遗漏了什么关键性的地方。"

俞莫寒苦笑着道："我也正在想这个问题呢，可一时间就是想不起来。"

倪静笑着道："有时候我们一直看着某个字，结果呢，就会越看越觉得不像那个字。为什么会出现这样的情况呢？因为太过专注使得你太过注意局部而失去了对一件事情整体的印象。所以呢，你现在最好暂时将这件事放在一边，说不定什么时候灵感就会忽如而至的。"

俞莫寒笑道："嗯，那就按照你说的办吧。"

倪静又道："对了，我抽空去调查了一下滕奇龙的情况，结果发现了一个意料之中的事情，原来这个人和你们顾院长是大学同学。"

这件事俞莫寒已经知道了，不过还是从心里感激倪静，毕竟她是认真而且有心在帮自己。倪静发现他的脸上并没有出现惊讶的表情，顿时就明白了，笑着问道："看来你已经知道了是吧？不过你想过顾维舟为什么从一开始就要把你推出来吗？"

俞莫寒不禁问道："为什么？"

倪静道："你想想，这次的司法鉴定专家小组一共包括五个人，其中顾维舟是滕奇龙的同学，还有一位是医学院附属医院的教授，另外两个人也是资深专家，要知道，滕奇龙以前可是卫生厅的副厅长，如果说他们之间没有任何关系连我都不会相信。医学界最是讲论资排辈的，你被拉进这个司法鉴定小组本来就是一件让人觉得奇怪的事。"

俞莫寒没完全想明白其中的关窍，皱眉问道："你究竟想说什么呢？"

倪静道："我要说的就是两句话，第一，从一开始你就是用来牺牲的那枚棋子；第二，为了牺牲你这枚棋子，于是有人指使高格非的父亲找到了你姐的律师事务所。"

俞莫寒急忙关小了燃气灶的火，说道："你等等。我就不明白了，他们为什么非要选择我呢？"

倪静道："因为你正好符合他们需要的条件啊。你是留德博士，进入专家组也还算符合条件；此外，你姐姐正好有一家律师事务所；还有就是，学术界也是有不同圈子的，而你这个留学归来的年轻人并不属于那些圈子中的任何一个。你想过没有，如果另外那四个人是一伙的，你说他们不牺牲你难道还想让他们几个人来担这个风险？"

这下俞莫寒就有些明白了："你的意思是说，从一开始他们就准备在高格非的司法鉴定上作假的，后来却发现根本就不需要那样做。是不是这样？"

倪静点头道："根据我的分析，应该就是这样。"

这时候俞莫寒忽然想起一件事，自言自语道："我就说呢，原来是这样。"

倪静看着他："你想起什么来了？"

俞莫寒道："当我得知自己是高格非案司法鉴定小组成员的时候，他们已经给高格非进行了人格测试，而人格测试的结果表明高格非确实存在分裂人格。"

倪静点头："这不就恰恰印证了我前面的分析？"

俞莫寒心里感到很难受，同时也非常不解："可是，如果滕奇龙和这事有关系，他为什么要那样做？"

倪静道："原因很简单，他害怕高格非一旦被判处死刑，会说什么对他不利的话，不顾一切地将他咬出来。要知道，这次高格非的事情事发突然，而且高格非当场就被警方控制住了，在这种情况下，滕奇龙只能全力出手去救高格非，除此之外他根本就没有任何其他选择。"

听了倪静这番话，俞莫寒禁不住打了个寒噤："这也太可怕了。"

倪静看着他："如果你坚持继续调查下去的话，从现在开始就必须要做好充分的思想准备，因为你要面对的这个人非常不简单。"

这一刻，俞莫寒感到有一股凉意在内心深处蔓延开来，喃喃地道："我得再好好想想……"

倪静过去轻轻将他拥住，柔声道："这件事情不急，几天后法庭就会再次开庭，等最终的判决下来后再说吧。"

俞莫寒顿时觉得心里温暖了许多，问道："你是不是觉得我一点不像个男人？"

倪静摇头道："我们都只不过是普通人，没有为了这样的事情去牺牲自己的义务。所以，无论你最终做出的选择是什么，我都会理解和支持你的。"

这天晚上，倪静陪着俞莫寒喝了不少酒，不过后来俞莫寒还是主动说要回父母家里住，倪静也没有挽留他。

回到家里后俞莫寒没有告诉父亲任何事情，他不想让父亲为自己担惊受怕，更不希望父亲因此出面去调查那件事。虽然喝了酒，但他还是难以入眠，躺在床上翻来覆去睡不着。如果说他心里不害怕绝对是假的，但是一想到自己被那些人如此玩弄于股掌之间又感到非常愤怒和不甘，他一遍又一遍地问自己：难道你就这样任凭他们戏弄、欺负和羞辱？

后来，他都不知道自己究竟是如何在不知不觉中睡着的，不过在第二天早上醒来后依然觉得心里憋闷得厉害，他能清晰地感觉到那是自己内心愤怒的情绪使然。他决定去一趟医院，"是的，我必须去当面向顾维舟问清楚一切"。

吃完早餐后从家里出来，城市早已从沉睡中苏醒，大街上车水马龙，马路两旁小摊贩的吆喝声此起彼伏，穿着校服的学生背着沉重的书包匆匆而过……猛然间，他感觉脑子里一个激灵，有一种豁然开朗的感觉，急忙拿起手机给靳向南拨打过去："我得再去那个小县城一趟。"

靳向南问道："你是不是发现了什么？"

俞莫寒感觉到了自己内心的兴奋："是的，昨天我忽略了一些重要的事情，我相信自己想要的答案很可能就在其中……"

靳向南听完他的分析，说道："我让小冯马上来接你……不，我和你一起去。"

警车不一会儿就到了，车上除了靳向南外还有小冯和另外一个警察。靳向南对他说："如果你的分析是正确的，那我们今天就有可能抓住那个凶手。"

俞莫寒有些惶恐："如果我又错了呢？"

靳向南怔了一下，笑道："那就当我们去那里旅游了一趟好了。"

俞莫寒一下子就轻松了许多，与此同时，他忽然觉得自己准备去当面质问顾维舟的想法非常冲动和幼稚。是啊，在这样无凭无据的情况下跑去质问对方，岂不相当于在向对方宣战？想到这里，他不禁感到一阵后怕。

靳向南发现俞莫寒的脸色忽然变得有些难看，关心地问道："俞医生，你怎么了？不舒服吗？"

俞莫寒的目光扫过正在开车的小冯及坐在副驾驶位子的另外一名警察的背影，嘴动了动没有说话。靳向南一下子就明白了，微微一笑，说道："他们都是我的兄弟、战友，绝对值得信赖。俞医生，如果你有什么事情就直接说出来吧，说不定我们还可以帮一些忙。"

俞莫寒心里一动：对呀，他们是警察，而且还是刑警。更何况上次自己已经告诉过靳向南有关高格非的事情，为什么不继续信任他呢？而且，通过昨天的接触，他和小冯也算是相识了，而另外一位自己虽然不熟悉，但靳向南既然这样讲了，应该也是可以信任的。

小冯和另外那位警察并不知道他接触高格非案的缘由，所以俞莫寒还是从头讲起，最后才讲到了倪静的分析过程和结论。当然，这些都是以他自己的口吻讲出来的。他最后道："昨天晚上我一夜没有睡好。我承认自己确实感到害怕了，心里却又实在是愤怒和不甘……"

靳向南的眉头皱得越来越紧，这是他第二次听俞莫寒讲述此事，只不过这一次的内容更加丰富，前因后果也就因此而变得更加清晰，作为一名有着丰富经验的刑事警察，他赞同俞莫寒的分析和结论是符合逻辑的。思考了一会儿后才问道："小冯、小刚，你们怎么看这件事？"

小刚就是坐在副驾驶座位上那位刑警，姓杜。杜小刚道："要不，过两天我陪俞医生一起去拜访一下那位滕校长？如果他知道我们警方已经介入了这件事,想来就不敢轻易向俞医生下手了。"

小冯摇头道:"姓滕的这种人可是官场上的老油子,这种方式对他是没有任何用处的,除非我们刑警总队队长的身份才足以震慑到他。可是如今无凭无据,我们总队长也不会轻易出面的,毕竟身份和级别摆在那里。依我看啊,还是等高格非案的判决下来后再说,如果他被无罪释放了,到时候俞医生直接去问他就是。"

杜小刚反问道:"高格非会对俞医生说实话吗?别痴心妄想了。"

小冯道:"俞医生只是想搞清楚高格非忽然发病的根源,并不一定会触及滕奇龙的那些肮脏事,如此一来,事情岂不就解决了?此外,说不定俞医生还可以从中发现某些滕奇龙犯罪的蛛丝马迹,到时候我们再出面暗地继续调查,俞医生也就可以从这件事情中全身而退了。"

靳向南点头道:"小冯这个主意不错。不过我觉得还可以从顾维舟和另外三位专家组成员那里着手,比如我们先暗地里查一下顾维舟是否存在经济和作风问题,然后以他为突破口,从中找到滕奇龙犯罪的线索,只要有了滕奇龙犯罪的线索,就有了我们和纪委介入的理由。"

俞莫寒苦笑着道:"我们医院穷得叮当响,他想贪腐都没有机会。所有精神病医院的情况都差不多,包括附属医院的精神科,也一样不受重视,给病人使用的大多是常规药品,根本就没有药品回扣那么一说,所谓的红包就更不要想了。"

靳向南有些尴尬,说道:"原来你们医院和我们刑警队一样穷啊……那就暂时等一等吧,等高格非的判决下来后再说。俞医生,我个人的建议是,你不是警察和纪委官员的身份,并不负有那种责任和义务,所以你千万不要轻易去涉险。此外,如果你真遇到什么麻烦的话,可以随时告诉我们,我们的手机二十四小时都是开着的,随时都会接听你的电话。"

俞莫寒的心里顿时踏实了许多、温暖了许多："靳支队，谢谢你。冯警官、杜警官，谢谢你们。"

靳向南笑了笑："应该说谢谢的是我们。俞医生，谢谢你对我们的信任，还有你这次对我们的无偿帮助。"

俞莫寒不想引起学校师生的特别注意，建议靳向南将警车停靠在学校大门的外面。靳向南一行都没有穿警服，直接到了校长办公室后首先亮明身份，然后说明了来意："我们想找你们学校高二三班的帅秦了解一些情况。"

校长一下子就紧张起来，问道："他出什么事了？"

俞莫寒道："事情和他无关，只是想问他几个问题。"

校长这才放下心来，随即就给帅秦的班主任老师打了个电话。不多时帅秦就被班主任老师带到了校长的办公室，他一看到俞莫寒和小冯即刻道："外婆和妈妈都到我舅舅那里去了，你们去那里找她们吧。"

俞莫寒摇头道："不，我们是专门来找你的。"

帅秦指了指自己："找我？你们找我干吗？"

俞莫寒的表情很和蔼，问道："魏小娥，就是你的舅妈，有关她病情发作时的细节你知不知道？"

帅秦满脸疑惑，不过还是点头回答道："外婆和我爸爸、妈妈谈论她的时候我就在一旁，当然知道。"

俞莫寒又问道："那么，有关你舅妈的那些事你都对谁讲过？"

帅秦这才意识到事情有些不大对劲，一下子就紧张起来："我、我……"

俞莫寒严肃地看着他，不过语气依然十分温和："这件事情非常重要，帅秦同学，请你一定要如实回答。"

帅秦急忙解释道："我都是说着玩的。"

无论是秦伟的母亲还是姐姐、姐夫,他们在对待魏小娥的事情上都非常低调和理智,但是帅秦不一样,他只是一个高中生,只会觉得自己的舅舅娶了一个精神病人是一件非常不可理喻的事,很可能会将这件事拿出去到处对人讲。俞莫寒就是看到那几个穿校服的学生时才忽然意识到了这一点。俞莫寒点头道:"我知道你只是说着玩的,因为你对舅舅娶了这样一个女人很不理解。那么,你都对哪些人说起过你舅妈发病时的细节呢?"

帅秦知道自己可能闯了祸,紧张得脸都红了,哆嗦着道:"就、就是和班上几个同学。罗小卫,贾俊,张凯旋,还有……还有沈长乐。"

俞莫寒生怕他说漏了人,又问道:"还有吗?"

帅秦想了想,不住摇头:"就他们几个,再没有其他的人了。"

这下就有些麻烦了,如果这几个学生一传十、十传百的话,接下来的工作量可就太大了。俞莫寒的眉头皱了一下,还是按照自己原有的思路问了下面的一个问题:"你的这几个同学的父母有没有离婚的情况?"

帅秦摇头:"好像没有……"

靳向南低声对小冯说了一句:"你去问问他班主任老师这几个学生的家庭情况。"

小冯点了点头,出去后不一会儿就进来了,朝俞莫寒摇了摇头,说道:"那几个学生的父母都没有离婚的情况。"

俞莫寒轻叹了一声,说道:"只能把那几个学生都叫来问问了。"随即就温和地对帅秦说道,"没事了,你回去上课吧。"

帅秦转身朝外面走去,还没走到门口忽然转过身来,说道:"我想起来了,我们的英语老师来问过我舅舅和舅妈的情况。"

俞莫寒精神一振,问道:"什么时候的事?"

帅秦回答道:"好像是……两个月前吧。"

俞莫寒紧接着问道："你们英语老师是女的？"

帅秦点头："嗯，我听班上的同学说她离婚了。刚才你问我那几个同学父母的事情，我才忽然想起这件事来。"

这时候俞莫寒忽然想起一件事，又问道："你们这位英语老师是不是去过你家里？就在她问你这件事情之后不久？"

帅秦摇头："我不知道。不过我记得外婆对我说过，有一天她在街上碰到了我的英语老师，老师在她面前还夸奖了我。"

俞莫寒心想这就对了。他过去轻轻拍了拍帅秦的肩膀："这件事暂时要保密，你千万别对其他任何人讲。帅秦同学，谢谢你。"

帅秦看着他："那，我是不是可以走了？"

俞莫寒朝他微笑："当然。"

看着帅秦出了校长办公室的门，俞莫寒对校长道："我们想看一下这位英语老师的课表。"

此时，校长已经感觉到事情的严重性了，急忙打电话给学校的教导主任，让他马上将高中部老师的课表送过来。

课表上显示，魏小娥出事的那天，这位英语老师有高二一班和四班上午的各一节课。很快，教导主任就查清楚了她那天的课是请他人代上的。

"麻烦你请她到这里来一趟吧，找一个合适的借口。"靳向南有些兴奋，对校长说道。

趁校长打电话的时候，靳向南将俞莫寒拉到了一边，低声道："刚才你凭什么就基本上确定了那位英语老师有问题？"

俞莫寒道："昨天我和小冯第二次到秦霞家里询问是否有人追求过秦伟，秦霞和她的丈夫都回答说不知道，随后秦霞就跑到厨房去问她母亲，她出来后朝我摇了摇头。这个细节当时并没有引起我的注意，不过就在刚才我才忽然意识到有些不正常，因为秦霞的母亲是一位待人非常客气同时也比较注重礼节的人，她当时至少应该出来给我们打个招呼才是，然而她并没有。由此我就不得不怀疑她是否曾经与那位英语老师见过面……真实的情况很可能就是，我当时那个问题让她忽然想起了那位英语老师的事，所以才在一时间的紧张与害怕中躲在厨房里不敢出来，而帅秦提供的情况恰恰证实了我这个猜测。不过，这件事情还是有些奇怪……"

靳向南问道："你指的是老太太为什么和这位英语老师认识？"

俞莫寒点头，说道："无论是秦霞还是帅时伦认识这位英语老师我都不觉得奇怪，毕竟他们是帅秦的父母。一般来讲，帅秦的外婆认识外孙的班主任是有可能的，不过认识他的英语老师就有些奇怪了，除非是……"

靳向南紧接着道："除非她们以前本来就认识，比如说这位英语老师曾经是秦伟的中学同学，或者她的父母曾经和老太太是邻居。"

俞莫寒点头道："是的。如果真是这样的话，那么一切就能够解释得通了，这位英语老师在街上遇到了老太太，两个人在聊天的过程中就说到了秦伟的事情，于是老太太就叹息着告诉她自己儿子现在的状况。说者无意而听者有心，曾经对秦伟有过好感的这位英语老师心里就有了某种想法，这才去向帅秦了解有关秦伟和魏小娥的具体情况，接下来她就策划了这起谋杀案。"

靳向南皱眉道："仅仅是因为她曾经对秦伟有好感就起了杀心？这似乎也太不符合逻辑了吧？"

俞莫寒道："在当今这个社会，离婚似乎已经成为一种普遍现象，不过我们仔细分析其中的原因就会发现，无论是单方面出轨还是孩子、经济等问题造成的婚姻破裂，其最根本的原因还是双方性格的巨大差异。这个世界上是没有真正完美的婚姻的，白头偕老说到底就是双方或者其中一方宽容、豁达的结果，正因为如此才会有'婚姻是需要经营的'这么一说。如果这位英语老师就是杀害魏小娥的凶手，那么我基本上可以肯定她的性格是苛刻、偏执的，这种性格的人往往容易走向极端。而她曾经对秦伟的好感很可能是青春期的单相思，这样的单相思说到底也是爱情、是初恋，婚姻破裂后的她就很容易回忆起自己曾经的那一份感情，同时还会因为痛苦、孤独而将那一份感情无限放大，再加上她对自己初恋对象如今生活状况的深深同情，这一切的一切就累积成了强烈的、不可遏制的作案动机。靳支队，你要知道，一个人的内心世界不但是复杂的，而且还是多变的，绝不可以用常规的逻辑思维去考量，这样的作案动机就如同精神分裂一样，虽然看似不可思议，其实有着同样的酝酿、积聚及最终爆发的过程。"

两人正在那里低声讨论，那位英语老师敲门进来了。靳向南朝小冯和杜小刚递了个眼神，杜小刚的目光就开始盯在这位英语老师身上，而小冯已经悄然走到办公室的门口处。

英语老师进来后发现里面有这么多陌生面孔，虽然惊讶，不过还是礼貌地朝校长打了个招呼："您找我？"

校长看向她的目光有些复杂，说道："尹老师，他们是从省城来的警察，想找你了解一些情况。"

英语老师的脸色瞬间大变，身体也控制不住地开始哆嗦起来，不过却强作镇定地问道："你、你们找我有什么事情？"

俞莫寒的目光一直没有离开她。眼前的这个女人接近四十岁年纪，看上去并不漂亮但还算清秀，薄薄的嘴唇两侧各有一道浅浅的竖纹，从面相上讲，这样的男性杀伐决断，最是适合掌兵，而女性往往刻薄心狠、嫉心如火。心理学研究其实也包括面相方面的内容，毕竟那包含一种统计学规律。此时，俞莫寒看到这位英语老师的反应就已然基本上确定了自己前面的分析结论，缓缓问道："尹老师，难道你真的以为杀害了魏小娥，秦伟就可以彻底解脱，你也因此有机会去圆多年前的那个梦了吗？"

英语老师的心里巨震，转身看了一眼办公室的门口处，忽然就朝窗户跑去。杜小刚早已有所准备，上前一把将她摁倒在地，英语老师发出凄厉的尖叫声，奋力地反抗着、哭喊着："我什么都没有做，我没有杀人，没有杀人……"

俞莫寒叹息着对靳向南道："她本以为自己所做的那一切神不知鬼不觉，不过她只是一个很平常的人，根本就无法承受自己的罪恶在忽然间被曝光所带来的强烈的心理冲击。"

英语老师向警方交代了其犯罪的整个过程，包括作案动机，与俞莫寒所分析的情况毫无二致。这一起毫无线索的谋杀案被俞莫寒完美地查出了真相，靳向南因此对他敬佩有加，甚至还鼓动他："俞医生，我看你待在那个医院里面挺窝囊的，如果你愿意的话就到我们这里来吧，说不定你的才学反而能够得到更大的施展。"

俞莫寒摇头道："你说我一个精神病医生跑到你们这里来干什么？像这样的案子毕竟只是少数。我已经想过了，如果有一天我真的在医院里待不下去了，就自己去开一所精神病疗养院。靳支队，如果真有那么一天的话，还请你多多支持啊。"

靳向南哭笑不得，心想你开精神病疗养院我又能支持你些什么呢？他拍了拍俞莫寒的肩膀："多多保重。"

俞莫寒明白了他这句话的意思：魏小娥的案子已经了结，接下来他就只能回医院继续上班了。想到这里，他不由得在心里暗暗叹息。

第十五章
"两全"的判决结果

俞莫寒回到了医院，好像什么事情都没有发生过一样，看完了病人就坐在医生办公室开医嘱，又去和病人玩了会儿游戏，然后拿了本专业书认真阅读起来。顾维舟也没有打电话来询问他的情况，仿佛完全忘记了他的存在。

午餐后回到宿舍，午睡前用手机浏览了一下微博，双方的论战依然非常激烈，这个话题最近一直处于热搜的前三位。此外，他还注意到有一家准官方的微博终于站出来说话了，不过态度并不鲜明，说什么法与情并不是对立的关系，二者和谐统一才是法制建设的精髓，更能够促进社会的文明进步，等等。俞莫寒看后不禁苦笑，这不就是在和稀泥吗？不过他也并没有特别在意，毕竟这仅仅是一家之言罢了，况且这一家之言也并不能代表官方真正的观点和立场。

而此时，俞鱼和倪静也看到了微博上的这条消息，刚才苏咏文还为此打来了电话。倪静有一些不好的预感，对俞鱼说道："姐，我们可能得做好两手准备才是。"

俞鱼听她终于在自己的称呼前面去掉了姓，顿时觉得温馨了许多，问道："你觉得法庭的判决会出现意外的情况？"

倪静点头道："是啊，现在网络上的两种声音辩论激烈，相持不下，法庭的判决很可能会是两种声音都能够接受的结局。"

俞鱼微微皱眉，问道："你的意思是，法庭的判决结果很可能是将被告人的刑事责任和民事责任分开？"

倪静稍作沉默，说道："我觉得极有可能。姐，如果到时候真的出现了这种情况，接下来你准备怎么办？"

俞鱼即刻道："如果真是那样的话，我会去动员高格非提起上诉。"

倪静问道："如果高格非的决定是放弃上诉呢？"

俞鱼顿时默然。她心里十分清楚，如果到时候法庭的判决真是那样的话，高格非选择放弃上诉的可能性非常大。从某种角度上讲，那样的判决对高格非而言完全算得上死里逃生，在那种情况下，他根本就不可能再去节外生枝。她叹息了一声，说道："到时候看情况吧……"

这天晚上俞鱼到父母家里吃饭，就连父亲都在劝她："闺女，差不多就行了，别太坚持了。"

俞鱼倔强地问了一声："为什么？"

父亲叹息了一声："国家太大，复杂的事情太多，有些事情只能慢慢来，罗马也不是一天就可以建成的嘛。"

俞鱼摇头说道："如果我们每一个人都这样想，那么我们心中的罗马就永远也建不成。所以，总得有人提前去做些事情。"

父亲再次提醒："你要知道，个人的力量总是非常微小的。"

俞鱼依然在摇头："不，我不是一个人，支持我的人很多。"

父亲不再多说什么，他有些不明白：一贯老实本分的自己为什么会生出这样一个倔强的女儿。

而此时，俞莫寒和汤致远正在上次的那家小酒馆里喝酒。汤致远端起酒碗问俞莫寒道："你知道我今天为什么找你喝酒吗？"

俞莫寒笑了笑，说道："好事情都写到你脸上了，肯定是你的小说获得了成功啊。"

汤致远一口喝下了小半碗酒，点头道："我也没想到自己写的东西会有那么多读者喜欢看，我问了一下其他的作者，他们说以我目前的成绩，一年的收入起码得在三十万以上，这可是比我做公务员的收入高多了呀。"

俞莫寒明白了，问道："所以，你准备马上辞职了？"

汤致远却在摇头，说道："也不知道是怎么的，临到这个时候我反倒有些犹豫了。"

俞莫寒看着他："你不是犹豫，而是害怕。"

汤致远怔了一下，点头道："是的，我确实有些害怕。一想到今后没有了工作，什么都没有了保障，心里面就空落落的总是放不下。"

俞莫寒沉吟了片刻，说道："其实你可以这样想，辞职后从事专业写作，只不过是换了一份工作罢了。"

汤致远双眼一亮，轻轻一拍桌子："对呀，你说得很有道理呢……"他忽然疑惑地看着俞莫寒，"你为什么如此支持我辞职？"

俞莫寒笑了笑，说出了自己真正的想法："因为我希望你永远都是我的姐夫。对了，哥，这件事情你和我姐商量过没有？"

汤致远摇头。俞莫寒看着他，严肃地道："你一定要事先告诉她，否则的话今后她很难原谅你。"

汤致远明白了他的意思：告诉俞鱼就是为了让她感觉到自己很重要。作为女人，她也许不会在意你是否成功，但她一定非常在乎自己在爱人心中所占的位置。

俞鱼在父母那里吃了一半就离开了，她的心情实在是太糟糕了。回到家后心情依然烦躁，她坐在沙发上看电视，接连换了好几个台却发现播放的都是同一部电视剧，随即将遥控器扔到了一边，看了好一会儿才意识到自己根本就没有看进去，脑子里全是案子的事情。

汤致远回来了，满身酒气。俞鱼皱了下眉头，心想现在的公务员怎么还天天在外面喝酒，却看到丈夫咧开嘴喜气洋洋地说："媳妇，我回来了。"

她可是很久没听丈夫这样亲热地称呼自己了，顿时就怔了一下。接下来丈夫并没有像往常一样直接钻进自己的房间，而是诣着脸坐到了她身旁，打了个酒嗝后说道："媳妇，我想告诉你一件事。"

丈夫今天的表现让俞鱼有些好奇，不过因为心情糟糕表现得比较平淡："你说吧。"

汤致远并没有在意妻子此时的态度，因为最近一段时间来两个人都是这样的状态。汤致远道："媳妇，我决定了，我准备辞职。"

俞鱼惊讶得张大了嘴巴："辞职？你一个公务员，辞职后还能干什么呢？"

汤致远有些不高兴了："难道我在你心里就是这样一个无能的人？"

俞鱼也觉得自己刚才的话确实有些过了，急忙道："我没有别的意思，只是想提醒你，在做这么大的决定前一定要事先考虑好后路，千万不要因为喝了酒而一时冲动。"

汤致远梗着脖子大声道："我这不是一时冲动！我准备在辞职后从事专业写作。"

俞鱼更是诧异："专业写作？你？"

见到妻子满脸怀疑的表情，汤致远又有些不大高兴了："你这话是什么意思？不相信我的能力？"说着，他就到自己的房间拿出了笔记本电脑。网页是一直打开着的，而且正是他写的那本书的首页。他将电脑放在妻子的面前，说道，"你看看，这就是我写的小说，成绩好着呢。"

俞鱼看了一眼，皱眉道："你在网上写小说？这样能养活你自己吗？"

汤致远更加不高兴了，不过还是耐着性子解释道："看来你根本就不了解现在的网络作家啊，我告诉你吧，成绩最好的网络作家年收入上亿呢，上百万的也不少。"

如今是信息时代，俞鱼当然知道这种情况，问道："那么，你这部小说的收入有多少？"

汤致远顿时语塞，解释道："我的书还没有上架销售呢，不过呢……"

他的话还没有说完就被妻子打断了："你应该清楚，任何一个行业，从业人员的收入和地位都是呈金字塔形分布的，除了极少数的人位居金字塔的塔尖外，其余大多数人都处于最底层。且不说网络作家并不是真正的作家，没身份、没地位，写的东西也没什么文学价值，单说你现在在这方面的收入都还不确定就准备辞职，是不是太理想化、太冲动了？"

汤致远一下子就生气了："谁说网络作家没身份、没地位了？谁说网络小说没有文学价值了？作品有读者就是身份和地位，它就有文学价值！俞鱼，你对这方面的情况不了解就不要随便作判断好不好？"

俞鱼的心情本来就不好，此时听丈夫这样一讲，内心的烦躁顿时就涌了出来，怒道："我只是在说自己个人的看法，既然你不愿意听那就随便你吧。"

汤致远也非常生气："我知道你为什么这样讲，因为你是从骨子里就看不起我！既然这样，那我们还不如……"

俞鱼的内心顿时寒了，冷冷地道："还不如离婚是吧？我知道你早就想和我离婚了，我没有意见啊，我们随时都可以去办手续。"

刚才汤致远只不过在一气之下说了句赌气的话，没想到俞鱼竟然是这样的态度，而且更让他无法接受的是，原来一直以来自己在她心里竟然是一个毫无用处的人。他从茶几上拿起笔记本电脑怒气冲冲地朝自己的房间走去，同时愤怒地大声道："既然这样，那明天我们就去离婚好了。没什么大不了的，我汤致远绝不是一个窝囊的人！我真是可笑，居然听信了俞莫寒的话，说什么一定要提前将辞职的事告诉你，否则的话今后你很难原谅我！你们姐弟俩一个鼓动我去写什么网络小说，一个却借此要和我离婚，原来都是在戏弄我呢，我真是愚蠢！"

说到这里，汤致远的内心顿时更加怒不可遏，长久以来积聚在内心的愤怒顿时彻底爆发出来，此时看着自己手上的笔记本电脑都觉得它是一个笑话，随即将它狠狠地朝墙砸过去，只听"砰"的一声，笔记本电脑碎裂在地。

莫寒？是莫寒让他去写作的？俞鱼被汤致远刚才的话惊呆了。而此时，汤致远却已经愤怒地转身离开了家门，防盗门处传来他离去时摔门的巨响。

一夜过后，汤致远的内心依然在愤怒，接连给俞鱼打了好几个电话准备和她说离婚的事，却发现对方的电话一直处于关机状态。他并不知道此时俞鱼正在出庭。

头天晚上俞鱼一夜未眠，她没想到自己的婚姻最终还是走到了破裂的地步，早上起来梳洗打扮后就出了门，连吃早餐的胃口都没有。到了法庭外她就关掉了手机，在关机前她查看了里面的短消息，并没有汤致远的，等案子了结后再说吧。她只好将心中那些烦恼暂时抛在一边,挺直身体朝法庭里走去。

俞莫寒早已知道了这次开庭的时间,头天就给科室说了请假半天的事。他和倪静早早就来到了这里,和上次一样,依然坐在旁听席的角落。他看到了苏咏文,她那美丽的背影在旁听席第三排正中间的地方。

倪静注意到了俞莫寒目光所及之处,不过她假装什么都没看见,而且什么话也没有说。俞莫寒骤然惊觉,一侧脸就看到了倪静嘴角处那意味深长的浅浅笑容,顿觉有些心虚,低声解释道:"我和她真的什么都没有。"

倪静淡淡地道:"有什么也没关系,我说过,你永远都是自由的。"

她越是这样反而越让俞莫寒感到不知所措,嘴里讪讪地道:"我说什么你才相信我呢?"

倪静轻声一笑,伸出手将他的胳膊挽住。俞莫寒心里一暖,也就暗暗放下心来。

此时法官已经敲响了法槌,宣布开庭。

这一次开庭是对高格非案进行宣判,俞莫寒是第一次全程旁听完一个案子的审理过程,这才发现所谓的宣判词并不像自己原以为的那么回事,整个宣判的内容十分冗长,前面是有关此案的由来和审理过程,以此说明法庭采纳的依据究竟有哪些,以及没有采纳部分的原因,随后进一步说明此案所涉及的具体法律条款,这其实就是为最后的判决结果提供法律依据。

判决书内容很长,可惜俞莫寒却有些听不大懂,不过还是觉得这位法官对业务非常熟悉,就如同一位资深医生一样,在诊断病情的时候总是能够从教科书里找到相关的依据,这其实是一件很了不起的事情。

判决书前面的内容花费了近一个小时的时间宣读,然后书记员宣布:"接下来法庭将对此案做出一审判决,请全体起立!"

法庭里所有人都站了起来,肃听法官的判决结果。

俞鱼没想到法庭的判决结果果然如倪静所料。不,她应该早已想到,只不过她自己并不希望是这样的结果罢了。

高格非被判无罪并当庭释放,不过应该从人道主义出发责令其向所有的受害人及家属共赔偿三百余万元。这样的判决在俞鱼看来简直就像一场笑话。

被告方律师程奥朝俞鱼走过去,同时朝她伸出手,满脸诚恳的样子:"俞律师,这个案子我们双方都没有输赢,这样不是挺好的吗?你说是不是?"

俞鱼将手放到了身后,目光直视着他:"第一,我会去说服高格非提起上诉;第二,关于你对我进行恶意诽谤、造谣一事,接下来我会向公安机关报案,同时向法院提起诉讼。程律师,你就等着接法院的传票吧。"

程奥将伸出去的手缩了回去,不以为意的样子,说道:"谁主张就谁举证,如果俞律师能够拿出充分的证据,我随时奉陪就是。不过作为同行,我觉得自己应该向俞律师提出善意的建议,此案非常特殊,也许会在我国的法律史上留下那么一笔,毕竟这起案子引起了全社会广泛的讨论与争议,不过关于情理与法理的问题始终是一对难以调和的矛盾,如今终于有了这样一个让双方都比较满意的结果,这也是我国法制建设的一大进步,作为这起案件的原被告律师,我们都应该感到骄傲和自豪才是。俞律师,你放心,我会尽量去做原告们的工作,让他们不要上诉,这个案子就到此为止吧。"

俞鱼冷哼了一声,不再理会他,转身就出了法庭。俞莫寒和倪静一直在后面的旁听席看着俞鱼和程奥的交谈,虽然听不清他们在说些什么,但从俞鱼的表情也就明白了大概。此时见俞鱼转身出了法庭，两个人急忙跟了出去。

"姐。"俞莫寒朝正急匆匆往停车场走去的俞鱼叫了一声。

俞鱼转身看着他们俩，脸上露出了不自然的笑容："你们都在啊？"

俞莫寒问道："姐，你还要劝说高格非上诉吗？"

俞鱼点头，道："是的，我会尽力去说服他。"

俞莫寒苦笑着道："估计很难。"

"再难也要去做。"这时后面传来了苏咏文的声音，她快步来到三人面前，"即使高格非不愿意上诉，网上的讨论和辩论也必须继续下去。今天这个判决简直是一个笑话——不具备刑事责任能力的被告竟然要承担民事责任，这算什么！"

俞鱼看着她："好，那我们就在庭外继续抗争下去！"

苏咏文点头，目光投向了俞莫寒："所以，你的那个调查也必须继续下去，到时候用铁的事实向民众说话。"

说完后她只是朝倪静微微点了一下头，转身而去。俞鱼怔怔地看着她远去的背影好一会儿，忽然轻声对俞莫寒道："莫寒，我想问你点事情。"

倪静看着他们姐弟俩，道："那我先回去了。"

俞鱼听出了她话语中试探的意思，轻抚了一下她的头发，说道："是我和汤致远的事情，你千万别误会。"

倪静的脸一下子就红了，朝俞鱼轻点了一下头，又看了俞莫寒一眼就离开了。俞莫寒一头雾水："姐，什么情况？"

俞鱼直接朝停车场走去："我们车上说。"

上车后俞鱼并没有发动车辆，她的目光直直看着前方，问弟弟道："是你劝汤致远去网上写小说并鼓动他辞职的？"

俞莫寒听姐姐直接说出姐夫的名字，顿感情况有些不大对劲，回答道："辞职可是他自己的想法。不过他有些犹豫，担心辞职后找不到一份合适的工作，我这才建议他试试写作。姐，你们之间发生了什么事情？"

俞鱼苦笑了一下，说道："我们可能要离婚了。"

俞莫寒大惊："为什么呢？我哥他准备辞职不都是为了维持你们俩的婚姻吗，怎么反而变成这样了呢？"

俞鱼愕然："你说什么？究竟是怎么回事？"

俞莫寒忙将汤致远的想法都告诉了姐姐，最后说道："姐，我觉得他这个想法没错啊，从体制里面走出来只不过是换了一份工作罢了，而且从今往后可是要自由多了，今后你们想要几个孩子都行，这么好的事情怎么就闹成这样了呢？"

原来是这么回事。这一刻，俞鱼的内心充满后悔，却又不想在弟弟面前表现出来："莫寒，你先回去吧，我得去一趟高格非那里。"

俞莫寒对姐姐的性格非常了解，劝说道："姐，高格非刚刚被无罪释放，你这时候去劝说他不合适。我建议你明天再去找他，到时候我陪你一起去，因为我也有很多事情要当面问他。你现在最好还是去和我哥好好谈谈，你和他之间的交流实在太少了，这才是你们俩产生误会的根源。姐，不是我说你，你这个人有时候实在是太好强了，但在自己的家人面前没必要那样啊。做错了事就应该向对方认错、道歉，这又不是什么丢人的事。在我看来，这个世界上没有什么比自己的家庭幸福更重要的了。姐，你说是不是？"

俞鱼内心一下子就被弟弟的话打动了，轻声说道："莫寒，我想一个人在这里静一静。"

俞莫寒从车上下来，站在那里犹豫了片刻才转身离去。他本来想给汤致远打个电话的，不过最终还是放弃了。两个人之间的事最好是他们自己去解决，他人插手往往会把事情搞得更复杂、更糟糕。

愤怒之下的汤致远连续给俞鱼打了好几个电话都没打通，后来打到律师事务所才得知她今天出庭，这时候他忽然感到有些愧疚，妻子的事情你又何尝关心过？这样一想心里顿时就平和了许多，同时就开始懊悔自己昨天晚上在冲动之下砸坏电脑的行为。回到家里他发现破损的电脑已经被妻子收拾起来，装在一个塑料口袋里，地下也清理得干干净净，不由得感叹：俗话说一日夫妻百日恩，婚姻这种东西岂能说结束就结束了？

气头一过，汤致远很快就将离婚的事放到了一边，首先去商场买了一台新的笔记本电脑，然后又带着破损的电脑去售后服务那里恢复了里面的数据。还好，里面的文档都还在。而就在这个时候，他接到了俞鱼打来的电话："对不起，是我错了。"

电话里面传来的那个声音让汤致远怔在那里，好一会儿都没有反应过来，他没想到性格一贯倔强刚强的妻子竟然主动打电话来向自己道歉、认错。这一刻，他忽然觉得自己很多时候也像小孩子一样，动不动就发脾气，现在想起来实在是冲动、幼稚得可笑。他温言对妻子道："我也做得不对，其实我就是舍不得这个家，就是想要一个孩子，然后一家人好好过一辈子。"

在俞鱼的记忆中，丈夫还是在结婚前对自己说过这样温馨而浪漫的话，这一瞬，她才忽然觉得自己依然是那么幸福，眼泪不由就涌了出来，哽咽着道："致远，那我们马上要个孩子吧。你现在在哪里？我马上就来接你。"

汤致远说了自己所在的地方，然后抱起电脑就朝外跑。他奔跑着，感觉自己仿佛又回到了十多年前年轻的时候，内心充满激情，身体充满活力。

这样的感觉真好。

有人将高格非案的判决结果发到了网上，舆论顿时一片哗然。而在第一时间发布这个判决结果的人就是晚报的记者林达。这起案子从一开始就是他在作舆论引导,因此在短短的时间内他的微博粉丝数量从不到两万猛增到了数百万,成为名副其实的网络大V,而且粉丝的数量还在继续快速增长,如此一来他也就拥有了越来越大的话语权,知名度在短时间里大增,许多广告商也纷纷找上门来,也给他带来了极为可观的收入。这其实就是他当初策划这起事件试图达到的目的,而现在,他对自己又有了更新、更大的目标,他在微博上质问法庭:既然被告人被判应该承担民事责任,为什么没有承担应有的刑事责任呢?这里面究竟是否存在权钱交易、践踏法律的幕后勾当?

他的支持者很快蜂拥而至,微博下的留言在短短的时间内就多达数万条。程奥没想到他还有把事情搞得更大的企图,大惊之下急忙打电话去质问,林达笑着对他道:"程律师,你距离知名律师还差那么一点点,我送你一程。"

程奥耐心劝说道:"别再玩火了,这样会引火烧身的。"

林达哈哈大笑,说道:"你我成名之时就在当下,这可是难得的可遇而不可求的机遇啊。'天予不取,反受其咎;时至不迎,反受其殃。'程兄,这样的道理你难道不懂?"

程奥恨不得把手机扔掉,怒道:"我还知道一句话叫作'上帝欲让其灭亡,必先让其疯狂!'林记者,你自己慢慢玩去吧。"

电话里传来的是对方又一次大笑声:"我就是喜欢这种疯狂的感觉……"

程奥愤怒地挂断了电话,忽然间觉得全身有些发软,嘴里喃喃道:"疯了,这个人已经疯了……"

苏咏文知道倪静是俞莫寒的女朋友,上次俞鱼和她见面时在无意间提起过。其实苏咏文知道俞鱼是有意在对她说这件事,她却不明白对方真正的意思。就在刚才,当她发现倪静在自己面前将手伸进俞莫寒臂弯时她明白了，当时俞鱼那是在提醒自己，而刚才倪静的那个动作则是在向她宣示主权，或者说是为了防范。

俞莫寒这个人有他非常独特的个人魅力，不仅仅是因为他的声音带有一种特别的磁性，更多的是他有着很多年轻男性没有的深邃。他善于倾听，比较安静，虽然苏咏文和他单独见面也就那么两次，但每一次面对他的时候总是觉得自己的内心能很快宁静下来，而且倾诉的欲望也非常强烈。他是一个可以让人有安全感的男人。

离开的时候苏咏文的内心充满惆怅，心中暗暗叹息命运怎么就没有让自己早点遇到他。回到办公室她打开电脑后就看到了林达的那条微博，也很快看到了微博主人粉丝下那个庞大的数字，不由冷冷笑了：这个人难道真的疯了？

她点开了几个大V的微博，分别给他们留下了同样一条私信："既然对方已经宣战，那我们就继续战斗吧。"

"你确定了吗？真的要继续调查高格非的事情？"倪静一边给俞莫寒的碗里盛汤一边问道。

俞莫寒点头："我觉得苏记者说得很对，现在这样的情况下我不能退缩。"

虽然他的话说得很坦荡，但心里还是有些忐忑。不过倪静却因为他的这种坦荡而感到高兴，笑着说道："那就继续吧，我支持你。"

俞莫寒心里还是有些不安，说道："可能会有危险。"

倪静看着他："所以，我们必须想办法将危险降到最低。"

俞莫寒看着她："对此你有什么好的想法？"

倪静却摇头道："暂时还没有。不过我现在觉得，如果你真要继续调查这件事，就不要在暗地里进行了，干脆公开，这样一来，对方即使想对你不利也就不得不考虑那样做的后果了。你说是不是？"

她现在的想法与父亲和苏咏文是一致的。这时候，俞莫寒忽然有了一个想法：或许可以通过自己的微博对高格非的病例作一个系列报道。不过他很快就否决了自己这个想法，其中的原因很简单——作为一名精神病医生，将病人的隐私公布于众有悖于职业道德，他绝不能为了自己的安全而去触碰最起码的职业底线。

倪静也在思考，过了好一会儿她才道："我想，对方也不敢轻易向你下手。从上次的情况看，那也是因为你第一次惊扰到了那位姓滕的校长，才造成了对方暂时性的紧张，他才出现了那样的反应，这不仅说明了对方的敏感，而且我们也可以看出一点：对方似乎不大可能一开始就采取非常过激的行动。从常规上讲，即使你接下来的调查触及了对方的根本，他们最开始的做法也应该是对你进行警告，如果你不顾对方的警告继续调查下去，对方接下来应该会将警告升级为威胁。所以，我觉得你去做这件事情的危险性其实并不大，到时候只需要根据情况适当调整自己的策略就可以了。"

她的这番分析其实就是对对方的心理进行预判，而且听起来很有道理。还真是旁观者清啊。俞莫寒暗暗感到羞愧："你还是心理学硕士呢，难道恐惧就真让你变笨了吗？"

俞莫寒点头："明天我要和姐姐一起去拜访高格非，也许情况很快就可以搞清楚了，或许事情并没有我们想象的那么复杂。"

倪静摇头道："你自己也说过，一个人的精神分裂是需要巨大能量积聚的，所以，我觉得这件事情绝不简单。"

她说得很对。希望事情变得简单，那不过是他的一种期望，同时也是他试图摆脱危险的本能意识。其实，俞莫寒的心里比其他人都明白。

第十六章
无法告人的绝症

第二天早上起来,俞莫寒发现外面正下着小雨。南方的夏天很少有小雨,要么阳光炽烈,天空一碧如洗;要么乌云密布,然后轰轰烈烈地来一场倾盆大雨。俞莫寒不喜欢这种小雨绵绵的天气,他讨厌手上随时都要拿着雨伞,而且这样的天气总会给人增添一些莫名的惆怅情绪。

"他本来不愿意见我的,不过后来又答应了。"上车后俞鱼说道。

俞莫寒知道姐姐说的是高格非,而且也好像并没有告诉对方他要一同前去拜访的事情。正这样想着,就听姐姐继续道:"我感觉得到,高格非很可能会放弃上诉。莫寒,你觉得我应该如何说服他才行?"

俞莫寒摇头:"估计很难。对于高格非来讲,上诉也就意味着下一次判决很可能会出现对他不利的可能,他可不想坐牢,更害怕自己因此被重判。人都是自私的,在这样的情况下他宁愿选择破财免灾。"

俞鱼道："三百多万啊，他手上的房产也就值这个数目。他对我说过，除了房产之外他的家里并没有多少积蓄。如果将房产变卖，他父母倒是可以返回农村去住，但是他和妻子怎么办？这个问题他不得不考虑吧？"

俞莫寒苦笑着道："其实他的婚姻早已名存实亡，我觉得他不会过多考虑这个问题。"

说到这里，他忽然想起席美娟胳膊上那些触目惊心的伤痕，心里唯有叹息，随即就转移了话题，问道："姐，你和我哥怎么样了？"

俞鱼的脸上情不自禁绽放出笑容，说道："我们决定尽快要一个孩子，等高格非的案子最终了结就开始计划这件事。"

俞莫寒也很高兴："姐，也就是说，你同意我哥辞职了？"

俞鱼笑了笑，点头道："其实我自己就不是体制里的人，人这一辈子其实很简单，做自己喜欢的事情就好了。"

高格非被当庭释放后并没有回自己的家，而是直接去了父母那里。他在法庭上见过俞莫寒，看到他和俞鱼一起来并没有表现出惊讶。高格非的父亲很热情，一边招呼姐弟俩坐下一边吩咐老伴去泡茶。

俞鱼打量了一下这个家里的陈设，问高格非："你妻子知道你现在的情况吗？"

俞莫寒知道，姐姐的这句问话不仅仅带有责怪的意思，同时也是在提醒对方应该去考虑妻子的感受，这也是为接下来的劝说工作作准备。

然而高格非却淡淡地说出了这样一句话："她真的关注过我的事情吗？"

俞鱼看着他："你怎么就知道她没有关注过你呢？而且你想过

没有,现在你手上的财产是你们夫妻共有的,你并没有全部的处置权。"

高格非的神情依然淡淡的,说道:"那是我自己的事情,既然法院判决让我赔偿受害者那么一笔钱,接下来我就一定会想办法处理好这件事。"

俞鱼有些着急了:"高校长,这样的判决对你来讲是非常不公平的,你的司法鉴定结论非常明确,当时你的精神状态并不具备刑事和民事责任能力,所以我希望你能够提起上诉,让法律给你一个公平公正的判决。"

高格非朝她摆了摆手,满脸的落寞,说道:"俞律师,我非常感谢你为我做了那么多事情,不过我不想上诉了,这样的判决结果我非常满意。如今我已经不再是什么校长,而且什么都不是了,这没什么,我能够承受这样的结果。我已经把自己的人生看得非常清楚和简单,这些年来我实在是太累了,这一切都是宿命,我已经认命了。我的父母已经年老,在我接下来的生命中只想陪着他们回到乡下,一起共度余生,如此我就非常满足啦。"

俞莫寒有些诧异地看着他,问道:"高先生,你还不到四十岁呢,为什么对自己今后的人生如此悲观?"

高格非叹息了一声,说道:"我曾经经受过那么多的挫折,后来终于事业有成,不过那又怎么样?最终还不是一切都回到了原点?这一切都只不过是命运的安排罢了,我认命还不行吗?"

俞莫寒提醒道:"问题是,你短暂突发性精神分裂的症状确实是存在的,如果不将其根源搞清楚的话,今后随时都可能再次发作。特别是你现在还面临着巨额赔偿的压力,再次发作的可能性就更大。所以,无论是从维护法律尊严还是替你自己讨回公道的角度讲,我觉得你都应该提起上诉并配合我们寻找你发病的根本原因才是啊。"

高格非道："赔偿的问题我自己会想办法解决，而且我也完全有能力去解决，至于我的这种病……其实也无所谓，等我回到乡下就不会伤及无辜了。"

俞莫寒摇头："高先生，你应该十分清楚，在精神分裂状态下出现的幻觉及被害妄想有多么可怕，而且根本就不可自控。乡下的村民确实居住得比较分散，但这并不能保证你在病情发作的情况下就不会伤及无辜，而且在那样的状态下你最可能伤害的就是你的父母。"

高格非父母的脸色一下子就变了，然而高格非本人的神情依旧淡然："我永远都不会伤害到自己的父母。"

俞莫寒一下子就有些激动了："在那样的状态下无论什么人，甚至某些物体都会成为你的假想敌，在那样的状态下，你的反应只能是逃跑，或者是奋起反抗。那是你对死亡恐惧的本能之下毫无选择的行为，你根本就无法自控！"这时候他忽然注意到高格非的脸色一下子就变了，便放缓了语速，语气也变得温和了许多，"高先生，无论是上诉的事情还是你的病情，都已经不再是你一个人的私事，所以我希望你能够在仔细考虑之后再作决定。"

俞莫寒这番话还是有一定效果的，至少高格非不再像先前那样坚持了："好吧，我再好好想想。"

俞鱼很想询问高格非父母是怎么找到自己的律师事务所的，不过她在犹豫之下还是放弃了。在这样的情况下她不想节外生枝，而且一切都已经发生了，那件事已经不是特别重要了。俞莫寒也没有询问此事，他的想法和姐姐一样。

然而接下来发生的事情让俞莫寒大感意外。第二天姐姐打来电话告诉他，说高格非和他的父母一起离开了省城，至于他们究竟去了什么地方却无人知晓。姐姐的声音中充满着无奈："很显然，他昨天最后说的那句话完全是敷衍我们。"

俞莫寒并不认同她的这个说法。虽然他在行为心理学领域的研究并不深入，但对自己基本的察言观色能力还是比较自信的，因此，他认为高格非是在进行了认真权衡后才最终做出离开这一决定的。他道："姐，当时我一直在注意他的反应，我观察得非常清楚，当我说到他病情发作状态下是一种本能反应并无法自控的时候，他所表现出来的惊恐是完全真实的。他拒绝上诉是害怕坐牢甚至面对死刑的重判，这是一种求生的表现，而昨天他的话语中却自始至终都在传递一种厌世情绪，求生与厌世，这两者太矛盾了。"

俞鱼这才仔细回忆了昨天与高格非交谈的过程，说道："好像还真是你所说的那样。莫寒，那你觉得他究竟是一种什么样的情况？"

俞莫寒沉吟道："我猜测他最大的可能是患了绝症，如果真是这样，那他现在所有的决定也就解释得通了。对了，姐，他赔偿的事情究竟是如何处理的？"

俞鱼回答道："现在还不清楚，不过既然选择了离开，那就说明他已经安排好了一切，说不定他已经委托了别的律师专门处理这件事。"

俞莫寒分析道："如果真是这样的话，他带着父母回老家的可能性也不会太大，因为那样的话他就很容易被人找到然后不堪其扰。此外，他也不会选择出国，毕竟想要在一时之间办理好父母的出国手续不大可能，而且在现在这种情况下也不会被允许。所以我觉得最大的可能就是他换了一个新电话号码，而这个号码只有他委托处理赔偿事宜的律师知道，现在他和父母一定是在去往国内某个旅游景点的路上。不过如此一来就出现了另外一个问题，那就是，他对自己资产来源的合法性非常自信，否则他就不会认同法院的这个判决，更不会在这样的情况下带着父母离开。"

俞鱼道："他对我说过，前些年他通过股票和炒房赚了不少的钱，而且还特别告诉我他的收入来源绝大多数合法。"

俞莫寒道："这就对了。很显然，他的财产肯定不只他手上现有的这两套房子。这个人很不简单啊，而且让人感到有些神秘。"

俞鱼也不由轻叹，说道："既然他放弃了上诉的权利，那接下来就不再有我什么事了。我对不起苏咏文，现在都不敢去面对她。莫寒，我已经决定了，最近我要和你哥去一趟泰国，如果你碰到了苏咏文，就代我向她说一声对不起吧。"

姐姐的变化很大，也许她以前所表现出来的强势只不过是为了掩饰内心的脆弱。无论是男人还是女人，最终都会选择回归家庭，姐姐也是一样，毕竟我们每个人的内心深处都需要那样的一个港湾。俞莫寒的心里很是感慨。

靳向南对俞莫寒的忽然造访有些惊讶。俞莫寒直接对他讲明了自己的来意："靳支队，我是来麻烦你一件事的。"

靳向南的脸色顿时凝重起来，问道："你的调查出什么问题了？"

俞莫寒摇头，随即就将高格非目前的情况说了一遍，然后道："靳支队，我想搞清楚高格非目前的去向，还有就是希望能够通过你们的途径了解一下他的身体状况。"

靳向南明白了，问道："你是想以此证实自己的分析是否正确？"

俞莫寒点头道："是的。如果我的分析是正确的，那么他的病因很可能就在其中。据我所知，你们警方的数据库里有这方面的资料，而且高格非的身份在你们数据库里并不特殊，想来以你的权限应该可以查询到他的相关情况。"

靳向南笑笑："我试试。"

不一会儿靳向南就查到了结果，对俞莫寒道："从高格非的身份证信息看，目前他正在乌鲁木齐，他的父母和他在一起，订机票的电话是一个新号码。他上一次身体检查是在一年多之前，健康状况良好。其他就没有什么特别的情况了。"

俞莫寒发现他的神情有些古怪，问道："这里面有什么不对劲的地方吗？"

靳向南看向他的目光带着赞赏，说道："高格非以前可是每年都有体检记录的，每年他参加体检的时间都是十二月底，然而他从去年年底一直到现在并没有参加任何体检。"

俞莫寒怔了一下，问道："这说明了什么？"

靳向南摇头道："这就不清楚了，也许是他调到新的单位后体检的时间改变了吧，谁知道呢？"

俞莫寒看着他，问道："其实你有些怀疑他是故意躲避了最近的一次体检，是吧？"

靳向南朝他摆手，道："虽然这样的怀疑能够解释他现在的某些行为，但这仅仅是一种猜测，而通过没有被证实的猜测推导出来的结论，很可能与真实的情况南辕北辙。"

俞莫寒明白了他这句话的意思：高格非很可能是因为怀疑自己患上了某种绝症，才讳疾忌医没有去参加最近这一年的常规体检，如果他真的患上了某种绝症，无论是这一次急性精神病发作的原因还是如今的厌世情绪都可以得到很好的解释，不过这样的猜测还需要俞莫寒自己去验证。他朝靳向南点了点头，道了声谢后就离开了。他特别想尽快去搞清楚这个问题。

靳向南不由暗暗叹息：这个家伙做事情太执着了，不做警察还真是有些可惜了。

席美娟开门后，看到是俞莫寒和倪静，微微皱了一下眉。俞莫寒不住向她表达着歉意，礼貌中带着一种坚持，席美娟只好客气地请他们进了屋。

"你丈夫已经被判无罪并当庭释放了，这件事你知道吗？"俞莫寒坐下后就直接问道。

席美娟点了点头，回答道："他给我打了电话。"

俞莫寒即刻就问道："难道他没有回这个家？"

席美娟没有回答，神情看上去有些凄苦。俞莫寒又问道："今天一大早他和父母一起去了新疆，这件事你知道吗？"

席美娟怔了一下，摇头道："他只是说要陪父母出去旅游一段时间，至于具体去了哪里他没有告诉我。"

俞莫寒看着她："你一点也不生气？"

席美娟淡淡地道："我为什么要生气？那是他自己的安排，告诉我一声就可以了。"

俞莫寒摇头道："不，其实你还是很生气的，只不过没办法而已。席老师，如果他叫你一起去的话，你会答应与他们同行吗？"

席美娟再一次沉默。

俞莫寒从她的表情看不出她对这个问题的态度，不过却从她此时的沉默中感觉到了她内心的复杂。这时倪静看了他一眼，意思是提醒他不要将问题问得那么直接和尖锐。倪静是女性，此时的她都在替席美娟感到憋屈，心里也因此感到一阵阵难受。

俞莫寒读懂了倪静眼神中所表达出来的意思，在心里轻叹了一声后温言问道："你丈夫就赔偿那几位受害者的事情与你沟通过吗？"

席美娟点头："他对我说过这件事情，希望我能够理解他目前的难处。我当然能够理解，毕竟他是我的丈夫，出了这么大的事情没有去坐牢就已经是万幸了，即使他将这套房子抵押出去我也不会多说什么的。"

俞莫寒愣了一下，问道："你的意思是说，他并没有打算将这套房子抵押出去？"

席美娟的脸上露出了一丝笑容，说道："两年前他入手了一套别墅，虽然贷了一部分款，但如今的房价已经翻倍，他准备将那套房子卖了去赔偿那些人。"

俞莫寒更是惊讶,问道:"那套房子他本来是准备买来住的还是单纯为了投资?"

席美娟摇头道:"我不知道,这样的事情他从来都不会和我商量的。他很会赚钱,我也不需要去过问他这种事。"

东边日出西边雨,道是无晴却有晴啊。这一刻,俞莫寒发现自己对高格非原有的印象发生了很大改变。其实仔细想来也是,夫妻之间再怎么样,都是有一些说不清道不明的情感的,否则两个人也许早就分道扬镳了。

接下来俞莫寒问及他此次来这里的主要问题:"你丈夫以前都要参加单位组织的常规体检,可是从去年年底到现在并没有再去体检过,这其中的原因你知道吗?"

席美娟的脸上露出了惊讶的表情:"去年他没有去体检吗?我怎么不知道?"

看来她是真的不知道这件事。俞莫寒又问道:"你丈夫最近的身体怎么样?我指的是除了他这次精神分裂的状况之外。"

席美娟想了想,回答道:"他好像经常有失眠的情况,一直在吃药,其他的好像就没有什么了。"

这时候俞莫寒忽然意识到自己一直以来都忽略了一个最为关键的问题,问道:"他是从什么时候开始对你家暴的?"

席美娟沉默了片刻,回答道:"就是他出现失眠之后。"

俞莫寒若有所思,又问道:"这其实也是你能够原谅他的原因,是吧?"

席美娟的眉头轻皱了一下:"一个人长期睡眠不好,脾气总会大一些的。"

俞莫寒敏感地抓住了她刚才使用的那个词:"长期?你说的这个长期指的是多久?"

席美娟又想了想,回答道:"接近一年的时间吧,自从他调到新单位后不久就开始失眠了。"

这时候俞莫寒朝倪静递了个眼色，然后就打开门走了出去。倪静随即问了席美娟这样一个问题："你和你丈夫有多长时间没有过性生活了？"

席美娟怔了一下，脸一下子就红了，生气地道："你这是什么意思？"

倪静也觉得有些不好意思，笑了笑解释道："这个问题是俞医生吩咐我问你的，他说这个问题很可能与你丈夫的病情有关系。"

席美娟轻叹了一声，低声回答道："好像有五年多了吧。"

倪静一下子就被她这个回答震惊了。

俞莫寒也同样被这个问题的答案震惊了。五年多？也就是说，高格非和席美娟结婚后只有不到两年的时间是处于正常的夫妻生活状态，然而这两个人并不是单纯精神性伴侣，他们的婚姻几乎没有激情，没有孩子，有的只是淡漠甚至家暴，这简直是太不可思议了。

先前俞莫寒让倪静代他去询问席美娟这个问题，倪静听了后一下子就脸红了，同时还因此而心跳加速，她很想问俞莫寒为什么要问这个问题，却没有问出口来。而此时，内心的震惊与好奇让她再也难以自制："他们的婚姻为什么会是这样的一种状况？你究竟想从中知道些什么？"

俞莫寒苦笑着说道："本来我只是怀疑高格非可能患上了某种不可为人知道的绝症，并试图从席美娟那里得到证实，却万万没想到答案竟然会是这样。人类果然是一种非常现实的动物啊，因为不想要孩子，就连身体的本能冲动都免掉了。"

他的话让倪静听起来觉得似是而非："你究竟想说什么？"

俞莫寒解释道："靳支队和我都分析高格非是因为怀疑自己患上

了某种绝症，才忽然出现了精神分裂。他今年才三十八岁，患上绝症也就意味着生命与事业的终结，而对于我们大多数人来讲，生命肯定比事业更加重要，所以在面对绝症的时候只能选择积极地去治疗，而不是一直讳疾忌医下去，除非他所患的绝症羞于启口，根本就不能为外人所知……"

这一下倪静终于听明白了，问道："于是你就怀疑他患的是艾滋病？"

俞莫寒点头道："是。只有在这种情况下他才会万念俱灰，在不想坐牢、害怕死亡的同时又存在着非常严重的厌世情绪，从而放弃上诉的权利，也才会因此而想到以自己已经所剩不多的余生去陪伴父母。可是让我没想到的是，他竟然在五年前就与妻子没有了性生活，而他只不过缺席了最近这一年的身体检查，也就是说，他怀疑自己患上这种绝症的时间很可能是在近期不到一年的时间内。因此，我试图从席美娟的身上得到这种猜测的证据也就没有了可能，如此一来，我的那个猜测也就只能是猜测。"

倪静不解："既然高格非和他妻子已经五年多没有过夫妻生活了，难道他还会和其他的人……"

俞莫寒笑笑："席美娟在高格非眼里是妻子的身份，妻子是什么？是陪伴，是孕育孩子的工具，她的长相非常普通，既然高格非不想要孩子，那么妻子在他眼里也就少了许多应有的功能……"

倪静的脸色一下子就变了："俞莫寒，想不到你竟然如此歧视我们女性！"

俞莫寒怔了一下，急忙解释道："这可不是我的想法，我只不过是站在高格非的角度分析这件事，你千万不要误会啊。"

倪静的脸色这才变得好了许多，想了想，顿时"扑哧"一笑，歉意地道："对不起，我刚才太敏感了。你继续说下去。"

作为一名精神病医生，被人误会的时候也并不少，可是他却没想到倪静也会这样，心里就有些兴味索然了，不过眼前这双充满浓厚兴趣的眼睛却在一瞬间将他击败，他继续道："有人讲过这样一句话，上帝的伟大就在于让生命在释放欲望的同时制造了新的生命。这句话的意思是说，无论是动物还是植物，欲望的释放才是第一位的，而制造新的生命只不过是附属产品罢了。对于高格非来讲，既然他和相貌平常的妻子不需要制造新的生命，那么妻子也就不再是他欲望释放的对象。以高格非的权力和赚钱的能力，他完全有机会去寻找长相漂亮、身材妖娆的女性去满足他这方面的需求。"

他刚才的话虽然听起来很有道理却有些刺耳，不过倪静还是被他后面的结论所吸引，禁不住问道："你的意思是说，接下来我们应该去把高格非的那个情人找出来？"

俞莫寒点头："也许他的情人不止一个……"话音未落，俞鱼的电话就进来了："你们在什么地方？高格非的案子出现了新的情况……"

苏咏文竟然也在俞鱼的办公室里，略施粉黛的她骤然间给了俞莫寒一种惊心动魄的惊艳，让他的目光即刻就转向了一边。倪静却似乎并没有注意到他这种状况，微笑着朝苏咏文打了个招呼。

俞鱼看了弟弟和倪静一眼，皱着眉头道："原告方提起了上诉，不过程奥却在这个时候告病了。"

苏咏文的目光在俞莫寒的脸上停留了一瞬，然后将目光转到俞鱼那边，说道："据我所知，鼓动原告上诉的人很可能就是林达。林达是省城晚报的记者，高格非案从一开始就是他在媒体上以阴谋论造势，而且此人与程奥一直有着密切的私下交往。很显然，程奥已经非常满足于此案如今的判决结果，并不想将这件事情搞得太大，以免引火烧身，同时，他也是在用这样的方式间接向俞律师表示妥协。"

她果然是一名出色的记者，几句话就将情况介绍得清清楚楚，俞莫寒在心里暗暗赞叹，只听姐姐道："如果真是这样的情况，那高格非也就不得不应诉了。这样也好，我正好可以说服他上诉。"说到这里，她微微皱了一下眉，"至于程奥，如果他不在媒体上当众向我道歉的话，我是绝不会罢休的。"

俞莫寒想了想，说道："我觉得高格非肯定不会同意上诉，现在他的底线就只有一个，那就是不承担刑事责任。所以，他对律师的要求也就很可能仅仅是无罪辩护。至于程奥，从他现在的反应来看，如果事情进一步扩大，他很可能会选择在媒体上当众向你道歉。"

这时候倪静忽然轻咳了一声，说道："我觉得事情可能不会如此简单。从莫寒目前所调查到的情况来看，一旦高格非的案子重启，滕奇龙很可能会通过各种关系插手，这样一来，原告很可能会撤诉。"

苏咏文道："确实存在这样的可能。不过我对林达这个人比较了解，他是一个非常功利的人，而且惯于打公平正义的旗号，因此，越是在压制下他就会越活跃。不过如此一来，对俞医生来讲反倒有好处，至少林达会转移掉对方很大一部分注意力。"

俞莫寒却不以为然："如果林达真是你所说的那种人，那就很容易被人收买。而且我相信，接下来滕奇龙极有可能会使用收买他的方式达到自己的目的，所以，我觉得这起案子最终的结果还是以原告方撤诉而不了了之。"

苏咏文不由看了他一眼，心里顿时有些恼火、凄苦：我明明是从对你有利的角度分析这件事的，你却非得要去维护倪静的面子，我真是不明白了，我究竟在哪些方面不如她？难道仅仅因为她认识你的时间早一些？

俞鱼对这种情况比较敏感，急忙咳嗽了两声，说道："不管怎么说，我们现在所有的判断都只不过是猜测罢了，等情况进一步明朗后再说吧。唉！看来我得重新安排自己后面的时间了，这件事情还真是麻烦啊。"

时间很快就到了中午，俞鱼提议大家一起去吃饭。俞莫寒觉得自己在这里浑身不自在，于是就借口说还有别的事要去办，慌不迭地离开了。

他离开的时候分明感觉到了苏咏文目光中流露出来的那一丝哀怨，这让他更是心慌。其实他并不知道，苏咏文的那种目光也完完全全落在了俞鱼和倪静的眼里。

她们三个人一起吃完饭，当苏咏文告辞离开之后，俞鱼对倪静道："莫寒的年龄比你小，像这样的事情你得有心理准备才是。"

倪静却淡淡地道："我知道。我早就对他说过，他永远都是自由的。"

俞鱼诧异地看着她："难道你就真的一点也不紧张？"

倪静的神情依然淡淡的："我只知道，该是自己的东西就一定是自己的，不属于自己的东西无论怎么强求也毫无用处。"

俞鱼怔了一下，过去轻轻拥抱了她一下："倪静，看来我以前确实是很不了解你。莫寒的眼光不错，能够找到你是他的福气。"

倪静顿时就被俞鱼刚才的举动和话语所感动，轻声对她说了一句："姐，谢谢你。"

俞莫寒离开律师事务所可以说是一种无奈，因为他实在无法在倪静面前去承受另外一个女人那一次次异样的眼神。漂亮的女人对男性来讲本身就是一种十分厉害的武器，而漂亮女人眼神中的哀怨、责怪更是几乎让人无法抵御，所以俞莫寒选择仓皇而逃。然而当他上了一辆出租车后却一时间茫然得不知道应该去何处，一直到司机第二次问他，他才说出了"城南刑警支队"这几个字。

当他说出这个地方后就意识到，这很可能是自己潜意识里的想法，因为他确实有问题要去和靳向南探讨。

靳向南也是刚从一起案件的现场回来，于是就拉着俞莫寒到了单位的食堂。靳向南特地让师傅炒了几个菜，这才开玩笑似的问俞莫寒："你不会是专门跑到我这里来吃饭的吧？"

俞莫寒笑着道："我给你们打了几天工，心里觉得亏得慌，于是就找你蹭饭来了。"

靳向南哈哈大笑，问道："那你要不要来点酒？我是不能喝的，纪律不允许。"

俞莫寒急忙朝他摆手，道："不喝酒，不喝酒。靳支队，今天上午我去了高格非家一趟，从他的妻子那里了解到一些情况……"

靳向南听完他的讲述后问道："你是如何看待这件事的？"

俞莫寒道："我是一名精神病医生，思维的方式和你们警察不一样，你们擅长逻辑推理，而我总是习惯性地从心理角度去分析一个人的意图，所以我才特地跑来和你探讨一下这件事。"

靳向南沉吟道："推理的前提是假设，也可以通过我们已知的结论去反推。如果从这样的思维出发，或许我们可以从中得到一些有意义的东西。"

俞莫寒看着他："比如？"

靳向南问道："在你看来，目前高格非的状况究竟是怎么样的？"

俞莫寒想了想，说道："第一，他害怕去坐牢，更害怕被判处死刑，所以才放弃了上诉；第二，他缺席了每年一次的常规体检，而且近一年来长期失眠，以至于经常对妻子实施家暴；第三，他目前已经对受害者的赔偿事宜作了很好的安排；第四，即使在这样的情况下，他依然给妻子留下了一笔财产，而并非像我原先以为的那样对他的妻子那么无情；第五，他非常厌世，只希望用他的余生去陪伴自己的父母，而且特别让人奇怪的是，他刚刚被法庭无罪释放就带着父母去了新疆旅游。这一条非常重要，因为他的这种行为与前面我所提到的第一条是非常矛盾的。此外，这次高格非出事后，滕奇龙一直在帮他。要知道，滕奇龙可是对高格非有知遇之恩的，而这次滕奇龙的出手却有巨大风险，给人的感觉反而像是高格非手上掌握着滕奇龙什么重要把柄似的，这就显得非常不合常理。"

靳向南又问道："如果从心理分析的角度，到目前为止你可以得出什么样的结论？"

他这是在引导自己。俞莫寒发现自己的思路变得清晰了许多："综合以上所有的情况，我觉得最大的可能就是，高格非在到了新的岗位后不久发现自己或者是怀疑自己患上了某种不可以让人知晓的绝症，而且这个绝症很可能就是艾滋病。因为只有在这样的情况下，他所有的思维方式和行为才可以得到最合理的解释。"

靳向南并没有提出反对意见，说道："请你说得更具体一些。"

俞莫寒道："我反复揣摩高格非的心理状态，无论是正常人还是作为精神病人的心理状态都无法解释他那些自相矛盾的举措，但是后来我忽然发现，如果高格非被确诊或者是他怀疑自己已经染上了那样的疾病，那么所有的事情也就可以解释得通了。比如他害怕坐牢甚至死刑与他厌世的这种矛盾，是因为他自知生命已经不久，所以才希望尽量多陪伴父母，以此报答他们的养育之恩；而他对妻子的家暴与情义的矛盾也可以用内心的极度内疚去解释；还有就是他的失眠及这次急性精神分裂的发作，也很可能是因为患上了那样的疾病所产生的恐惧所致。"

靳向南点头，又问道："那么，他和滕奇龙的奇怪关系呢？这又如何解释？"

俞莫寒道："这可就是另外一个问题了。高格非这次的事情事发突然，作为医学本科毕业生，当警察告诉他事情的真相后，他当然也就能意识到自己当时很可能是精神出了问题，于是才有了他后来的司法鉴定申请。然而奇怪的是，作为年轻医生的我却被人拉进了这个司法鉴定小组里，这其中的原因很可能是顾维舟和其他几位鉴定小组成员害怕出意外负责任，不过却由此让滕奇龙露出了马脚。也就是说，滕奇龙是主动在背后暗暗帮助高格非的，这就让人感到很不可思议了。"

靳向南看着他："所以，你认为高格非很可能掌握着滕奇龙非常重要的把柄？"

俞莫寒点头道："是的，这是最可能的情况。高格非虽然救过滕奇龙的命，但那只不过是他当时工作的一部分，作为校长身边的秘书，忽然发现校长心脏病发作当然应马上采取急救措施，并在第一时间通知医院，而后来滕奇龙也用快速提拔他的方式给予了丰厚的回报，按理说滕奇龙绝不可能因此而去冒如此大的风险试图在司法鉴定上做文章才是，然而他却偏偏那样做了。"

靳向南又问道："那么，你认为高格非所掌握的那个把柄最可能会是什么？滕奇龙贪腐的证据？"

俞莫寒摇头道："我认为高格非所掌握的很可能并不是什么滕奇龙贪腐的证据。从高格非宁愿接受法院此次的判决结果来看，他对自己的财产来源的合法性是非常有自信的，而从我目前所了解到的情况也确实是如此。也就是说，假如滕奇龙真的存在贪腐的情况，高格非也绝不是共同参与者，既然他不是共同参与者就很难获得相关的证据。如果高格非确实是知情者的话，对于滕奇龙来讲，也绝不会让高格非独善其身。"

靳向南笑道："你这也是逻辑推理啊，而且在我看来你刚才的推理还算严密。"

俞莫寒朝他摆手道："不，我只是从高格非和滕奇龙的心理去分析最可能的情况。比如滕奇龙，他为什么会甘冒奇险主动帮助高格非呢？那是因为他知道如果自己不主动去帮助高格非，就很可能会因此付出让他无法承受的巨大代价。很显然，高格非所掌握的那个把柄对滕奇龙来讲肯定是非常致命的。于是我就不得不去思考另外一个问题了，那就是高格非一年前的那次调动。"说到这里，他看着靳向南，"靳支队，由此你想到了什么？"

靳向南问道："你认为高格非的那次调动其实是一次筹码交换的结果？"

俞莫寒点头道："我觉得很可能是这样。高格非掌握着滕奇龙的把柄，滕奇龙也就因此不希望这个人继续留在自己身边，以免今后另生事端。而高格非后来任职的单位恰恰属于卫生厅管辖，滕奇龙又是从卫生厅出来的人，他完全有能力替高格非谋取到那个职务。"

这时候靳向南猛然惊醒，双眼瞪得大大的，他看了看四周后低声问道："你怀疑高格非前妻的死可能与滕奇龙有关？"

俞莫寒也在看着他，话语中透出丝丝寒意："除此之外，你认为还有其他的可能吗？"

靳向南思索了好一会儿，叹息道："可惜的是，你的这些结论都只不过是猜测而已，在没有任何证据的情况下我们根本就不可能立案。"

俞莫寒依然看着他："所以，我们需要去寻找相关的证据。"

靳向南这才真正明白了眼前这个家伙来找自己的真实目的，他轻轻敲了几下桌面，说道："我可以把小冯暂时借给你，不过这件事必须保密。我指的是调查滕奇龙的事。"

俞莫寒大喜："要是你现在可以喝酒就好了，我还真的想敬你一杯。"

第十七章
双重人格患者

林达约了程奥好几次都被对方以身体不适为由婉拒，后来又听说程奥已经离开了省城去外省的老家养病去了，直到这时，林达才明白对方是真的撂了挑子，愤怒之余不禁对这个人很是鄙夷：只不过是一个没有担当的人，那就随他去吧。接下来他就开始斟酌下一任原告律师的人选，而就在这个时候一个陌生人敲开了他的门。

如今已经是信息时代，舆论的威力非同寻常，一篇负面报道往往就可以让一家企业陷入巨大的危机，所以，记者这个职业有时候也是很容易挣到钱的，而林达正是这方面的佼佼者。陌生人的目光大致扫视了这套花园洋房漂亮的客厅一眼后，就直接说明来意："林记者，本人姓谢名汝常，是高格非先生多年的好友，此次前来拜访林记者也是受高格非先生所托。"

林达一听也就大致明白了这人的来意，淡淡地道："高格非的事情和我毫无关系，谢先生可能是找错人了吧？"

这位自称谢汝常的来访者笑笑，缓缓说道："二十万。"

林达满脸诧异的样子："谢先生这话是什么意思？我怎么一点都听不明白呢？"

谢汝常也是淡淡一笑，又开口道："五十万。"

林达站起身来，冷冷地道："谢先生，请你马上离开，否则我就要报警了。"

谢汝常却没有动："一百万，这是我们最大的诚意了。"

林达立刻打开了房门，侧身站在一旁："谢先生，这是我对你最后一次警告。"

谢汝常起身，目光逼视着对方："林记者，其实你也并不是什么君子，盛名这种东西有德者居之，无德者失之，有些事情适可而止就行了，你好自为之吧。"

看着渐渐远去的那个人的背影，林达不住嘿嘿冷笑。他当然不会报警，因为刚才他根本没来得及录音，所以那样做也就毫无意义。此外他根本就不能确定此人真正的身份，搞不好是对方故意来试探自己的也很难说。他自信自己刚才的每一句回答都滴水不漏，绝不会让对方抓到任何把柄。

不过接下来林达却马上更新了自己的微博：刚才有人登门拜访，出价一百万让我放弃对高格非案的质疑，结果被我严词拒绝。来人转而对我发出威胁性警告。此人非常愚蠢，因为他根本就不懂得正义的力量究竟有多么强大。

转眼间，这一条微博的下面就出现了数百条粉丝及支持者的评论，林达随意看了看，无声地笑了起来，随即合上了电脑，拿出电话连续拨打了好几个号码，说的都是同样的一句话："今天晚上我请客，辉煌酒楼。"

因为林达这条微博在短时间内引起了大量转发与评论，很快就引起了苏咏文的注意。苏咏文对林达当然知根知底，绝不会像其他人那样相信此人真的就那么高尚，不过她却从这条微博的内容联想到了俞莫寒的分析，顿时就有些佩服他对人性的准确预判。这一刻，她再也无法控制自己，拿起电话就拨打了俞莫寒的号码。

俞莫寒刚刚从靳向南那里出来不一会儿就接到了医院打来的电话，电话提醒他晚上夜班，同时还告诉他刚刚收了一个病人，安排在了他分管的病床上。俞莫寒准备提前回医院了解一下那个病人的情况。

小雨过后，气温降了一些，空气也不再那么干燥，靳向南的支持让他对自身安全的担忧减轻了不少，心情也就自然变得轻松起来。

苏咏文的电话打过来时俞莫寒正在等公共汽车，当他看到手机屏幕上那个名字时还是有些犹豫的，最终他按下了电话："你好，苏记者。"

电话里苏咏文的声音很动听："俞医生，现在有空吗？"

俞莫寒如实回答道："我今天晚上夜班，正准备去医院呢。"

苏咏文看了看时间，说道："现在不是才下午吗？要不我们找个地方去喝杯咖啡？"

俞莫寒犹豫了一下，问道："苏记者，有什么紧要的事吗？"

苏咏文有些生气："没紧要的事情我们就不能见面、在一起喝杯咖啡吗？原来你根本就没把我当朋友啊……"

只听电话里的声音就知道她生气了，俞莫寒不再犹豫，急忙道："那好吧，不过我必须在下午六点半之前赶到医院。"

苏咏文的声音一下子就变得高兴起来："这还差不多。你放心好了，我不会耽误你太多时间的。"

俞莫寒第一眼所看到的是苏咏文的妩媚，紧接着才是她的美丽。她的妩媚通过她那流光溢彩的目光直接流淌到了俞莫寒的心田，使得他在那一瞬间从内心深处情不自禁地发出了一声哀鸣。那真是一种让他感到无限美好却分明又是一种痛苦的折磨啊。当他终于从这种复杂的心绪中稍稍清醒过来时，才发现她的脸上正荡起灿烂的笑容。

"她其实并没有我以为的那么美丽，只不过是我已经心动。"这一刻，俞莫寒瞬间明白了自己的内心，看透了自己刚才所有外表感受下的实质。然而，这却让他感到更加惶恐与痛苦。

苏咏文看到俞莫寒站在那里怔怔地看着自己，心里顿时更高兴了。她从俞莫寒的目光中看到了爱的神采，却偏偏忽略了他一侧颧骨处一闪即逝的肌肉颤动，那其实是他内心刺痛伴随着的表情显现。

"你终于来了。"苏咏文从窗边的座位站了起来，笑吟吟地对他道。

就在刚才，当俞莫寒的目光从她脸上滑过的一瞬间，从窗外斜照进来的一缕阳光恰恰刺激到了他的双眼，一丝刺痛让他瞬间变得清醒了许多，倪静那沉静的样子也在那一刻进入他的心田。他朝苏咏文微微一笑，歉意地道："对不起，让你久等了。"

苏咏文暗暗讶然于他瞬间神态的变化，不过并没有特别在意。待俞莫寒坐下后她才问道："你喜欢喝点什么？你是在德国留过学的学者，这里也有从德国进口的啤酒。"

俞莫寒笑道："其实德国人最喜欢喝的并不是啤酒和牛奶，而恰恰是咖啡，无论是卡布奇诺还是拿铁，他们都喜欢喝。不过我这个人没那么多讲究，速溶咖啡在我看来也是一种美味。"

苏咏文不住地笑，说道："那就拿铁吧。"说着就招手让站在不远处的服务生过来，同时问俞莫寒："既然你觉得速溶咖啡也是一种美味，想来你是一定要加奶和糖的，是吧？"

俞莫寒点头道："是的，其实我就是一个土包子，即使到了国外也依然忘不掉海底捞、红烧狮子头及回锅肉的土包子。"

苏咏文笑得更欢了,她那洁白的贝齿也同样给俞莫寒带来了强烈的视觉冲击。他好不容易才敛住了心神,问道:"想来苏记者不仅仅是为了喝这杯咖啡才给我打电话的吧?"

俞莫寒一直以来对她的这种称呼让苏咏文感到有些不快,不过她也知道,在目前的情况下,两个人的关系想要更进一层几乎不大可能,除非自己变得更加主动一些。想到这里,她问道:"莫寒,我可以这样称呼你吗?"也不等对方应承就自顾自微红着脸说了下去,"你关注了今天的微博没有?"

俞莫寒正感到有些不知所措,听到她接下来问的是这件事情,便摇头道:"我还没来得及去看呢,出什么事了?"

苏咏文将林达刚刚更新的微博内容对他说了一遍,随后笑着道:"想不到还真被你说中了,果然有人试图去收买林达,不过收买他的那个人并没有成功。"

俞莫寒淡淡地道:"只不过是对方开出的筹码还不足以让他心动罢了。"

苏咏文点头道:"嗯,我也是这样认为的。"

俞莫寒思索了片刻,又道:"林达的这条微博其实就已经暴露了他的潜意识,特别是其中'此人非常愚蠢'这句话。不,或许这并不是他的潜意识……如果结合前面非常明确地说出对方给他开出的具体价码,这就很容易让对方明白他真正想要传递的另一层意思。"

苏咏文仔细斟酌着林达这条微博中的每一句话,道:"好像还真是这样。原来他是想名利双收啊。"

俞莫寒冷笑道:"对于有些人来讲,这个世界上根本就没有谈不成的交易,在他们看来,关键的问题只不过是筹码的多少而已。其实真正愚蠢的恰恰是林达自己,在这种情况下,对方一定会加大筹码一直到他满意为止,而一旦今后事情败露,最终身败名裂也是一种必然。"

苏咏文问道:"问题是,今后事情就一定会败露吗?"

俞莫寒道:"一定会的。只要我继续将高格非的事情调查下去,所有的真相最终都会大白于天下,而那个时候就是林达身败名裂之时。我始终相信一点……"说到这里,他将视线投向窗外,"在明媚的阳光下,罪恶一定是无处躲藏的。"

苏咏文看着他:"可是,这个世界上总有一些阳光照射不到的地方。"

俞莫寒笑了笑,说道:"我们是人,最善于使用工具,我们可以用镜子将阳光折射到那些阴暗的角落里去。"

苏咏文禁不住笑了:"我感觉自己好像在和一位哲学家谈话。"

俞莫寒不好意思地笑了笑,说道:"我们正在这样做,这其中也包括你。难道不是吗?"他看了看时间,歉意地道:"苏记者,如果你没有别的事的话……"

苏咏文忽然感觉很失落,急忙道:"今天我反正也没有别的事,要不我陪着你上山去?上次我们一起去过的那家鱼庄味道不错,我又有些馋了呢。"

俞莫寒再次向她道歉:"对不起,今天真的不行,吃了那样的东西身上会有气味,有的病人在这方面十分敏感。改天我再请你好吗?"

听他这样说,苏咏文也就不好再坚持了,她看着俞莫寒:"那好吧,不过我还有一个请求:从今往后你不要再称呼我'苏记者'了,直接叫我的名字,好吗?"

俞莫寒不敢直视她的目光,却又觉得难以拒绝:"那……好吧,苏记者。"

苏咏文的神情一下子就变得黯然起来,坐在那里不再说话。俞莫寒有些尴尬，站起身来向她告辞："再见，苏……咳咳！"他苦笑了一下，"对不起，这一时之间我还实在是……"

苏咏文一下子就被他的窘态给逗乐了："我不急的，你慢慢习惯了就好。俞医生……不，莫寒，再见。"

这时候就连苏咏文自己都没忍住，"扑哧"一下笑出了声。

在上山的路上，俞莫寒的脑子里全是苏咏文的一颦一笑，而且这样的感觉分明又是如此美好，让他沉浸于其中，以至于坐过了站点，一直到公交车到达终点站时他才霍然间回到了现实。难道这就是心动？那么，自己和倪静之间的情感又是什么呢？

是的，这一刻他真的迷茫了，因为他实在不能自欺欺人地认为自己与倪静的情感并不属于爱情。后来，当他步行到医院大门外时才不得不承认这样一个现实：自己好像同时爱上了两个女人。她们中的一个宁静、豁达、智慧，而另外一个活泼、大胆、美丽。她们各自的优点都足以让他心动，而且流连忘返。

然而那样的美好却在这一刻变成了非常糟糕的感觉，因为他必须也只能从中选择一个作为相伴终生的对象。这种选择让他痛苦不堪，并同时对她们产生了深深的愧疚感。

新入院的病人是一位男性，初步诊断为双重人格疑似患者。所谓的双重人格其实就是从主体人格里分裂出了另外一个人格，就如同一具身体里居住着两个灵魂，而且这两个人格相对比较独立，相互并不知道对方的存在。双重人格是一种非常严重的心理障碍性疾病，也属于精神分裂的范畴。

这名患者是一家私企的销售主管，已婚，妻子是某商场的售货员，两人育有一女，无论是单位还是周围的邻居，对他的印象都非常不错。然而前不久却被人发现，他在城市的另外一个小区里拥有另外一个女人，事发后此人拒不承认自己私企主管的身份，而且将妻自己的子和女儿视若旁人,他坚称自己是单身,而且还拥有另外一个完全不同的名字。不过最开始的时候并没有人相信他的这番说辞,他的婚姻也差点破裂。后来是他的一位医生邻居觉得这件事有些不大对劲,这才建议送他到医院去让医生对其情况进行甄别诊断。

科室里面的人都知道俞莫寒最近在帮警方调查一起案子,所以最近他经常请假大家也就没有多说什么,而顾维舟似乎早已忘记了他这个年轻医生的存在,一直都采取不闻不问的态度。这个病人入院的时间就在俞莫寒最开始准备上山的时候,当时病人已经恢复到了主体人格的模式,他只记得自己是一家私企的销售主管,是一位商场售货员的丈夫,他和妻子有一个可爱的女儿。他对自己被送到这个地方来的原因全然不信,而且表现出了巨大的愤怒。

"我很正常,绝不是什么精神病。"当俞莫寒坐到这个病人面前时,他早已经冷静下来,十分认真地说道。

大多数的精神病患者都不认同医生的诊断,其实这是因为他们的不自知。俞莫寒朝他点了点头,说道:"其实我们对你的诊断并没有最终确定,不过明天上午就基本可以知道结果了,所以我希望你能够耐心地在这里住一晚上。今天晚上我值夜班,也没有别的什么事,不如我们俩好好聊聊天,你觉得怎么样?"

病人觉得这个医生的态度还不错,也就不再那么抗拒:"那好吧。可是现在我想抽烟怎么办?"

俞莫寒问道:"你平常都喜欢抽什么牌子的烟?我让护士帮你买一包来就是。"

病人道:"软中华。不过现在我身上没钱,钱都被他们搜走了,等我明天从这里出去后一定让人来把钱还给你。"

俞莫寒点头道:"好。"于是就从钱包里取出一百元让护士出去买烟,同时还低声朝护士吩咐了几句。

香烟很快就买回来了，病人点上后贪婪地吸了好几口，说道："都大半天没抽一支烟了，难受死我了。"

俞莫寒微微一笑，问道："你是不是经常发现自己的身上会出现不同牌子的香烟？"

病人点头，不过却是不以为意的表情："我是做销售的，别人送我各种各样的烟很正常。"

这倒是。俞莫寒又问道："你是不是偶尔会发现自己忽然出现在了另外一个地方，而且那个时候对前面数个小时或者数天发生的事一无所知，就好像自己的时间丢失了一样？"

病人朝他摆手："是有过这样的情况，不过我懒得去留意，我的工作实在是太忙了。"

俞莫寒点头表示理解，说道："长期这样下去可不行啊，身体会被累垮的，而且孩子也需要你这个做父亲的陪伴。"

病人苦笑着道："我又有什么办法？这份工作虽然辛苦，但收入不错。大家不都是这样吗？趁年轻的时候多赚些钱，等老了之后再慢慢去享受吧。"

这时候俞莫寒从口袋里拿出一枚硬币，让硬币在他的右手指间快速移动，同时笑着对病人说道："你是不是经常感觉很疲劳？这是魔术的手法，其实你也可以尝试着去练习，这样的方式不但可以增强记忆力，而且可以舒缓疲劳。"

病人看着俞莫寒手上那枚在指间快速翻滚移动的硬币，双眼瞪得大大的，问道："你是怎么做到的？太灵活了……"

而就在这个时候，俞莫寒忽然将硬币轻轻弹起，硬币掉落到桌面后就开始快速旋转，俞莫寒用一种低沉的声音对病人命令似的道："看着它，别转眼。"

硬币继续在旋转，因为与桌面的摩擦发出了轻微的、动听的沙沙声，病人的目光紧盯着那枚硬币。这时候值班护士不知道什么时候出现在他面前，问道："赵鲤，叶丹丹呢？"

赵鲤就是这个病人分裂出来的那个人格的名字，而叶丹丹就是赵鲤的女朋友。刚才俞莫寒在病人面前玩的这个硬币游戏不过是为了诱导病人进入半催眠的状态，从而让护士顺利地将他的亚人格引导出来。

病人的身体骤然一震，满脸诧异地看着俞莫寒和他身旁的护士："你们是谁？"他又朝周围看了看，"这是什么地方？我怎么会在这里？"

俞莫寒朝他微微一笑，说道："你生病了，昏了过去。这里是医院。"

病人这才松了一口气，问道："医生，我生的是什么病？严重不严重？"

俞莫寒道："不是什么大问题，就是低血糖。赵鲤，你是做什么工作的？"

病人答道："我没工作，老爷子死的时候给我留下了一笔钱，基本上够我这辈子花销的了。"

俞莫寒道："基本上够花销可不行，如今物价上涨那么快，今后你结了婚，有了孩子，孩子的教育，孩子长大后的住房，等等，这些都得花钱啊。"

病人摇头道："我的责任就是将孩子养大，其他的事情我都不管。"

俞莫寒看着他："你这样做太自私了吧？你父亲是怎么对你的？难道你不也应该给孩子留下一笔资产吗？"

病人不住摆手："我家老爷子不到六十岁就累死了，我可不想像他那么累。儿孙自有儿孙福，随他们去吧。"

俞莫寒笑道："倒也是。对了，平常你一般抽什么牌子的烟？"

病人道："我一个人在家的时候喜欢抽云烟，二十多块钱一包，出门的时候可能会买一包好烟。"

俞莫寒指了指桌上的那包软中华,问道:"比如说这种?"

病人点头:"是啊。"

俞莫寒又问道:"你是不是经常发现自己的口袋里会莫名其妙地出现这种牌子的香烟?"

病人点头:"有时候是觉得有些奇怪,不过我经常去网吧里玩游戏,整天过得稀里糊涂的,谁会在意这样的事呢?"

俞莫寒觉得有些诧异:"你女朋友呢?我说的是叶丹丹,难道她一点都不管你?"

病人笑道:"她只是偶尔到我这里来住两天,她也特别喜欢玩,谁管谁呢?"

俞莫寒顿时笑了起来,随口问道:"赵鲤,你这个名字是谁给你取的?"

病人愣了一下,回答道:"肯定是我父母取的啊,这还用说?"

俞莫寒"哦"了一声,又问道:"那么,你父亲叫什么名字呢?"

病人又愣了一下,回答道:"刘才举。对呀,既然我老爹姓刘,我怎么会姓赵呢?"

俞莫寒看着他:"你仔细想想,为什么你会叫赵鲤这个名字?"

病人想了好一会儿,摇头道:"我真的不知道,而且我好像从来都没有认真思考过这个问题。"

俞莫寒又问道:"那么,你认识刘亚伟吗?"

刘亚伟就是这个病人从小到大使用的名字,准确地讲就是他主体人格的名字。病人瞪大眼睛问道:"刘亚伟是谁?前两天就有人在我面前提过这个名字,还有人说我就是刘亚伟,我怎么解释他们都不听,可是我真的不认识这个人啊。"

这是一个非常典型的人格分裂病例,虽然对于这种疾病的发病原因及机理存在着多种说法,但到目前为止,无论是在心理学还是精神病学界，都没有真正搞清楚这个问题，治疗方法也并不十分明确，而且疗效甚微。

不过俞莫寒却有些感慨，至少他能够做到毫无压力地同时爱两个女人，而同一具身体里的两个灵魂却互不相识、互不相知。

当然，俞莫寒也就是那样想一想罢了，其实他也十分清楚，这个病人的情况从本质上来讲还是非常纯洁的一对一的爱恋关系，毕竟决定一个人行为的是灵魂而不是肉体。

刚才与病人谈话的整个过程已经被全程录像。而此时，俞莫寒已经大致清楚了病人发病的过程和缘由。说到底就是病人的主体人格压力过大使然，正因为如此，他分裂出来的那个亚人格才会是那样一种身份和状态。这其实就是他潜意识中的一种期望——不劳而获的安逸生活，不受任何管辖及几乎没有负担的情感状态。

俞莫寒有信心治疗好这个病人。双重分裂人格的有效治疗就是将病人的两种人格完全融合在一起，不过这个病人的两种人格差异实在太大，所以接下来除了确定治疗的手段外，更重要的就是时间。

然而此时的俞莫寒不知道，在后来的某一天他也会成为一个双重人格患者。

只不过那是一场阴谋。

精神性疾病大多是慢性病，治疗的过程往往比较漫长，而且除了极少数病人可能出现躁狂症状外，大多数病人都比较安静，所以夜班医生的工作还算清闲。

在明确了病人的诊断后，俞莫寒就准备看书，可是这天晚上他发现自己的注意力根本就没办法集中，脑子里一直浮现出倪静和苏咏文的哀怨模样。这让他感到有些恼火，甚至开始怀疑造成这种状况的原因是自己的见异思迁。

俞莫寒记得倪静对自己说过这样一句话：无论是爱情还是婚姻其实都是人生的一场旅行，沿途总会出现许多让人心动的风景，只有当一个人欣赏完所有风景后还依然愿意回到原来的地方，这样的爱情和婚姻才是最稳定的。而自己当时的回答却是：欣赏是可以的，但不能沉迷于其中。是的，这确实是自己当时的回答，而且他记得自己当时说出这句话的时候是那么理所当然，几乎没有太多的犹豫。然而现在看来，自己当时那个回答简直就是一个笑话。

俞莫寒记得自己大学时也有过同样的经历，只不过当时正值青春期，激素勃发的年龄，虽然内心痛苦却又是那么的美好，而现在，此时此刻，曾经经历过的那种痛苦与美好似乎并不存在，更多的反而是纠结与自责。

他忽然想去找一个人来倾诉，希望以此寻找一种外在的力量来帮助自己。可是他搜寻着自己的记忆后才忽然发现，自己竟然几乎没什么朋友，如果非要算的话，靳向南应该算是，但他肯定不合适——作为刑警支队的队长，人家哪来那么多时间和精力来倾听你这点小资情绪发作？

是的，精神病医生这个职业治疗和拯救的是那些出现了偏差的灵魂，他们自己却由于职业的关系，常常将内心包裹起来，于是也就只能孤独。

哦，对了，姐姐或许可以。不过俞莫寒却不愿意把自己这些事情拿去对她讲，他觉得自己如今早已长大，再也不是那个曾经挂着鼻涕跟在她身后的小孩子了。更何况她毕竟是女性，怎么会懂得自己的内心世界呢？如果自己真的去向她倾诉，很可能会被她教训。

这一刻，俞莫寒忽然想起一个人来……我哥，他才是最合适的那个人啊。我就不相信他在婚姻的沿途没有看过一些风景！但想到自己正值夜班，而且现在这个时间点……明天吧，明天再说。

夜班后的第二天至少可以休息半天。早上起来处理完分管病床所有的病人后他交班给白班医生，早餐后准备下山。这时候科室主任找到了他，问道："俞医生，警方那边的事情完结没有？"

俞莫寒不想在这种事情上说谎，点头道："完结了。不过昨天收的那个病人的情况我还必须去进行充分的了解。"于是他将自己的诊断及对病人病因的分析说了一遍，随后又继续说道，"到目前为止，病人分裂出亚人格的目的和作用虽然基本上明确了，但这或许并不是他双重人格出现的根本原因。一般来讲，像这样的病人往往是在他的童年时期有过身体或者心理上的创伤，而后者的可能性更大，所以我必须去进一步搞清楚。"

他说得非常清楚明确，科室主任也没再说什么，点头道："那你就尽快去搞清楚这些情况吧。不过最近你请假有些多，科室里人员紧张，大家虽然能够理解你的情况，但经常这样难免出现一些非议，毕竟大家都很不容易，你说是不是？"

俞莫寒歉意地道："其实我也不想那样，可是警方的请求我也不能推托不是？更何况这还是顾院长亲自给我安排的任务。这样吧，等我忙过了这段时间请大家吃饭，当面向大家道歉、道谢。"

科室主任"呵呵"笑了笑，说道："那倒是不用，今后你尽量注意一下就是了。"

俞莫寒并没有怀疑科室主任的意图，毕竟科室主任一直以来对他都很不错。也许他就是以事论事，或者是受了顾维舟的叮嘱后对他进行严格的管理。

接下来俞莫寒搭乘了一辆出租车下山。如今时间对他来讲非常重要，他必须争分夺秒地去处理好更多的事，其中也包括他目前所遇到的情感问题。

汤致远已经辞职，俞莫寒在下山的路上就给他打了个电话，得知姐姐已经去了她的律师事务所，这才放下心来。

俞莫寒一进屋就被汤致远拉到电脑前看他的写作成绩，他兴冲冲地对俞莫寒说道："我的小说已经开始上架销售了，你知道我平均一天的收入有多少吗？"

虽然心里面藏着事，俞莫寒却不想因此而坏了汤致远的兴致，急忙问道："有多少？"

汤致远打开了作者后台，十分得意地指着上面让他看："我一天销售三千块！我和网站五五分成，每天的收入就是一千五百块，扣除税费后一个月可是有四万多呢。我的乖乖！这可比我之前的收入高太多了啊。而且随着这本小说的字数增加，今后的收入肯定会越来越多，年入百万不是梦啊。"

俞莫寒也替他高兴，点头说道："收入只是一个方面，最重要的是你会因此而感到非常有成就感。而且随着你写作能力的增强及技术层面上越来越成熟，说不定你的下一本小说成绩更好。"

汤致远更是高兴："是啊，是啊。"这时他才忽然想起妻弟的来意，"莫寒，你这大上午地跑来找我，不会是因为我的写作成绩吧？你姐告诉你的？"

他的写作取得了如此惊人的成绩，必定会在第一时间告诉妻子，更何况现在他们两个人的感情早已恢复如初。俞莫寒摇头道："哥，我是来寻求你帮助的。"他还是觉得有些不好意思，"这个……最近我发现自己似乎同时喜欢上了两个女人，是真正的那种喜欢，结果搞得我很纠结，同时也非常自责。"

汤致远一下子就笑了，问道："你说的是倪静和苏咏文吧？"

俞莫寒一下就明白了，问道："是我姐告诉你的？"

汤致远点头："是的。你姐说，那个叫苏咏文的记者太漂亮了，还主动，估计你很难抵御她的攻势。"

俞莫寒的脸有些红了，尴尬得说不出话来。汤致远拍了拍他的肩膀，叹息道："我也是男人，哪个男人不喜欢看漂亮女人呢？"

俞莫寒看着他："你的意思是？"

汤致远却在摇头，说道："老婆是娶来过日子的，所以她长得是否漂亮并不是选择的第一要素，毕竟韶华易逝、红颜易老啊。"他用手指了指自己的胸口处，"所以，你得去问自己的本心，究竟什么样的女人更适合自己。"

俞莫寒苦笑："我要是能搞清楚自己的本心就好了。她们俩都那么优秀，各有各的优点和长处，所以我才在一时之间难以抉择嘛。"

汤致远笑道："既然如此，那就暂时不要去选择，最好的办法是再等一等，看一看。这是没办法的事情，总不能两个都娶回家。还有，像这样的事只能是你自己拿主意，问其他的人是没用的，因为别人并不懂得你最真实的感受。"

俞莫寒叹息一声，说道："看来也只能这样了。"

汤致远再一次拍了拍他的肩膀，说道："莫寒啊，你本身就是搞心理学和精神病学研究的，所以你应该比其他人更清楚，像这样的事，纠结和自责没有任何用处，这个世界上本来就没有什么完美的婚姻，只有两个人是否合适、是否能够相依相伴过一辈子，其实婚姻的真相就是如此。"

俞莫寒离开了姐姐的家，内心深处依然带着迷茫与痛苦。

第十八章
旧案重查

病人刘亚伟的父母都已去世，其个人资料显示，其母并不姓赵，所以俞莫寒现在最感兴趣的就是病人亚人格这个名字的来历。一个人的名字就是这个人存在于这个世界的符号，父母给孩子所取的名字都应该带有某种愿望或期盼，即使是双重人格患者给他自己取的名字也应该如此。所以，俞莫寒觉得这个病人真正的病因很可能就在其中。

刘亚伟的妻子名叫易虹，齐耳短发，微胖的脸上泪迹犹在。而眼前这个家无论是装修还是里面的陈设都非常奢华，虽然只是一套联排别墅的端户，但毕竟地处繁华街区，想来价格不菲。俞莫寒暗自感叹：这个家庭所有奢华生活的背后都是他的艰辛啊，而且这位姓易的女售货员一看就是刻薄易怒之人，难怪刘亚伟分裂出来的亚人格会是那样的生活与情感状态。

当然，俞莫寒并不是来责怪这个家庭的女主人的。他坐下后就直接说道："你丈夫的病情已经基本上确诊了，确实是双重人格，也就是人格分裂，属于精神性疾病。"

易虹质问道："在你们这些医生眼里，是不是那些乱搞男女关系的人都属于精神病？"

果然是一个刻薄的人。俞莫寒并没在意她的态度和语气，摇头道："我可没有那样说，不过你丈夫的情况确实就是这样。"随即将刘亚伟的具体情况向她介绍了一遍，然后又继续说道，"接诊的医生已经对他做过人格测试，结果是他确实有人格分裂的倾向，再加上我本人的问诊，所以基本上可以确诊了。我们得出的结论是有科学依据的，绝不是猜测和想当然。"

易虹这才有些动容，问道："那么，他这种病可以治吗？"

俞莫寒道："这就是我今天来找你了解情况的目的。易女士，你丈夫分裂出来的那个人格名叫赵鲤，'鲤鱼'的'鲤'，对他这个名字你熟悉吗？或者，你可以从这个名字联想到些什么？"

易虹想了好一会儿，忽然双眼一亮，说道："我记得亚伟好像对我说过，他以前有个中学同学叫孙鲤，就是'鲤鱼'的'鲤'，那个孙鲤在中学时经常欺负他。"

俞莫寒问道："孙鲤的父亲是不是很有权势？"

易虹道："是的，亚伟的父亲在厂里上班，孙鲤的爸爸是厂长。"

俞莫寒注意到她对丈夫父亲的称呼有些奇怪，又问道："你和刘亚伟结婚的时候你公公已经不在了，是吧？"

易虹点头："是。我和亚伟结婚的时候他们家就住在厂里，他们家很穷，我可是一点都没有计较。"

俞莫寒微微一笑："这个我相信。不过后来你还是有些计较的，是吧？"

易虹脸上一红，尴尬地道："后来我们有了孩子，孩子从幼儿园开始就需要钱，上好一点的小学也要钱，重点初中入校的门槛更高。还有就是，其他孩子的家里住的都是商品房，我们可不想让孩子在学校里被人看不起，甚至被人欺负。"

俞莫寒的目光扫视了一下客厅，问道："这房子是你要求买的还是刘亚伟主动提出来要买的？"

易虹有些动怒："这和他的病有关系吗？"

俞莫寒道："人格分裂虽然很可能与一个人曾经受到的心理伤害有关系，但最终发病的刺激因素往往是压力过大。易女士，现在你应该明白我为什么要问你这个问题了吧？"

易虹的脸上闪过一丝愧疚，说道："最开始时房贷的压力确实很大，不过他做到了销售主管后情况就好多了。大家不都是这样的吗？活在这个世界上谁又没有压力呢？"

俞莫寒暗暗叹息：从一名普通的销售人员到主管的位子可不是那么容易的，由此完全可以想象得到刘亚伟曾经为此付出过多少艰辛，然而到了他妻子这里却只是这么轻飘飘的一句话。

俞莫寒将拇指和食指捏在一起，左右手拉开一些距离，说道："我们的精神就如同一根弦，虽然这根弦有一定的弹性，但如果一直绷得太紧的话，砰！它就会断掉，这就是精神分裂。所以，即使是我们治疗好了他的疾病，如果今后他依然处于那样的状态，那就不仅仅是双重人格的问题了。易女士，你明白我这句话的意思吗？"

没想到易虹却这样问了一句："如果他再次出现问题的话，会是一种什么结果？"

俞莫寒觉得眼前这个女人实在让人有些无语，即刻站起来，冷冷地道："没人知道那将会是一种什么样的情况。易女士，你的丈夫是人，他不是机器，更何况机器都会有磨损呢。你想过没有，我们活着并不仅仅是为了追求物质上的满足，你们的女儿今后或许会懂得这个道理。"

俞莫寒从这个家里出来，刚刚走到明媚的阳光下就禁不住打了个寒噤。易虹将空调开得太足，从那样的环境进入高温环境后一时间让人有些不适应。

在精神病学领域有一种理论认为，双重人格的产生并不仅仅是患者的问题，而是由于家庭这个系统出现了异常状况，因此对这一类患者的治疗需要家庭成员共同参与。俞莫寒从患者的讲述中发现他的情况很可能就属于这种，然而患者的家属刚才的表现却让他感到非常失望，所以他只能选择暂时放弃家庭疗法的方式。

"你们这里的饭菜味道不错，所以我又来了。"现在俞莫寒在靳向南面前已经变得非常随意，一见面就开着玩笑。

靳向南也笑，说道："如果你喜欢的话，天天来都行，不过我可不是随时都在，要不要我去给你办一张饭卡？说吧，事情进展得怎么样？"

俞莫寒苦笑着摇头说道："刚刚去了一趟病人家里，我的时间实在是太紧张了。靳支队，最近我一直在想这样一个问题，既然高格非是潘友年介绍给滕奇龙的，那么潘友年应该对高格非的情况非常了解才是，然而在上次我和他之间的谈话中却没有感觉到。很显然，他似乎隐藏了些什么，所以我想再次去拜访他一次。"

靳向南问道："你担心他不会同意再次与你见面，于是就想让小冯陪着你去？与此同时，你也想将警方已经出面的信息，通过这位潘副校长传递到滕奇龙那里去？"

俞莫寒点头道："嗯。"

靳向南思索了片刻，说道："这样做倒是可以，不过到时候你最好不要提及有关滕奇龙的任何问题，否则事情很可能会复杂化。"

俞莫寒看着他："我还有一个想法，那就是将你们警方出面的原因说成是在调查高格非前妻的死因，如果滕奇龙真的与这件事有关，说不定他就会因此有所反应。"

靳向南沉吟着道："可以试试。不过你不要抱太大的希望，上一次的事让他的反应太过强烈，估计现在他会非常注意了，除非你真的掌握了什么证据将他逼得太紧。"

俞莫寒点头。这时候他忽然想起一件事情来，问道："靳支队，你说滕奇龙会不会因此而去对高格非下手？"

靳向南摇头道："如果你的那些假设都是正确的，就说明高格非早就有了反制的手段，所以，我觉得这种情况基本上不可能发生。再加上高格非现在已经生无可恋，只希望陪伴父母，因此他一定会进一步加强反制的力度，这样一来他和滕奇龙之间就达成了一种相互守口如瓶的平衡。这样的平衡关系到他们两个人最根本的利益，如果你试图去打破他们之间的这种平衡，几乎是不大可能的。"

俞莫寒顿感头疼："那我们接下来应该怎么办才好？"

靳向南拍了拍他的肩膀，说道："像这样的事千万不能急，得慢慢来。不过我觉得你刚才的想法很不错，那么接下来我们就花力气去攻其一点，将其他的事情暂时都放一放。"

俞莫寒的眼前一亮，问道："你的意思是说，接下来我们就将所有的注意力集中在高格非前妻的死因上？"

靳向南淡淡一笑："虽然那仅仅是你的猜测，不过我们可以通过这样的方式去检验你这个猜测究竟是不是正确的，如果滕奇龙真的与高格非前妻的死有关，一旦我们这边的绳子勒紧到了一定程度，他就必然会有所反应。你要知道，再坚固的外壳也是经受不住外力对其中某一点的反复敲打的。还有就是，医科大学正好属于我们支队的管辖范围，我们出面去调查这件事也算是师出有名。"

俞莫寒赞道："好办法，接下来就这么办！"

小冯以城南刑警支队的名义给潘友年打去了电话，说有一个案子需要向他了解一些情况。潘友年当然不可能拒绝，将时间约定在一小时后,地点就在他的办公室。

潘友年一见到俞莫寒就皱了一下眉,俞莫寒倒是并不在意,解释道:"潘校长,您别介意,我是在配合警方调查这起案子。"

潘友年的语气很是不快:"案子?什么案子?"

这时候小冯才道:"潘校长,最近我们刑警支队接到一起匿名报案,报案人告诉警方,高格非前妻的死并不是什么意外,很可能另有原因。"

潘友年的脸色一下子就变了:"报案的人总得拿出一些相关证据吧?还有,你们为什么来找我调查这件事?难道你们认为我与这件事有关?"

小冯道:"潘校长,你千万别误会。到目前为止,我们并没有任何证据怀疑你与这件事有直接关系。不过据我们了解,高格非在调离医科大学前与你的关系似乎很不错,而且当时他也是通过你的推荐才成为滕奇龙秘书的,所以,我们来向你了解此案的相关情况只能算是例行调查。至于报案人所提供的相关证据,潘校长,对不起,这件事我们必须暂时保密。"

潘友年的脸色这才变得好看了些,说道:"关于高格非前妻的事,我所知道的情况就是,她在怀孕不久去擦家里的玻璃,结果意外坠亡,至于你们刚才所说的情况我还是第一次听说。"

俞莫寒道:"一个刚刚怀上孩子的女人,本应该时时刻刻注意自身的安全,怎么可能自己去擦家里的玻璃呢?即使是家里的玻璃脏了,做这种事情的人也应该是她丈夫啊。潘校长,你说是不是?"

潘友年忽然觉得他说得很有道理,可是这么多年过去了,为什么从来没人去质疑这件事呢?他摇头说道:"我从来都没从这个角度去想过这件事,我可不是什么阴谋论的信奉者。"

俞莫寒问道:"潘校长是否听过有关这件事的传言?"

潘友年回答得很快:"没有,从来没听说过。"

俞莫寒沉吟了片刻，又问道："高格非刚到校办的时候校办主任是谁？这个人现在在什么地方？"

潘友年回答道："这个人早就退休了，叫华勉。"

俞莫寒和小冯对视一眼，小冯起身对潘友年道："潘校长，谢谢你的接待，今天我们就暂时谈到这里吧。"

俞莫寒也起身向他致意。潘友年微微皱了一下眉，心想这么说你们还会来找我，不过他还是和颜悦色地客气了一句："没什么，只是我所知道的情况实在非常有限，让你们白跑了一趟，万望见谅啊。"

他亲自送二人到办公室门外，随后关上门踱步思索了片刻，才拿起手机拨打："刚才那个叫俞莫寒的年轻医生又来找我，不过这次他是和城南刑警支队的一位警察一起来的。"

电话那头仅仅"哦"了一声，就没了下文。潘友年觉得有些无趣："我只是想向您汇报一下……"这时候他就听到对方淡淡问道："高格非的事和城南刑警支队有什么关系？"

潘友年道："他们是为了高格非前妻意外死亡的事来的。"

电话里面又"哦"了一声，不过这次的声调是第二声。潘友年只好继续道："据那位警察讲，最近有人向警方报案说高格非前妻的死并不是什么意外，而是另有原因。"

电话那头淡淡道："现在的警察真是莫名其妙，这样的事他们应该去找高格非了解情况才是，怎么找到你头上来了？"

潘友年道："是啊，我也觉得有些莫名其妙。"

电话那头忽然问道："那么，你为什么要告诉我这件事？"

幸好潘友年刚才已经想到了这个问题，急忙道："这次高格非出事后，外面有些人就趁机拿他这件事来做您的文章，毕竟他是您一手提拔起来的嘛，而且现在就连警方都知道了当时是我把他推荐给您的，所以我觉得这种事还是应该向您汇报一下才是。"

电话那头道:"我知道了。他高格非是高格非,我是我,他又不是在我手下出的事情,你放心,翻不起浪的。"

潘友年急忙道:"就是就是,您说得对。"

对方即刻就挂断了电话。潘友年过了好一会儿才将话筒从耳边移开,暗暗松了一口气。

"小冯,你说这时候那位潘校长在干什么?"到了车上后俞莫寒若有所思地问道。

小冯笑笑,回答道:"想来他正在和滕奇龙通电话。"

俞莫寒点头:"他是军人出身,习惯于向上级汇报情况,更何况我们并没有叮嘱他要对这件事保密。"

小冯问道:"我们接下来是不是去拜访那位叫华勉的老校办主任?"

俞莫寒问道:"查到他现在的住处了吗?"

小冯拿起手机让他看了一眼,回答道:"他就住在附属医院的家属区,他老伴以前是医院普外科的护士长。但是不能确定他现在是否在家。"

两个人驾车到了医院的家属区,很快就找到了华勉的家。他们俩运气不错,来给他们开门的正是华勉本人。华勉如今年近七十,不过看上去很年轻,瘦瘦的,头发乌黑柔顺,没有眼袋,脸上的皮肤和嘴角都还没有朝下耷拉,给人的感觉就好像只有四十多岁的样子。

小冯有些怀疑眼前这个人是华勉的儿子,可是资料上显示他只有一个女儿。可能是华勉经常遇到这样的情况,他看了一眼小冯的证件后就笑着自我介绍道:"我就是华勉,二位请进。"

俞莫寒也觉得有些意外,赞叹着问道:"华主任,您这是如何保养的?可以教教我们吗?"

华主任大笑:"教了你们也学不会啊。第一,我这是遗传。我父亲、叔伯都是娃娃脸。电视剧《康熙皇帝》里面演少年康熙的那个演员你们知道吗?他演少年康熙的时候已经四十多岁了,基本上没有化妆;第二,要有养气的功夫,不管何时何地,遇到任何事时都要不喜不悲,泰然处之。这才是最难的。"

俞莫寒很是诧异:"您以前可是校办主任,事务繁杂,还经常迎来送往,觥筹交错,长期处于那样的环境下,您又如何能做到不喜不悲、泰然处之呢?"

华主任笑道:"所以我才说教了你们也学不会嘛。我是恢复高考后医学院的第一批学员,毕业后就留校搞了行政,从一开始就在校办工作,前后为数十位校长、副校长服务过,我做事的原则一直都是对事不对人,不管上面的人如何更替,为他们服好务就是我的本职工作。"

俞莫寒更是钦佩:"能够在一个部门工作数十年,而且让每一任校长、副校长都对您有好感,这就更不容易做到了啊。"

华勉朝他摆了摆手,道:"其实这也不难,只要能做到'本分''知足'这四个字就可以了。所谓本分就是尽职尽责,不要在背后褒贬他人。而知足就是服从上面的安排,不要奢望更高的职位,即使身边的人个个都高升也能做到真正的云淡风轻。"

此时,无论小冯还是俞莫寒都不禁对他肃然起敬。眼前的这位哪还是一个普通人,简直可以称得上出世的有道高人啊,甚至都有些圣人的意味了。这时候俞莫寒问了一句:"那么,高格非在您眼里是一个什么样的人呢?"

华勉微微一笑,道:"我就知道你们是为了这件事来的。其实我早就知道他迟早会出事的。"

俞莫寒满脸的惊讶,问道:"为什么呢?"

华勉道:"一个人被压抑得太久,随后又在短时间内骤然到达高位，如此巨大的反差可不是一般人能承受得了的。这就如同金庸小说里所讲的那个道理，少林七十二绝技必须配以相应的佛法去化解其中的戾气，否则就会走火入魔。一个人的事业发展也是一样，德行和职位必须相匹配，否则就会因为德不配位而招致灾祸。这样的道理我们老祖宗早就讲过——《周易》里面就讲，君子以厚德载物；老子也说过，上善若水，厚德载物。可惜我们很多人明明知道这个道理，却恰恰忽略了自身的修养，身居高位后依然不知足，只是一味地去索取，一直到东窗事发、身陷囹圄时才幡然醒悟，真是可叹可悲啊。"

俞莫寒问道："高格非也是这种情况吗？华主任，您能不能说得更具体一些？"

华勉笑了笑，说道："我只是因事论事，对周围那些人的是是非非其实知之甚少，也从来不喜欢打听，你们要了解具体情况还是去找别人吧。"

其实他并不是真的不了解周围的是是非非，否则也不会在那样的位子上一坐多年屹立不倒，只不过因为他从来不在背后说人闲话的为人底线使然，而这恰恰是他最智慧的表现。俞莫寒知道不能强求，毕竟这是人家坚守了大半辈子的处世原则。

他又问道："那么在您的印象中，谁才是最了解高格非具体情况的人呢？"

华勉笑道："学校行政楼里的人都应该对他比较了解吧。"

俞莫寒苦笑："可是，并不是每个人都愿意告诉我们实情啊。"

华勉笑了笑不说话。这时候俞莫寒心里忽然一动，问道："当时和高格非一起留校的人还有哪些？他们现在都在什么地方工作呢？"

华勉想了想，回答道："和他一起留校的有三个人，一个后来辞职去了沿海，另外两个一个在监狱里，还有一个在省教委上班。"

俞莫寒内心震动了一下，他没想到这三个同学竟然会有如此不同的人生，问道："那个人为什么要辞职呢？"

华勉微微一笑，说道："当一个人到了一定的级别之后总是要站队的，站错了队，那就只有另谋出路了。"

俞莫寒顿时就明白了。他又问道："监狱里那个人的情况呢？"

华勉回答道："这个人先是到地方上去挂职，挂职期满后就到了另外一个地方任实职，结果不多久就被双规了。"

俞莫寒很是惊讶："怎么会这样呢？"

华勉叹息着道："红颜薄命啊。"

俞莫寒这才明白他所说的人原来是一位漂亮女性。不过此人与自己目前正在调查的事情无关，于是就问道："省教委的那一位叫什么名字？他现在在哪个部门工作？"

华勉似乎有些犹豫，不过最后还是说出了这个人的名字："苟明理，如今是省教委某处的处长。"

这时候华勉的老伴回来了。老太太满头银发，面色红润，手上提着菜篮，慈祥地看着屋里的两个陌生人："哦，来客了？"

华勉急忙过去接过菜篮，介绍道："他们是来找我谈事情的，事情已经说完了。"

俞莫寒和小冯都知道他这是在逐客，急忙起身告辞。华勉送他们到门外，说了声"慢走"后就转身关上了房门。

到了电梯里，小冯感叹道："这位华主任还真是有些与众不同啊。"

俞莫寒微微摇头，说道："我看得出来，此人深受道家文化影响，万事顺其自然，很难有人能真正做到像他那样，所以他的这种为人处世方式其他人根本无法复制。不过从他刚才的话语中我大概知道高格非后来究竟是怎么回事了。"

小冯看着他："你说来听听。"

俞莫寒摇头道："我只是有了某种感觉，具体的情况等我们见了省教委的那位处长可能就清楚了。"

同学是一个非常特殊的次级群体，其组织结构相对比较松散，而同学关系却又是人与人相互往来的基础之一，其中的关系与人际关系一样遵循着互酬性这个心理原则。所谓的"酬"不仅仅指的是物质方面，也包括情绪、情感等心理方面的内容。彼此间的互酬水平越高，关系也就越稳定密切。所以，同学之间的关系可能是真诚、友好的，也可能是虚伪和冷漠的，甚至还可能反目成仇、老死不相往来。此外，同学之间会互帮互助，同时也是一种相互竞争的关系，像庞涓与孙膑之间那样，同门相嫉、相残的事情自古以来都有发生。

眼前这位姓苟的处长就是当年和高格非一起留校的同学。俞莫寒直接说明了来意，苟明理满脸客气，结果却说了一番他对高格非并不是很了解之类虚头滑脑的套话，俞莫寒暗暗皱眉：难道一个人到了一定的位置后就会变成这副模样？他随即看了小冯一眼，小冯也正心烦，即刻问道："苟处长，高格非前妻的事情你是知道的，是吧？"

苟明理有些猝不及防，点头道："听说好像是在家里擦玻璃的时候不小心从楼上摔了下去，结果当场死亡。"

小冯道："也许真实的情况并不是如此。所以，我们希望苟处长能够把你所知道的有关高格非的情况都如实地告诉我们。"

小冯话中的意思讲得很明白，他们前来的目的可不是想讨论高格非精神病的问题，而是一起很可能另有蹊跷、非同寻常的命案。果然，苟明理脸色顿时就变了，急忙说道："我听到的情况就是我刚才所说的那样啊。"

小冯道："既然我们要调查的是高格非前妻的死因，那么首先就要调查清楚高格非这个人所有的情况。苟处长,你和他可是大学同学,后来又一同留校、在同一个单位工作了那么多年,你居然说对他不怎么了解,这样的说法可能连你自己都不会相信吧?"

刑警的询问技巧果然非同小可,此时就连俞莫寒都在心里暗暗赞叹。此时,苟明理的脸上已经是一片肃然,说道:"那好吧,我就把我所知道的情况都告诉你们。"

接下来他就将当时学校为什么要选择应届本科毕业生留校,他们三个后来分别被分配到了什么科室,高格非因为恋爱的问题一直被打压,后来又因为发表文章差点给学校惹来麻烦等一一道来。这些情况俞莫寒已经听那位年轻的辅导员讲过,不过此时再次听到依然在心里感叹不已。

"作为他的同学,其实一直以来我都是比较同情他的,可是在那样的环境中我根本就无法帮助他,反而为了避嫌而不得不对他敬而远之。"苟明理也非常感慨,继续道,"一直到学校上层更替,高格非从学生处调到校办,而那时候我已经是教务处的副处长……"

自从高格非调到校办,人们对待他的态度就和以前完全不一样了,看到他的时候都热情得不得了,而那个时候的高格非是非常腼腆的,面对人们的热情有些不知所措,甚至是惶恐不安,不过随着时间的推移,他慢慢地也就习惯了那样的氛围。

他习惯了人们打电话来询问校长在不在办公室,习惯了人们出入校长办公室时的亲切问候,习惯了各种宴请的电话并加以选择性地去参加,就是外地的同学回来了也是由他组织晚宴,而且每次都是他去付账,还会有意无意地在同学面前吩咐服务员开发票。他的酒量不错,很快就成为各类酒局上的主角,当然,有上级在的时候他会变得非常谦恭。

他终于有了女朋友,然后结婚。他的婚礼是在学校旁的那家五星级酒店办的，校长亲自为他主婚，场面非常壮观，不少人都在私底下说：他可能是这些年来通过婚礼真正赚钱的人，因为在那之前从来都没有人请他去参加过婚礼，所以也就根本没有付出过一分钱的礼金。

结婚后他住在学校给他分配的一套筒子楼里，一室一厅的房子，不到五十平方米，那可是当时年轻教师最好的住房，必须结婚后才能入住。不过高格非结婚的时候房子早已分配完了，是学校从人才引进的预留房里特地给了他一套。结婚后不久，高格非的妻子就怀上了孩子，没想到会发生那样的惨剧，高格非为此情绪低落了很长一段时间，在那段时间里他基本上不再参加任何酒宴，在同事面前也是低沉着一张脸。不过他的提拔速度非常快，转眼间就成为校办的副主任，后来校办的老主任为了给他腾位置就变成了调研员。有人讲，这是因为高格非曾经救过校长的命，所以才得到了一次次的破格提拔。

再后来，高格非就和学校的一位老师结了婚，不过他这一次的婚姻很低调，而且并未举办婚礼，但还是有不少人给他送去了祝福的红包。

也不知道从什么时候开始，人们忽然发现高格非竟然有了他自己的一个小团体，这个小团体只有五个人，其中包括校长的驾驶员、附属医院的一位副院长、学校外文教研室的一位漂亮女教师，以及附属医院的一位漂亮护士，这五个人经常聚在一起吃饭、打牌，有时候还会去野餐露营。他的这个小团体一开始并没有引起人们注意，因为学校里像这样的小圈子不止一个，可是后来人们却发现他这个小圈子慢慢变得与众不同起来：那位附属医院的副院长转正成了院长，驾驶员做了车队的队长，外文女教师上班的地方搬到了行政楼，坐上了招办主任的位子，就连那位漂亮的护士也一下子成了护士长。

人们这才意识到高格非的巨大能量,许多人在羡慕之余纷纷明里暗里去讨好他,并试图加入他的这个小团体,却都被他婉拒了。然而高格非在人们的印象中绝不是那种傲慢的人,他依然谦恭、随和,如果有人请他办事他一定会不遗余力,即使办不了他也会当面说清楚缘由……那个曾经被压制、人们敬而远之的高格非成了学校的第一红人,准确地讲,他其实就是校长的代言人。

"我所知道的情况大致就这些。"苟明理说道。

俞莫寒问道:"他真的很谦恭吗?我说的是当他成为学校的第一红人之后。"

苟明理发现眼前这个人眼神清澈透底,却仿佛又有一种可以看透他人内心深处的能量,禁不住心里一窒,说道:"谦恭的外表下是傲慢和优越感,其实这也是不少官员最真实的那一面,不过我觉得这样总比高高在上、毫不作为好。"

不仅仅是这一类人最真实的那一面,而且他们都很享受那样的感觉。俞莫寒揣度着高格非那个时候的心理,又问道:"刚才你在说到'高格非曾经救过校长的命,所以才得到了一次次的破格提拔'这句话时,我注意到你露出了不以为然的表情,为什么?"

苟明理大吃一惊,急忙道:"我没有啊,你这是想当然吧?"

俞莫寒微微一笑,看着他继续问道:"那么,究竟是高格非曾经救过校长的命这件事情其并不存在,或者其中另有隐情呢?抑或是你觉得高格非一次次被破格提拔的事让你觉得不应该呢?"

苟明理道:"我真的没有……"

他的话未说完,俞莫寒紧接着又问了一句:"其实你非常嫉妒他后来被提拔的速度,是吧?"

苟明理苦笑了一下,说道:"我是有些嫉妒,可是谁又不嫉妒呢?不过话又说回来,嫉妒我的人也不少,将心比心,有时候仔细一想也就心态平和了。"

这就是同学之间的虚伪。俞莫寒依然看着他:"据我所知,高格非救过校长性命这件事应该是真实发生过,也就是说,你是觉得,或者听说过这件事另有隐情吧?"

苟明理没想到他会一直追着这件事不放,无奈地道:"我只是以前听到过一些传闻……"

俞莫寒问道:"什么样的传闻?"

苟明理犹豫了好一会儿才说道:"据说校长心脏病发作的那天晚上是和一个漂亮的女人在一起。"说到这里,他急忙再次声明,"只是传闻,而且那是好多年前的事了。"

俞莫寒有些惊讶:"在校长的办公室里?"

苟明理笑得有些古怪:"仅仅是传闻。至于那个漂亮的女人究竟是谁,谁也不知道。"

俞莫寒觉得这件事有些奇怪,不过却觉得反而比较符合逻辑,于是又问道:"即使是传闻,总得有个出处吧?按道理说,当时出了这样的事,最知道内情的只可能是高格非,然而他又是最不可能将这种事拿出去讲的人啊?"

苟明理道:"应该不是他,他不会那么傻。而且如果真是他,就不可能在后来得到校长的信任。不过当这样的传闻出现后不久,当天晚上在学校行政楼值班的那个保安就被开除了。"

这时候俞莫寒忽然就想起那天自己被保安拦在学校行政楼外的情景,心想也就只有这种可能性最大了——当时校长的心脏病忽然发作,那个漂亮女人肯定会在第一时间慌慌张张去找在隔壁值班的高格非。在那种情况下,高格非唯一的选择就是让那个女人马上离开,然后通知近在咫尺的医院派人前来急救。而正因为高格非对这件事处理得非常及时得当,才得到了校长的充分信任。

俞莫寒又问道:"关于高格非那个小圈子里的那两个女人,人们是不是也有不少传闻?"

苟明理"呵呵"笑了两声,说道:"传闻就是传闻。他那个小圈子其他人都进不了,可以说是水泼不进,谁知道真实的情况究竟是什么样的呢?"

俞莫寒点头,继续问道:"那么,有关高格非前妻的死,你听过什么传闻没有?"

苟明理不住摇头:"说实话,我还真没听说过。"

俞莫寒皱了皱眉,又问道:"据你所知,除了小圈子里那两个女人外,高格非还和别的异性有过比较亲密的接触吗?"

苟明理想了想,说道:"我在他转正校办主任后不久就被借调到了这里,一年后就直接调过来了,所以对他后来的情况就不怎么了解了。即使后来有过几次同学聚会,但大家也就是在一起吃饭喝酒,除此之外我们之间并没有更多的交往。"

俞莫寒将目光看向小冯,小冯摇头道:"我没有别的问题了。"

小冯将警车发动后将空调开到最大。就在刚才这一会儿,暴晒在阳光下的警车里已经变得像蒸笼一般。两个人站在树荫下等候警车里的温度降下来。小冯问道:"高格非所掌握的那个把柄,会不会就是那个神秘女人的事?"

俞莫寒摇头:"作风问题而已,我觉得这件事还不足以让滕奇龙那么恐惧。"

小冯也点头,说道:"不管怎么说高格非都曾经救过滕奇龙的命,所以高格非前妻的死似乎应该与滕奇龙没有关系才是,除非滕奇龙这个人真的禽兽不如。"

此时俞莫寒也觉得这件事有些不合常理,说道:"我只不过是通过高格非目前的心理和行为进行反推后觉得似乎存在着那样的可能。这件事好像变得越来越扑朔迷离了啊,可是为什么我又始终觉得高格非前妻的死很奇怪呢？"

小冯问道："那我们接下来是不是应该去调查一下他那个小圈子？"

俞莫寒却摇头道："高格非那个小圈子里的人与苟明理的情况完全不同，苟明理开始时的滑头和矜持只不过是职场上常有的顾忌而已，只要打破了他个人利益的权衡就可以让他讲真话。而高格非那个小圈子应该算是一个主群体，里面所有的人都是带着某种共同目的才结合在一起的，也就是说，他们之间是一种一荣俱荣、一损俱损的关系，我们想去突破他们是一件非常困难的事。此外，如果我们现在就去调查他们，必定会触动滕奇龙的神经，从目前的情况来看似乎还为时过早。"

小冯问道："那接下来我们应该怎么办？"

俞莫寒想了想，说道："按照我和靳支队制订的方案，接下来我们还是应该重点去调查高格非前妻的死因。小冯，麻烦你将高格非前妻死亡的案卷调出来，接下来我们就紧盯着这件事，然后一查到底。"

高格非的前妻名叫白欣，出事的时候年仅二十六岁。俞莫寒很快就看完了案卷里的内容，虽然一时间找不到什么疑点，却对警方最终给出的结论感到有些疑惑，于是就问小冯："这起案子当时并没有任何的目击证人，得出这样的结论完全是推理的结果，像这样结案也可以吗？"

小冯回答道："从现场的情况看，死者当时确实是从家里的窗户处掉下去的无疑，而且死者的身上系着围裙，随同她一起掉到地上的还有一块抹布，屋子里还有一个被打翻了的水盆。除此之外，警方当时并没有任何其他证据证明死者属于他杀，自杀当然也就更不可能了，况且死者的亲属也并没有对警方的结论提出任何异议，警方因此结案也就不存在任何问题了。"

俞莫寒听明白了他的话，不过却有些不以为然，问道："难道警方当时就一点也没去分析死者那种行为的异常吗？一个刚刚怀孕不久的女性，怎么可能那么不小心去做如此危险的事呢？"

小冯说道："也不一定吧？你要知道，有些女性其实是比较粗心的，特别是像白欣这样的情况，毕竟她是第一次怀孕……俞医生，我可没有否定你那个猜测的意思。"

俞莫寒朝他摆了摆手，说道："靳支队并没有怀疑我这个猜测，你知道是为什么吗？"

小冯怔了一下，问道："为什么？"

俞莫寒微微一笑，说道："也许你忽略了死者的职业。你想想，一个天天与钱打交道的女性，她可能是一个粗心的人吗？还有就是，且不说她的父母会特别叮嘱她，就是高格非这个医学专业毕业的丈夫也绝不会让她去做那种事的。"

小冯不禁点头。俞莫寒抖动着手上的案卷继续说道："在我看来，这份案卷里的东西也实在是太过简单了，也许是因为警方从一开始就把死者的死因判断为意外死亡，以致现场勘查都搞得非常粗糙——没有检查现场是否存在其他人的脚印、指纹，也没有详细描述窗户上有多少面积的玻璃被擦拭过……对了，小冯，这起案子应该是你们支队办的吧？"

小冯汗颜："那时候我还在警察学院上学呢，靳支队也还没有调过来……"

俞莫寒点头："我就说嘛，靳支队在面对魏小娥这种案子时都没有想当然，怎么可能办出如此粗糙的案件来呢？"

小冯苦笑，说道："其实也不一定就是想当然，也许是固定思维所致，也可能是当时还有另外更大的案件需要处理，在那样的情况下忽略了一些细节也就在所难免。"说到这里，他忽然就有了一个想法,"俞医生,也许我们可以通过案卷里的资料对当时的情况作一些还原,比如那个被打翻水盆原来的位置。"

俞莫寒对这方面的技术是不懂的,急忙问道:"可以吗?"

小冯稍作思索,回答道:"应该是可以的。案卷里有照片,我们可以去现场看看,对现场的情况进行细致勘查后将各种数据输入电脑,从而尽可能地还原出那个水盆被打翻前的位置,或许从中可以寻找到这起案件的某些漏洞。"

俞莫寒大喜,问道:"你的意思是说,只要能够证明那个水盆在被打翻前的位置并不是在窗台附近,那就说明死者的死并不是意外,于是我们的推论也就可以成立了,是吧?"

小冯点头道:"是的。如果我们的推论能成立,那么接下来的调查也就有了意义。"

俞莫寒急忙道:"那我们还等什么?马上就去啊。"

警车里的温度终于降下来了,小冯将风速调小了些,被巨大噪声充斥着的车内空间一下子变得安静了许多。丝丝的凉气慢慢将残余的热气驱赶了出去,俞莫寒很快就嗅到了驾驶台上那瓶香水所散发出的味道。

那是丁香花的味道。